SV

Martin Walser

FINKS KRIEG

Roman

Suhrkamp Verlag

Erste Auflage 1996

Satz: MZ-Verlagsdruckerei GmbH, Memmingen
Druck: Pößneck GmbH, Pößneck
Printed in Germany

FINKS KRIEG

I. DER RAUSSCHMISS

1.

Daß er mir nicht die Hand gab, nahm ich ihm nicht übel. Er spielte den Engländer. Und das nicht nur mit seinen Anzügen und Manieren. Auch was er über Politik verfaßte, war immer aus feinstem englischen Stoff. Aber daß er nicht sagte: Nehmen Sie, bitte, Platz! sondern mich mit einer winzigen Handbewegung dem vor seinem Schreibtisch stehenden Stuhl empfahl, das nahm ich ihm übel.

Er war kaum vier Wochen im Haus gewesen, als ich zum ersten Mal bei ihm zu erscheinen hatte. Auch da, kein Händedruck. Damals hatte er angefangen: Sie haben mich um ein Gespräch gebeten. Ich sofort: Ich bin um eine Rücksprache gebeten worden. Das brachte er offenbar nicht über sich, mich um eine Rücksprache gebeten zu haben. Er wollte mir zeigen: Von dir will ich eigentlich gar nichts, du bist hier mit Kirchen befaßt, Verbindungsstelle Kirchen und Religionsgemeinschaften, also wenn wir, die schwarzgelbe Regierung, etwas nicht brauchen, dann einen Roten an dieser Stelle.

Mich erinnerte er, trotz seiner feinen Londoner Aufmachung, an meine Fähnleinführer. Wahrscheinlich der Blick, das Kinn, der Mund. Nein, nur der Blick. Mochten andere Herrn Tronkenburg für gut aussehend oder gar für schön halten – was er wahrscheinlich auch war –, ich sah, spürte immer seine Entschlossenheit, seinen Siegeswillen. Mir gegenüber. Von Anfang an. Am liebsten hätte ich ihn gefragt, ob sein Vater protestantischer *Bayer*-Chemiker gewesen sei. Die Väter der Fähnleinführer in Opladen waren immer Söhne protestantischer

Bayer-Chemiker gewesen. Herr Tronkenburg war aber aus der DDR zu uns gekommen. Ein Sachse ohne Akzent. Wenn er überhaupt einen Akzent hatte, dann einen rheinischen. Das empfand ich sofort als eine Anmaßung. Obwohl ich mein heimisches Rheinisch sonst nicht hervorkehre, ihm gegenüber ging ich in die vollen, demonstrierte, was Rheinisch sein kann. Ihn als Imitator zu entlarven. Hat der doch gar nicht gemerkt. Der merkte nur, was ihm guttat. Er war ein Sieger. Ich nicht. Noch nicht. Er war an der Macht.
An jenem 23. November zeigte er's mir. Ich hatte damit gerechnet, fast sogar darauf gewartet, daß die an die Macht gekommenen Parteien mich, weil ich der Gegenpartei angehörte, in irgendeiner Weise einschränken würden, und war, als es dann am 23. November passierte, doch vollkommen überrascht und fassungslos. Ich hatte, was ich eineinhalb Jahre lang befürchtet hatte, offenbar nur befürchten, mir aber nicht vorstellen können. Jetzt, am 23. November, teilte mir der Herr Staatssekretär mit, mein Referat werde ab 1. Januar 89 zur Abteilung avancieren – ich, in freudigem Schrecken, sah mich sofort zum Abteilungsleiter befördert! –, diese Abteilung werde geleitet von Herrn Moosbrugger, jetzt noch im Landtag beschäftigt, ich würde umgesetzt werden in die Rechtsabteilung. Das war, muß ich zugeben, typisch für mich, daß ich mich, als ich hörte, das Referat wird Abteilung, daß ich mich dann sofort zum Abteilungsleiter befördert sah, sofort durchzuckte mich der Freudenblitz: nicht mehr Leitender Ministerialrat, sondern Ministerialdirigent. Das heißt: B6. Ich war ja jeden Augenblick bereit, das Bessere für möglich zu halten. Vorschnell, wie

sich herausstellte. Ich sollte nicht befördert, sondern *umgesetzt* werden. Ich fragte, ob es Kritik gegeben habe an meiner Arbeit. Achtzehn Jahre in einem Bereich seien zuviel, ein Beamter müsse auch mal wechseln, sagte der Staatssekretär, der durch den Machtwechsel von Rotgrün zu Schwarzgelb vor achtzehn Monaten Staatssekretär geworden war, weil der, dem er die Reden geschrieben hatte, Ministerpräsident geworden war.
Ich hatte schon zur ersten Unterredung meinen Block mitgebracht, den aufs Knie gelegt und alles mitgeschrieben, als sei ich zum Diktat bestellt. Das war ein eher kläglicher Versuch, den neuen Staatssekretär unsicher zu machen. Auch am 23. November schrieb ich mit. Daß ab 1. Januar mein Referat zur Abteilung avancieren würde, schrieb ich mit. Daß achtzehn Jahre zuviel seien, schrieb ich mit. Daß ein Herr Moosbrugger, bis jetzt Fraktionsassistent, die neue Abteilung leiten sollte, schrieb ich mit. Und daß dieser Herr dann zum Ministerialdirigenten befördert werden sollte, schrieb ich mit. Wenn ich schnell einmal aufblickte, um festzustellen, ob ihn mein Mitschreiben unsicher mache, sah ich, daß er eher belustigt staunte. Ich hatte das Gefühl, er schmecke schon die pointensicheren Formulierungen ab, mit denen er noch am selben Abend auf einer Frankfurter Party schildern würde – daß dieser Herr nicht in der braven Beamtenstadt Wiesbaden, sondern im flottesten Frankfurt wohnte, setzte ich einfach voraus –, wie ein rotgrünes Überbleibsel, ein kleinbürgerlicher, nicht gerade schlanker Beamter, gekleidet nicht ohne Ambition, aber eben doch von Karstadt, wie der, als ihm seine überfällige Versetzung mitgeteilt wurde, sich nur noch über den Block

auf dem Knie beugte und mit immer röterem Kopf draufloskritzelte, als könne er so seinem Schicksal entkommen.

2.

Atemlos vor Wut hatte ich das Kultusministerium angerufen: Ministerialrat Moor, bitte. Wenn der nicht da ist, ess' ich das Telephon auf. Irgend so etwas mußte ich jetzt tun. Franz Karl Moor merkte sofort, daß wir uns diesmal nicht erst am Freitag beim Jugoslawen treffen konnten. Ich bin sofort bei dir. Franz Karl Moor! Mein einziger Freund! Das würde ich ihm nie sagen. Er dagegen sagte fast regelmäßig: Stefan Fink, du bist der einzige Freund, den ich habe. Genau so sagte er es. Öfter. Und immer ohne Anlaß. Einfach so. Mir lief, wenn er das sagte, jedes Mal eine Gänsehaut über den Rücken hinunter. Aber jetzt war ich froh, daß er gesagt hatte: Ich bin sofort bei dir. Und er war sofort da. Daß er größer ist als ich, verdankt er vor allem seinem langen Hals; mein Kopf ist eine Kugel, ziemlich direkt auf dem Rumpf. Franz Karl Moor ist einfach schlank, basta. Und immer braungebrannt. Seinem Kopf gönnte er, weil die Haare nur noch um ein blankes, nach vorne offenes Oval herumwachsen wollten, überhaupt keine Haare mehr. Dafür war seine Kurzgeschorenheit immer braun gebrannt. Im Ministerium war Franz Karl Moor Denkmalschützer, aber seine Bräune holte er sich auf griechischen Inseln. Im Hafen von Mesohori auf Karpathos lag ein Boot für ihn. Gundula, seine rothaarige Frau, setzte ihre weiße Haut nie der Sonne des östlichen Mittelmeers aus. Franz Karl

Moor segelte immer ohne Gundula. Dort segelnd Inseln aufzusuchen gehörte bei ihm zur Arbeit. Man wußte, daß er ein Buch schrieb. Er war nicht der einzige Ministerialbeamte, der wissen ließ, daß er außerhalb des Dienstes noch etwas ganz anderes treibe. Der eine sang die *Winterreise* in evangelischen Sälen, der andere bereitete sich darauf vor, sobald er im Ruhestand sein würde, das Grundgesetz von dem Wort *Gott* zu befreien. Aber Franz Karl Moor machte so viel von sich reden, von sich als Schriftsteller, daß er deshalb schon fast als Gentleman-Beamter galt. Alle zwölf oder fünfzehn Monate veröffentlichte er einen *Bericht über Aiaia*. Fortlaufend numeriert. In diesem Herbst war der *7. Bericht über Aiaia* erschienen. Aiaia war die überlebensgroße Frau, deren Schicksale in zwanzig Jahrhunderten er erzählen wollte. Und was Aiaia in jedem Jahrhundert erlebte, entwarf er in seinen Aiaia-Berichten. Ich wußte immer schon mehr als seine Leser, weil er, wenn wir uns trafen, immer erzählte, mit wem Aiaia im nächsten Jahrhundert verheiratet sein würde. Sein Mitteilungsbedürfnis, Aiaia betreffend, war vehement. Wahrscheinlich war ich auch sein Freund, weil er einen brauchte, an dem er seine Aiaia-Phantasien ausprobieren konnte. Er beobachtete scharf, wie ich auf sein Erzähltes reagierte. Noch wichtiger als meine Reaktion war sicher, daß da überhaupt einer ohne Ungeduld zuhörte. Als Zuhörer war ich konkurrenzlos. Bildete ich mir ein. Gundula sei, hatte er mehr als einmal verraten, dem Aiaia-Projekt gegenüber von Anfang an feindselig gewesen. Das sei der ungebrochene Einfluß des Lastkahnreeders. Franz Karl Moor konnte Gundulas Vater, den Schiffbauer und Reeder Allweiler, nicht erwähnen, ohne ihn herabzusetzen. Allweilers Motive waren offenbar die übelsten. Daß der seine Schiffe rheinauf, rheinab fahren ließ, nur um immer noch reicher zu werden, fand der Schwiegersohn verachtenswert. Und jetzt noch diese Pferdezüchterei. Der widmete sich Allweiler, seit er sich vom Geschäftsleben zurückgezogen hatte. Aber das Motiv! Zuerst habe Allweiler seine Tochter, die eigentlich für die Musik bestimmt gewesen sei, dazu erzogen, Pferde für wichtiger zu halten als Menschen; dann habe er, als die Tochter, inzwischen vierzig vorbei, erste Tendenzen zur Loslösung vom Vater spüren ließ, angefangen, Vollblutaraber zu züchten; natürlich, wie alles, was er tat, mit funkelndem Erfolg. Arabische Ölprinzen kauften ihre Lieblingstiere inzwischen bei Allweiler. Und die Tochter feiere dieses Mittelalter lustig mit. Und natürlich züchtet Allweiler die Übertiere in einer Vogelsberg-Idylle, keine achtzig Kilometer von Frankfurt. Auf daß die Tochter ihr Leben vollends auf dem Rücken dieses Supergetiers beziehungsweise in Vaters Nähe verbringe.

Ich habe Franz Karl Moor einmal gefragt, warum er überhaupt noch in den Dienst komme, er könnte doch mit seiner Gundula in Griechenland von Insel zu Insel segeln. Er müsse, hatte er gesagt, das Gefühl haben, sich sein Schreiben verdient zu haben, mit anständiger Arbeit. Franz Karl Moor hatte durchaus Beförderungsehrgeiz. Sein Buch *und* B6 – also Ministerialdirigent –, das seien seine Projekte.

Ich setzte mich, Franz Karl Moor zu erwarten, auf mein blaues Dienstzimmersofa. Jedesmal, wenn ich mich auf dieses Sofa setzte oder mich hinlegte, nahm ich über dem

Sofa den gerahmten und verglasten Verweis wahr, den der Oberpräsident der Rheinprovinz meinem Vater im April 1933 erteilt hatte, weil er sich nicht nationalsozialistisch genug benommen hatte.

Franz Karl Moor klopfte, kam wie immer, ohne die Antwort abzuwarten, mit Hallo, Logopoioi! herein, setzte sich zu mir und ließ sich berichten. Sein braunes Gesicht produzierte Vergnügungsfältchen. Das war typisch für ihn. Nur her mit den Problemen, hieß das, es gibt keins, das ich nicht lösen könnte. Ich berichtete.

Moosbrugger, rief er dann, eine Moosbruggerbelohnung steht an, klar, der hat lange genug im Landtag für die Christenfraktion gefront. Eine Beförderung ist ihm sein Parteifreund, jetzt Ministerpräsident, schuldig. Alles andere wäre schofle Undankbarkeit. Und wo kann er ihn am leichtesten unterbringen? Na, denk einmal der Sache nach, nicht nach deinem Interesse. Doch in seiner nächsten Umgebung. Das ist die Staatskanzlei. Und du hast, den Kirchen zuliebe, in achtzehn Jahren ein Amt gebastelt, das dem Ministerpräsidenten unmittelbar unterstellt ist. Du wolltest keinen Minister haben über dir und deinen Aufgaben. Das hast du jetzt davon. Kein Minister schützt dich jetzt. Evangelisten zitieren ist ja dein Job, du bist unser aller Verbindungsmann zu den Kirchen. Gewesen. Geh hin jetzt und sag: Es war aber Kaiphas, der den Juden geraten hatte, es wäre gut, daß *ein* Mensch stürbe für das Volk. Weltlich gesprochen ist's Ämterpatronage, lieber Stefan Fink. Wollen wir mal die Regierung was ärgern. Paß auf. Du bewirbst dich selbst um diese neue Stelle des Abteilungsleiters Kirchen et cetera. Und falls die Stelle an den von außen vergeben wird, beantragst du beim Verwaltungsgericht eine Einstweilige Anordnung gegen das Land wegen Verletzung deines Bewerbungsverfahrensanspruchs. Konkurrentenklage heißt das im Verwaltungsrecht. Los, an die Arbeit, Stefan Fink! Und daß es dir leichter falle: Moosbrugger ist ein finsterer Vogel, selbst für innerschwarze Verhältnisse. Jahrelang glüht der schon für den Witiko-Bund, und das ist nicht gerade ein Versöhnungsverein. Endlich, endlich passiert etwas, das dich aus deinem Loyalitätsdusel aufschreckt und dich vielleicht, ich sage vielleicht, denn ich zweifle, und dich vielleicht daran erinnert, daß ein Beamter, der sein Bürgersoll verschläft, schon Karikatur ist. Sei froh, Stefan Fink, daß du geweckt worden bist.

Franz Karl Moor saß auf jedem Stuhl so aufrecht, als habe der Stuhl keine Lehne. Dadurch wirkte er immer sehr präsent. Ich war gerührt. Ich mußte jetzt einfach an etwas aus unserer gemeinsamen Geschichte erinnern. Wellenlänge: Weißt-du-noch! Ich fing an: Weißt du noch, gib zu, du weißt es nicht mehr … Ich gebe es zu, rief er dazwischen. Das war Formel. Es stand fest, daß er sich gar nichts, ich mir alles merken könne. Er sei doch Denkmalschützer *und* Erzähler geworden, um dem Verfall, den er krasser als jeder andere erlebe, zu steuern. Und wenn ich ihm etwas von uns erzählte, machte er sich öfter sogar Notizen. Das ehrte mich. Also holte ich die Szene herauf aus fünfundzwanzigjähriger Tiefe: Wir zwei Jungjuristen waren von Eschwege aus, wo Franz Karl Moor im Landratsamt gerade mein Nachfolger werden sollte, nach Köln gefahren, um bei einem Jahrreiß-Assistenten zu erfahren, wie man bei Jahrreiß promovieren könne? Und standen vor dem Dom, wollten an dem hinaufschauen, konnten aber unsere Blicke nicht von der Schulklasse lösen, die ihren Lehrer anschaute, der über den Dom sprach. Der einzige, der am Dom hinaufgeschaut hat, war der, der ihn schon kannte, der Lehrer. Die Schüler haben den Lehrer angeschaut, die Jungjuristen die Schüler. Erst nachher haben wir einander das mitgeteilt, daß keiner am Dom hinaufgeschaut habe, sondern daß wir beide fasziniert gewesen seien von der Andacht, mit der die Schüler ihrem Lehrer zugehört hätten. Und wir haben dann heiter geblödelt, daß das Vermitteln interessanter sei als das Vermittelte.

Diese Szene könne er brauchen, sagte er, für sein Aiaia-Projekt. Jetzt müsse er aber eilen, Gundula warte im Frankfurter Hof. Und wenn er eine Minute zu spät komme, sei er entlassen. Gundula und Franz Karl Moor hatten nie in Wiesbaden oder in einem der umliegenden Orte gewohnt. Von Anfang an war nur Frankfurt in Frage gekommen. Und in Frankfurt nur das Westend.

Ich stiefelte ins *Suppenparadies.* Stehend löffelte ich meine Leberknödelsuppe und dachte über die von Franz Karl Moor entworfene Strategie nach. Ich hob den Blick nicht vom Teller. In den Ohren toste das Blut. Sonst stand ich nur mittags hier. Abends aß ich zu Hause. An diesem 23. November konnte ich erst nach Hause, wenn ich wußte, wie ich mich wehren würde. Heimkommen und sagen: Thea, die schmeißen mich raus! konnte ich nur, wenn ich dazusagen konnte, wie ich mich wehren würde. Meine Frau war einerseits stabil, andererseits schreckhaft. Es war überhaupt keine Regelmäßigkeit feststellbar, daß man hätte sagen können, in den und den

Krisen bleibt sie stabil, in jenen aber ist sie schreckhaft. Man mußte bei Thea immer auf alles gefaßt sein. Ich übte die Sätze, mit denen ich ihr, was mir passiert war, mitteilen würde. Ich hätte das Faktum gern so mitgeteilt, daß es auf Thea gewirkt hätte, wie es auf mich gewirkt hatte: Verteidigungslust weckend. Aber als ich nach den Sätzen suchte, die die erwünschte Wirkung haben konnten, wurde mir bewußt, daß für Thea meine Arbeit viel weniger wichtig war als für mich. Vielleicht interessierte sie sich kein bißchen für die Probleme von Kirche und Staat und hatte die ganze Zeit nur mir zuliebe zugehört und sparsam freundlich reagiert, wenn ich etwas aus dem Dienst erzählt hatte. Ich hatte im Lauf der Zeit immer weniger erzählt von meiner Arbeit. Vielleicht würde sie wie der Staatssekretär sagen, achtzehn Jahre an einer Stelle seien zuviel, auch ein Beamter müsse einmal wechseln. Was dann, bitte? Was sollte ich sagen, wenn meine Frau sprechen würde wie der, der mich gerade geschaßt hatte? Das hieße, wir hätten neben einander her gelebt ... Als der Teller leer war, schaute ich auf, zahlte, fuhr nach Bleidenstadt hinauf, war froh, daß gerade keines der Kinder da war, und teilte meiner Frau das Faktum mit und fuhr, bevor sie antworten konnte, fort: Ich werde Wiesbaden beschießen lassen. Von Bleidenstadt aus. Nicht ganz Wiesbaden, aber doch ein Kernstück der Stadt: die Hessische Staatskanzlei. Sie, eher belustigt: Du willst Krieg führen. Ich: Ich muß mich verteidigen. Ihr Mund wurde kleiner, ihre immer ein bißchen prüfenden Augen weiteten sich. Die andauernd präsente Prüfqualität ihres Blicks konnte ins Lustigspöttische oder ins Traurigbittere oder ins Abweisendkalte gefärbt sein. Jetzt herrschte das Lustigspöttische vor. Da wußte ich, daß ich die erwünschte Wirkung nicht geschafft hatte. Meine Frau begriff nicht, wollte nicht, konnte nicht begreifen, was mir passiert war. Oder verharmloste sie mir zuliebe? Wenn man etwas nicht herausbringen kann, dann sind es die Gründe, warum eine Frau etwas sagt oder nicht sagt. Natürlich ist die eigene Frau am schwersten zu durchschauen. Sie kann es immer so meinen, aber auch ganz anders. Sie kann immer alles meinen oder nichts.

3.

Gleich der erste Schuß saß. Das Gericht verlangte, zwischen den Bewerbern um die neue Stelle müsse ein fairer Wettbewerb möglich sein. Und sofort gab's die neue Stelle nicht mehr, gab's die neue Abteilung nicht mehr, dem Staatssekretär fiel etwas ganz anderes ein: mein Referat bleibt Referat, aber ich nicht mehr der Referent. Das läßt sich per Organisationsplanänderung erledigen, der neue Referent heißt ab 26. Januar Moosbrugger. Ich mußte mein Büro räumen, die Akten übergeben. Herr Moosbrugger kam mit einem Helfer, einem konvertierten, sehr frommen Beamten, der ihm bei den Kirchenangelegenheiten helfen sollte. Auf meinen Wunsch führte ein Personalratsmitglied Protokoll. Ich übergab jede einzelne Akte mit ermüdend ausführlichen Kommentaren. Zuerst die Akten, die in meinem Zimmer lagerten, dann all die Akten, die ich aus der Registratur hatte kommen lassen. Je deutlicher die zeigten, daß sie das alles nicht interessierte, desto unbarmherzig genauer wurden meine Kommentare. Ein Tag reichte nicht aus, ein zweiter Termin war nötig, eine Woche später. Wieder zeigten sie, daß für sie beim Umgang mit den Kirchen dieser bürokratische Aufwand gar nicht nötig sei; die fühlten sich den Kirchen so innig nah, da werden Probleme, falls es sie überhaupt gibt, im Freundschaftston bekakelt. Ich spielte, was ich auch war, den strengen Etatisten, zog die von der Verfassung vorgeschriebene Trennlinie zwischen Staat und Kirche überscharf, warnte genußvoll vor Ekklesiophilie. Ließ aber auch meinen Katholizismus aufscheinen, den ich droben in Bleidenstadt bei meinem Ortsgeistlichen regelmäßig praktizierte.

Genau zwischen den beiden Aktenübergabeterminen reihte sich die öffentliche Meinung in meine Truppe ein. In der frechen *Pflasterstrand*-Gazette und im scharfen *Spiegel* und im braven Radio wurde Herr Moosbrugger als der ewige Hitlerjunge vorgestellt. Und der sollte jetzt die Verbindung pflegen zwischen dem Land und den Religionen, der jüdischen zum Beispiel. Stellvertretender Vorsitzender des Witiko-Bundes war er und öffentlich aufgefordert hatte er, das NS-Lied »Nur der Freiheit gehört unser Leben« zu singen.

Mein Staatssekretär bestellte mich zur Rücksprache. Ihre Tricks haben ja bisher verfangen, jetzt machen wir etwas, da kommen Sie so schnell nicht gegen an. Herr Moosbrugger ist schon vom Landtagspräsidenten versetzt, der wird kein Abteilungsleiter, das haben Sie dem Mann vermasselt. Wissen Sie eigentlich, in welche Schwierigkeiten Sie diesen Mann gestürzt haben? Sein guter Ruf ist schwerstens geschädigt. Sie aber sind ab sofort von Ih-

rem Amt entbunden. Ihre Stelle bleibt erhalten; sie wird aber von Moosbruggers Mitarbeiter übernommen.
Die Referate Protokoll, Orden und Lebenslängliche, die vorher fünf Prozent meiner Arbeit ausgemacht hatten, waren mir geblieben. Jener Moosbrugger aber war eilends als Hessens Vertreter ins neunachbarliche Thüringen versetzt worden, wo er dann sogar noch Staatssekretär werden konnte.
Gegen diese als Organisationsplanänderung aufgemachte Willkür ging ich ins zweite Eilverfahren. Und war wieder siegreich. Nie zuvor war mir die juristische Berufssprache so stattlich erschienen, so unanzweifelbar rechtmäßig. Kommt daher wie ein großes Schiff, sehr behäbig, aber unsinkbar. Da durfte man doch stolz darauf sein, daß man sein Leben hauptsächlich in dieser Sprache verbracht hatte. Aber die Staatskanzlei ging in die Beschwerde, gerichtet an den Verwaltungsgerichtshof in Kassel, innerhalb des Landes die höchste Instanz.
Ich setzte mich, wenn ich jetzt bei Karstadt mittagessen ging, zu keinem Kollegen an den Tisch. Jeder wußte, daß ich gegen die Staatskanzlei prozessierte. Ich wollte keinen in die Verlegenheit bringen, mit mir zusammen gesehen zu werden. Andererseits bemühten sich die Kollegen, die mit dem Tablett in der Hand an mir vorbeigingen, sichtlich darum, mir im Vorbeigehen etwas möglichst Lustiges zuzurufen, um mir zu zeigen, daß sie sich nicht scheuten, mit einem, der gegen die Staatskanzlei prozessierte, Kontakt zu halten. An dem Tag, an dem bekannt geworden war, daß das Land in die Beschwerde gehen werde, setzte ich mich an den letzten freien Platz an einem Tisch, an dem schon eine Familie mit Kindern saß,

ein Kind noch im Wagen. Als der Kollege Huch vorbeikam, der allgemein der kleine Huch genannt wurde oder auch Kollege Voxpop, weil, was er sagte beziehungsweise weitersagte, immer das war, was *man* gerade sagte, da lachte er zu mir her und rief, das finde er gut, daß ich jetzt auf Babysitter umsattle. Eine halbe Stunde später ging der Kollege Kralle vorbei, mir als Ordensreferent unterstellt, und sagte lachend, ich als Babysitter, das sei doch überhaupt die Lösung. Ich war sicher, daß die zwei unabhängig von einander auf diese Art Witz gekommen waren. Als ich das abends zu Hause erzählte, sagte Thea, ich sei inzwischen so empfindlich geworden. Paß auf, sagte sie. Paß du auf, auf mich, sagte ich. Danach lachten wir nicht, wie es sich nach diesem Satz eigentlich gehört hätte. Sie legte ihre Hand auf meine. Dadurch wurde alles ernster, als ich es gemeint hatte. Eine Frau kann offenbar durch die Art ihrer Teilnahme jedem Faktum einen ganz anderen Wert geben als man selber. Man erzählt ihr etwas, und plötzlich ist es, nur durch ihre Reaktion, eine Tragödie. Oder eine Komödie. Und vorher war's weder das noch das. Ich lernte: Der Kriegführende mußte versuchen, jede unbeeinflußbare Wertungsinstanz zu meiden.

4.

Auf das erste Spitzengespräch zwischen der Landesregierung und der jüdischen Gemeinschaft im Januar war ich sehr gespannt. Würde der Ministerpräsident, der ja wußte, daß ich bei Gericht Hilfe suchte gegen seinen Staatssekretär, mir die Hand geben? Neunundzwanzig solcher Spitzengespräche zwischen Regierung und Kirchen hatte ich vorbereitet und absolviert und nachbereitet, seit die neue Regierung im Amt war. Und weder die Kirchlichen noch die Staatlichen hatten auch nur ein Mal etwas auszusetzen gehabt.

Zu diesen Spitzengesprächen kamen die Minister und die Kirchenleute mit Kollegmappen oder kleinen eleganten Köfferchen. Ich immer mit einer großen, dicken, schweren Ledertasche. Das war eine der Taschen, in denen die Boten die Akten schleppen oder Chauffeure den Chauffierten die Akten nach Hause bringen. Das ist Ihr Markenzeichen, sagte einer der vier Ministerpräsidenten, denen ich gedient habe. Ich freute mich über diese Bemerkung. Ein Staatssekretär hatte einmal den Satz in Umlauf gebracht: Wenn alle Beamten so gründlich wären wie Herr Fink, kämen wir zu nichts anderem mehr. Obwohl das spöttisch gemeint war, hat es mich gefreut. Ich wollte meine Arbeit immer so tun, daß jeder sehen konnte: Was ich arbeite, wird nicht durch Parteizugehörigkeit bestimmt, sondern durch Verfassungstreue.

Im Januar 89 also das Gespräch mit der jüdischen Gemeinschaft, vertreten durch die Herren Max Willner und Ignatz Bubis. Die Hand gab er mir, der Ministerpräsident. Lächelnd. Er hatte immer dieses wenig aufwendige Lächeln parat, das über die Mundpartie nicht hinausging. Sein Schwiegervater ist Zahnarzt. Daran dachte man unwillkürlich. Ich hatte natürlich meine Hand nicht hingestreckt, sondern gewartet, ob er die seine reiche. Er tat's. Jetzt bloß keine Verbeugung. Auch nicht die Spur einer Verbeugung, sondern ihn ankucken. Selbstbewußt, bitte. Ich glaube, das ist mir gelungen. Sonst wäre wohl kaum

Herr Bubis, nachdem der Ministerpräsident gegangen war, zu mir hergekommen, um mir zu sagen, er habe gerade vom Ministerpräsidenten gehört, ich bliebe vorläufig auf meinem Posten, weil man das gerichtliche Verfahren abwarten müsse. Hätte Bubis meinen Kampf für aussichtslos gehalten, hätte er mich wohl kaum so vor allen Augen angesprochen. Auch Max Willner war zu mir hergekommen. Fünfundachtzigjährig. Er hatte mir, als vor Weihnachten herumging, daß ich mich gegen die Umsetzung wehrte, sofort geschrieben. Gewarnt hatte er mich. Hinnehmen solle ich, was über mich verfügt werde. Zurücknehmen solle ich meinen Antrag auf Einstweilige Anordnung. Aus Lebenserfahrung sage er mir das. Man wird ein anderer Mensch durch eine solche Streitsache. Es gebe dann nur noch diese eine Sache, die Streitsache. Anders könne das gar nicht laufen, als daß diese Streitsache das Leben ganz und gar beherrsche, verzerre, zerstöre. Ganz nebenbei hatte er angemerkt, daß er, aus dem KZ befreit, einmal als Zeuge bemüht worden sei, wie ihn das strapaziert habe. Jetzt sagte Herr Willner: Sie machen also weiter, höre ich. Aber er sagte das lächelnd, und er lächelte anders als der Ministerpräsident. Er wünschte mir alles Gute.

5.

Nicht Max Willner, nicht Franz Karl Moor, meine Frau nicht und nicht die Kinder, niemand konnte ermessen, was ich mit dieser Stelle verlor. Ich hatte diese Stelle erfunden, entwickelt, mir auf den Leib geschneidert. Unter dem Ministerpräsidenten Osswald war das, 1971. Ich bin von Haus aus katholisch. Mein Vater war katholisch, mit einer Nuance Antiklerikalismus. Nie Zentrumsmann gewesen, obwohl er am Opladener Gymnasium auf dem katholischen Ticket lief. Paritätisch hieß das damals. Prälatenpolitik lehnte er ab. Prälat Kaas war ihm ein Greuel. Statt im Zentrum war er im Stahlhelm. Die Überführung in die NSDAP machte er nicht mit. Am Tag der ersten Hissung der NS-Flagge unterstützte er den Direktor, der sagte, die NS-Fahne sei noch nicht die offizielle Reichsfahne. Schüler und Lehrer, die schon zur neuen Zeit gehörten, erstürmten den Speicher, hißten die Fahne, der Direktor wurde entlassen, mein Vater kam mit einem Verweis davon. Den fand ich in seinen hinterlassenen Papieren. In meinem Dienstzimmer hängt der also, gerahmt und hinter Glas. Nach dem Krieg weigerte sich mein Vater, in die CDU einzutreten. Da treffe ich zu viele aus der vorigen Farbe, sagte er. Katholisch, aber nicht klerikal – das wollte ich sein. Und kam in die hessische Staatskanzlei, wo die Meinung galt: Die BRD ist in Rom gezeugt. Der nächste Ministerpräsident, Osswald, wollte Frieden mit der Kirche, ließ im Haus einen Katholiken suchen und fand mich. Als Verbindungsmann. Die Evangelischen waren mit mir einverstanden; wenn sie dafür, als Einflugschneise für ihre Interessen, einen Oberkirchenrat im Kultusministerium unterbringen konnten. Der Kirchenpräsident nannte mich gelegentlich Bruder Fink. Mich schauderte nur beim ersten Mal. Die Genossen nannten mich, auch weil ich meinen Dienst in einem Parterrezimmer tat, den Kellerkaplan. Der Landtagspförtner, der aus der Westeifel stammte, wo ich viele Verwandte habe, begrüßte mich immer in der Heimattonart mit Grüß Gott, Herr Bischof. Bisher hatte ich dazu gelacht, jetzt nahm ich mir vor, ihn zu bitten, auf diese Anrede zu verzichten. Aber jedes Mal, wenn er mich wieder lachend mit Herr Bischof begrüßte, war es für dieses Mal zu spät. Ich mußte es ihm verbieten, bevor er den Mund aufkriegte.

6.

Der Verwaltungsgerichtshof in Kassel verlangte von Staatssekretär Tronkenburg, er möge die Beschwerden über den Beamten Fink näher darlegen. Und der Staatssekretär erklärte, nicht zum ersten Mal, an Eides Statt, daß die Kirchen und Religionsgemeinschaften sich mündlich und telephonisch immer wieder über den Beamten Fink beklagt hätten, über seine fehlende Nähe zur Person des Ministerpräsidenten, über sein unzulängliches Wissen, seine mangelnde Kompetenz. Finks Entwürfe für Grußworte und Reden des Ministerpräsidenten hätten oft umgearbeitet und neu formuliert werden müssen. Schließlich habe man es aufgegeben, Fink noch mit solchen Entwürfen zu beauftragen. So siegte in Kassel die Staatskanzlei, siegte Herr Staatssekretär Tronkenburg. Auf Grund der eidesstattlichen Versicherung des

Chefs der Staatskanzlei ging der Senat davon aus, daß von Kirchen und Religionsgemeinschaften erhebliche Bedenken gegen den Beamten Fink vorgebracht worden sein mußten. Das Verhältnis zu Kirchen und Religionsgemeinschaften, hieß es jetzt, sei belastet, ja, tiefgreifend gestört. Beschwerden nicht nur gelegentlich und beiläufig, sondern nachdrücklich und mit zunehmender Intensität. Aber da die Beschwerdeführer nicht in Diskussionen um die Amtsführung hineingezogen werden wollten, könne er, der Staatssekretär, keine Namen nennen und sei auch gehindert an einer Konkretisierung der Beschwerden.
Am 23. November 1988, als der Staatssekretär den Beamten Fink umsetzte, war von Beschwerden noch nicht die Rede gewesen, nur von achtzehn Jahren auf demselben Posten und daß ein Beamter auch mal wechseln müsse. Jetzt auf einmal: Beschwerden. Aber beim Namen nennen konnte man nichts und niemanden, weil sonst, so der Staatssekretär an Eides Statt, das Land Hessen gefährdet sei.

7.

Tagung in Lille. International Council of Christians and Jews. Ich diente, ehrenamtlich, als Legal Advisor. Da kam die Nachricht. Ich wußte, am 29. Juni fällt in Kassel die Entscheidung. Vom Tagungsbüro im Hotel wollte ich nicht anrufen. Endlich fand ich ein Telephon, das noch nicht auf Karten umgestellt war. Mein Anwalt: Wir sind unterlegen. Ich zitterte, schwitzte, verschluckte mich. Sind Sie noch dran, fragte der Anwalt. Ich hatte das Gefühl, meine Stimme könne versagen. Ich traute mich nicht, es darauf ankommen zu lassen. Das Gefühl, keine Stimme mehr zu haben, beherrschte mich ganz und gar. Ich mußte aufhängen. Von meinem Anwalt konnte ich dafür Verständnis erwarten. Im Zug, auf der Heimfahrt, entwarf ich Presseerklärungen. Zum ersten Mal, Presseerklärungen in eigener Sache. Der Anwalt mußte eine solche Erklärung abgeben, seine, unsere Niederlage melden, aber so, daß jeder Leser sähe, wie es zu dieser Niederlage gekommen war. Versicherungen an Eides Statt, keine Namen, keine Fakten. Nur Behauptungen. Angaben von Kirchenpersonen dieses Ranges müßten nicht überprüft werden, handle es sich doch bei denen, die sich beschwert haben, um Persönlichkeiten, bei denen schon »mit Rücksicht auf ihre uneingeschränkte Vertrauenswürdigkeit keinerlei Zweifel an der Stichhaltigkeit ihrer Vorwürfe« erlaubt sei. Wenn ein Staatssekretär der christlichen Partei so über Kirchliche berichtet, kann ja ein Verwaltungsgerichtshof nur noch glauben. Aber die Vorwürfe gegen den Beamten Fink sind durch diese erlauchten Umstände so wenig konkret, daß der Beamte, um sich dagegen verteidigen zu können, sich zuerst auf die Suche nach Tatsachen begeben muß, um dann nachweisen zu können, daß diese Tatsachen falsch sind, erfunden sind, unwahr sind. Der einzige ins Tatsächliche reichende Vorwurf: Redenentwürfe. Tatsache war, vom Regierungswechsel (April 87) bis zum Rausschmiß (November 88) hatte Fink achtzehn Reden geliefert, von denen neun ohne jede und zwei fast ohne jede Änderung geblieben sind. Die übrigen sieben waren inhaltlich so weitgehend übernommen worden, daß sie den Vorstel-

lungen des Ministerpräsidenten entsprochen haben müssen, siehe dessen Rede zum Thema Schwangerschaftsabbruch. Aussagen und Begründung der gehaltenen Rede stimmten überein mit meinem Entwurf. Logopoioi hatte mich Franz Karl Moor auf unserer ersten Stelle in Eschwege getauft, weil ich dem Landrat die Reden schrieb. Nach der Abtreibungsrede hatte er diese Anrede wieder aufgefrischt, ich war wieder Logopoioi.
Ich also hin zu Duft und Degen, Kirchenrat und Prälat. Zehn und mehr Jahre mit denen fast tagtäglich im Kontakt, und nicht nur im Dienst. Drei Wochen vor dem Katastrophentag im November war ich mit dem Prälaten noch in Rom gewesen, eingeladen vom Secretarius Societatis Jesu, einträchtig durch die ehrwürdigsten Lokalitäten gewandert mit dem geistlichen Intellektuellen Bökkenförde zum Beispiel, immerhin Domkapitular in Limburg und Professor für Staatskirchenrecht in Frankfurt, hoch hinaufgeführt im römischen Hierarchiegebirge, von Beschwerde keine Spur. Mein Gott! Und der Herr Krollmann war dabei gewesen, der ehemalige Staatsminister, der mir auf staatlicher Seite das war, was Böckenförde auf der Kirchenseite war: Mentor! Dieses Beschwerdengespenst wird ganz ganz schnell verscheucht sein. Dachte ich. Schrieb doch letztes Jahr, noch vor Weihnachten, der Generalvikar des Bistums Mainz an den Staatssekretär, weil er vom Umsetzungsplan gehört hatte, schrieb und bezeugte, daß er Finks Arbeit stets zu schätzen gewußt habe, Fink, immer sachkundig, engagiert: Wir haben ihm dafür zu danken. Und er möchte gern, daß diese Überlegungen im Hause der Staatskanzlei berücksichtigt würden. Und der Prälat

hatte dem Beamten Fink durch seinen Justitiar telephonisch mitteilen lassen, daß er, der Prälat Degen, persönlich diesen Brief für den Generalvikar entworfen habe. Der Prälat Professor Dr. Dr. Benedikt Degen, Leiter des Kommissariats der katholischen Bischöfe im Lande Hessen. Und sein Justitiar telephonierte Inhalt und Urheber dieses an den Staatssekretär gerichteten Briefs schon vorab durch. An Fink. Und dieser Brief ist geschrieben worden, weil diese katholischen Herren gehört hatten, ihr Partner Fink würde umgesetzt. Also bittebittebitte, da konnten einem die Gegner bloß noch leid tun. Aus der ganzen amtlichen Erinnerung des Beamten Fink strömte nichts als Hilfe, datenreich, unschlagbar. Auch von protestantischer Seite. Kirchenrat Duft, direkt an Fink, auch noch vor Weihnachten: wie sehr ihn die Nachrichten, die über Fink jetzt im Umlauf seien, betroffen gemacht haben. Will weiterhin Kontakt. Gedankenaustausch mit Fink immer ungemein anregend und fruchtbar! Würde gern von Finks Erfahrungen weiter profitieren!
Das also können die Beschwerdeführer nicht sein. Die Religionsgemeinschaften vielleicht? Zwei Monate vor dem Rausschmiß hat Ignatz Bubis, der Vorsitzende der Jüdischen Gemeinde Frankfurt, Stefan Fink mit dem Ehrensiegel der Jüdischen Gemeinde ausgezeichnet! Und zwar für seinen langjährigen verdienstvollen Einsatz für die Belange der jüdischen Gemeinschaft in Hessen. Die freireligiös-unitarische Gemeinschaft in Hessen erklärte daraufhin: Hätten wir eine ähnliche Auszeichnung wie die jüdische Gemeinschaft, wäre Stefan Fink mit Sicherheit damit geehrt worden. Jetzt fragte ich also meine Gesprächspartner, mit denen ich jahrelang

tagtäglich Umgang hatte, ob es denn Beschwerden der vom Staatssekretär beeideten Art gegeben habe oder ob ihnen Vorgänge bekannt seien, über die man sich hätte beschweren können. Zuerst antwortete Duft, der Kirchenrat: Leider könne er wegen der Prozeßsituation nichts sagen. Und Degen, der Prälat: Wegen des laufenden Verwaltungsstreitverfahrens könne Finks Schreiben nicht beantwortet werden. Aber der Beamte Fink bittet noch einmal um nichts als Auskunft darüber, ob Beschwerde geführt worden sei oder nicht. Der Kirchenrat meldet, Finks Bitte sei zwischen den Kirchen erörtert worden, aber da jetzt ein Prozeß zwischen Fink und dem Land im Gange sei, wolle man sich nicht einem Prozeßbeteiligten gegenüber äußern über Aussagen, die Gegenstand des Verfahrens seien. Das gelte auch gegenüber der anderen Seite. Und der Generalvikar im Namen der Diözesen und des katholischen Kommissariats: Das laufende Gerichtsverfahren mache es unmöglich, sich gegenüber einem Prozeßbeteiligten zu äußern über Aussagen, die Gegenstand des Verfahrens seien. Das klang ökumenisch. Beide Oberen, der Kirchenpräsident der Evangelischen Kirche in Hessen und Nassau in Darmstadt und der Bischof in Limburg, ließen wissen, sie könnten nur etwas sagen, wenn sie als Zeugen vor Gericht aussagen müßten, sonst nicht.

8.

Wir stürmten ins Hauptverfahren. Mein Anwalt und ich. Sie müssen mir mein Amt wieder geben. Sie müssen die Vorwürfe zurücknehmen, die mir an die Ehre gehen. Ehre – ich hatte das Wort bis dahin nicht gebraucht. Es war eines jener großen, inzwischen in einen vieldeutigen Schlaf versunkenen Wörter gewesen. Wörter, die in schlimmen Diensten waren, meidet man ganz von selbst. Jetzt brauchte ich das Wort. Rehabilitierung – ja. Aber das Fremdwort tat's nicht ganz. Die Ehre sollte vorkommen in der Erklärung, die wir von ihnen forderten. Mein Anwalt und ich. Franz Karl Moor hatte mir den empfohlen. Jung, grün, das hieß, er würde nichts bloß um des Geldes willen tun. Arbeitete den halben Tag im Büro, die andere Hälfte zu Hause, weil dann die Frau arbeitet. Jobsharing nannten sie das. Für mich klang das wie Glocken von einer Weide, auf die ich nicht mehr kommen würde.

Ermessensmißbrauch warfen wir der Staatskanzlei vor. Und zitierten aus dem Gesetz die hilfreichsten Fügungen, die von Erfahrungen glänzen, wie sie mir gerade beschert worden waren, Fügungen, die aber auch die Kraft ausstrahlen, die entstanden ist, weil Menschen, anstatt sich mißhandeln zu lassen, sich wehrten, und sei's mit der Sprachkraft der Gesetze.

Böse Absicht, Willkür im subjektiven Sinn, Befangenheit oder Parteilichkeit oder sonstige von der Rechtsordnung mißbilligte subjektive Motive oder Haltungen schließen grundsätzlich die Annahme aus, daß der getroffene Verwaltungsakt auf der gebotenen sachgemäßen Abwägung

des Für und Wider aller für die Entscheidung einschlägigen Gesichtspunkte beruht.
Ja, wozu haben wir denn diese umsichtige Gelassenheit! Die Staatskanzlei, mein Arbeitgeber also, soll verurteilt werden, forderten wir, alle in den beiden Eilverfahren vorgetragenen ehrenrührigen Behauptungen über den Beamten Fink zu widerrufen. Und sie soll so etwas nie wieder behaupten dürfen. So. Und wenn es dann zur mündlichen Verhandlung kommt, werden Kirchenpräsident und Bischof endlich als Zeugen geladen und ebenso Kirchenrat Duft und Prälat Degen, dann dürfen und müssen sie endlich heraus mit ihrer Sprache: Beschwerden über Fink, wann, wo, wie, warum! Beweisaufnahme fällig, meine Herrn.
Aber das Verwaltungsgericht teilte mit: Die Klage wird ohne mündliche Verhandlung durch Gerichtsbescheid entschieden. Der Staatssekretär war glücklich. Mein Anwalt und ich protestierten. Ach ja, und mit Asylverfahren überlastet sei die Kammer auch!
Wenn die Justiz nicht will oder nicht kann oder nicht will und nicht kann, dann eröffnen wir eine zweite Front: die Zeitungsfront. Ich mußte meinen fein betuchten Gegner aus seiner Reserve herausreizen, also formulierte ich gerichtskritisch: Auch hätte Anlaß bestanden, die eidesstattliche Versicherung des Staatssekretärs Dr. Tronkenburg einer näheren Überprüfung zu unterziehen ... Das saß. Er konterte: Flucht eines Beamten in die Öffentlichkeit sei das, man werte das als Dienstpflichtverletzung.
Das Beste in dem Staatssekretärsschrieb war, daß er sich wehrte gegen den Vorwurf, falsche eidesstattliche Versicherungen abgegeben zu haben. Damit war das Thema in

der Öffentlichkeit. Zum Glück vermag die Verneinung einer Aussage fast nichts gegen die Vorhandenheit des Verneinten. Natürlich wollte er keine falsche eidesstattliche Versicherung abgegeben haben. In den Zeitungen und Zeitschriften wurde die eidesstattliche Versicherung des Staatssekretärs ein Thema. Und endlich merkten meine sogenannten Parteifreunde, daß das auch ein Thema für eine Opposition spielende Partei sein könnte. Eine Hauptausschußsitzung im Landtag sollte klären, ob der Staatssekretär gelogen hatte. Ich sofort zum Prälaten, den gebeten, er möge noch vor der Hauptausschußsitzung Tronkenburg aufsuchen und dem sagen, Tronkenburg habe dem Hauptausschuß mitzuteilen, daß sich Finks langjähriger Arbeitspartner, der Prälat Prof. Dr. Dr. Degen, über Fink nicht beschwert habe! Der Prälat suchte den Staatssekretär auf und sagte dem das, was der Beamte Fink ihn zu sagen gebeten hatte. Und der kluge Tronkenburg sagte dem Hauptausschuß nicht, daß der Prälat sich nicht beschwert habe, er sagte dem Hauptausschuß, der Beamte Fink habe den Herrn Prälaten gebeten, dem Staatssekretär zu sagen, der möge erklären, daß der Prälat sich nicht beschwert habe.

Als ich das Franz Karl Moor berichtete, sagte er, das sei doch genau unsere Kölner-Dom-Szene. Es wird nichts vermittelt als das Vermitteln.

So war es. Das Faktum gab es nicht mehr. Es gab nur noch meinen Versuch, einen Prälaten zu nötigen, zu meinen Gunsten Einfluß auszuüben.

Der Staatssekretär beherrschte die flinkeren Wendungen. Und er spielte seine Platte: Rücksicht auf die Kirchen, die nur vor Gericht aussagen wollen.

Ich rief den Abgeordneten und Parteifreund Luft an, bat ihn, er möge sich von mir einen solchen Brief an den Prälaten Degen schreiben lassen, daß die Antwort des Prälaten den Sachverhalt enthüllen müsse. Der Abgeordnete am Telephon: Macht der Prälat mit? Ja, sagte ich. Ich hatte den Prälaten soweit gebracht, das zu bedauern, was der Staatssekretär aus dem Besuch des Prälaten gemacht hatte. Ich schrieb also als Abgeordneter Luft an den Prälaten Degen, fuhr mit dem Entwurf über Frankfurt hinaus in die verbaute Landschaft. Luft lachte, als ich eintrat. Daß mir nicht zum Lachen zumute war, konnte ich ihm nicht vermitteln. Während er den von mir entworfenen Brief las, sah ich mich um. Fast alles in Weiß, wirkte kostbar, in der Ecke hausaltarhaft der Computer. Toskanafraktion, dachte ich. So nennt man es, wenn Sozialdemokraten zugeben, daß auch sie am Wohlleben interessiert sind. Ich mit dem vom Abgeordneten abgesegneten Brief zum Prälaten, der weit in der Gegenrichtung wohnte, bei Rüdesheim nämlich. Das ist, um es in näherliegenden Ortschaften auszudrücken, weiter als von Brooklyn nach Long Island. Die Antwort des Prälaten auf den Abgeordneten-Brief, den ich ihm brachte, hatte ich auch schon dabei. Höflichkeitshalber nannte ich das einen Entwurf. Aber der weiche, bleiche, unvermindert freundliche Prälat wollte dem Abgeordneten anders antworten, als ich es für ihn entworfen hatte. Den vierten Entwurf legte ich dann am Pfingstsonntag vor. Er empfing mich immer in einem Besprechungszimmer des Heims für psychisch kranke Kinder und Jugendliche, das er leitete. Den vierten Entwurf behielt er. Bevor er ihn an den Abgeordneten schicke, rufe er mich an. Er sei noch nicht ganz einverstanden. Natürlich sei er im Februar zu Tronkenburg gefahren, um dem zu sagen, Tronkenburg solle vor dem Ausschuß sagen, der Vertreter der katholischen Kirche habe sich über den Beamten Fink nicht beschwert, er könne aber nicht ausschließen, daß Tronkenburg verstanden habe, der Prälat komme nur, um Tronkenburg mitzuteilen, der Beamte Fink verlange vom Prälaten, daß der vom Staatssekretär verlange, vor dem Hauptausschuß das und das zu sagen. Der Prälat sagte zwar, es wäre ja absurd, zum Staatssekretär in die Wohnung zu fahren und dem nur zu sagen, daß er auf Verlangen Finks komme, aber er könne nicht ausschließen, daß der Staatssekretär ihn nur so verstanden habe. Aber bitte, er werde den vierten Entwurf durcharbeiten und mir dann Bescheid geben.

Zum ersten Mal war ich den Tränen nahe. Ich vergaß, meinen Pullover mitzunehmen. Er trug ihn mir nach zum Auto, überreichte ihn mir, mich milde anstrahlend, als beweise er mir durch dieses Pullovernachtragen, wie gut er es mit mir meine. Ich reagierte überhaupt nicht. Wieder hatte ich dieses Gefühl, keine Stimme mehr zu haben. Da, wo die Stimme sitzt und verläßlich reagieren soll, spürte ich einen jede Leistung verweigernden spitzen, harten totalen Druck. Es fühlte sich an, als könnte ich nie mehr einen Laut hervorbringen. Degen hätte mir leid tun sollen. Der durfte Tronkenburg nicht entblößen. Die schwarze Seilschaft funktionierte. Eine Stunde lang vor mich hin fluchend, fuhr ich zurück. Ich fluchte, um nicht heulen zu müssen.

9.

Ein paar Tage später ein Brief von Prälat Degen: Er habe mich telephonisch nicht erreicht, er habe also den Brief an den Abgeordneten abgeschickt. Die Kopie lag bei. Der Herr Prälat hatte den Vorgang entkernt, übriggebliebenen war die vom Staatssekretär gewünschte Hülse.
Ich fing an, Leitzordner zu füllen. Auf allen Ordnern stand DGG: David Gegen Goliath.
Allmählich merkte ich, wie recht Max Willner gehabt hatte. Was nicht mit meinem Rechtsstreit zu tun hatte, interessierte mich nicht mehr. Auch an mir selbst interessierte mich nur, was mit meinem Rechtsstreit zu tun hatte. Meine Haare fielen aus, einige Zähne auch, ich wurde dicker, der Garten vor dem Häuschen in Bleidenstadt verwilderte, ich dachte: später, wenn alles vorbei ist, wenn du wieder jemand bist, dann ... Kein Holz mehr im Wald für unseren Ofen. Keine Ablenkung, bitte. Die ganze Kraft für die Wiederherstellung meiner Ehre, meiner Person. Daß ich für die Welt, für meine Kollegen, Bekannten, Verwandten zu einer Unperson geworden war, erlebte ich jeden Tag. Ja, auch für die Verwandtschaft. Für die in den kleinen Eifeldörfchen, zum Beispiel. Was macht denn der Stefan bloß! Das muß der doch einsehen! Jetzt sind da Neue dran, und die bringen dann eben ihre Leute mit! Wie Thea darüber dachte, erfuhr ich nicht. Die Prüfqualität ihres Blicks verschärfte sich, bildete ich mir ein. Thea litt oder litt nicht. Ich wußte nur, daß sie mir, wenn sie den Kampf nicht billigte, das niemals sagen würde, weil sie sah, daß ich keine Wahl hatte. Nichts würde sie dann vollkommener verbergen als ihre Mei-

nung über den Kampf ihres Mannes. Ich mußte Thea, so gut es ging, meiden, um sie nicht zu Lügen zu zwingen, die ihr weher taten als mir. Am wohlsten fühlte ich mich bei meinem Anwalt. In seiner Kanzlei. Da wurde nur über das gesprochen, was wichtig war, also über meinen Prozeß. Und alle nahmen teil. Alle hatten gelesen, was in der Zeitung über meinen Prozeß gestanden hatte. Ich spürte eine Art Respekt. Die meisten Schriftsätze entwarf ich selbst, aber es blieb noch viel Arbeit für meinen Anwalt. Ich lieferte das Tatsächliche, er das Verwaltungsrechtliche. Natürlich war mein Anwalt mehr als ein Rechtsfunktionär, aber er hat wohl doch nicht gelitten, wenn ein Tag verging, ohne daß irgend etwas passierte, was mit dem Prozeß zu tun hatte. Das ist das quälende: Es kann jeden Tag etwas passieren, aber es passiert nicht jeden Tag etwas. Besonders im Sommer. Überhaupt in allen von Ferien blockierten Zeiten.

10.

Was rechtlich zuerst so eindeutig war, zerfloß allmählich in der Fülle des Materials. Das Recht, das, wie ich fest glaubte, auf meiner Seite war, verlor sein eindeutiges Profil in einem Wust, in dem wirkliche und produzierte Fakten nicht mehr sofort unterscheidbar waren. Ich mußte also die wirklichen Fakten festigen, übersichtlich halten, verfügbar machen. Aus meinem Sammel- und Ordnungseifer fertigten mir die Gegner den Ruf, ein Pedant und Querulant zu sein, der alles, was ihm unterkommt, nur noch daraufhin prüft, ob er es in seinem Prozeß verwenden kann. Aber ich hatte ja deren zwei. Und obwohl die beiden Prozesse überhaupt nichts miteinander zu tun hatten, haben die Gegner, was im einen Prozeß geschah, bedenkenlos für den anderen Prozeß ausgebeutet. Den einen, der mit mir eigentlich gar nichts zu tun hat, den ich als Beamter im Auftrag des Landes führen mußte, nannte ich, wenn jemand danach fragte, den Großen Prozeß, den anderen, der mich mehr anging als alles andere in der Welt, den Kleinen Prozeß. Die Leute hatten ja immer irgend etwas gehört oder gelesen, und obwohl es, auch in der flüchtigsten Zeitungsnotiz, sich immer um klare Mitteilungen handelte, brachten sie dann, als sei das ihr Interesse, alles durcheinander. Auf Familienfesten feierte diese Peinlichkeit Triumphe. Hast du jetzt zwei Prozesse, oder ist das immer noch derselbe, fragte der Vetter aus der Westeifel. Und schon drehte der angeheiratete Vetter aus Bad Pyrmont den Kopf her – und mußte sich dieser Frage, die er ohnehin hatte stellen wollen, anschließen. Hätte ich das als nicht hierherpassende Bagatelle abwehren wollen, wäre die ganze Verwandtschaft im Nu von einem das Schlimmste vermuten lassenden Kopfschütteln angesteckt gewesen. Ich fing also an zu erklären. Natürlich viel zu ausführlich. Ich erklärte unerbittlich, daß das Land mich im Jahr 1982 beauftragt habe, an der Universität Frankfurt einen Diplomstudiengang Katholische Theologie einzurichten, daß der Bischof von Limburg vor Gericht gegangen sei, wohl im Auftrag der anderen Bischöfe und im Auftrag Roms. Habe jemand in Hessen katholische Theologie studieren wollen, sei das bis dahin nur an der Theologischen Hochschule Sankt Georgen in Frankfurt möglich gewesen. Geleitet vom Jesuitenorden! betonte ich. Da wurden die Zuhörer kurz wach. Jetzt auf einmal also ein Fachbereich Katholische Theologie an der Universität, acht Professoren. Auch daß Bischof Kamphaus, früher ja selber Professor an einer Staatlichen, nämlich in Münster, auf Geheiß der Zentrale vor Gericht gehen mußte, weckte noch eine Art Interesse. Aber wenn ich dann zu dem kam, wonach sie gefragt hatten, wurden die Gesichter wie von einem geheimen Luftzug weggedreht. Um ein winziges nur. Aber das genügte. Sie schauten nach einem anderen Gesprächspartner aus. Aber jetzt gab ich nicht mehr nach. Jetzt sollten sie büßen für ihre leichtfertige Frage. Mir sei im Haus die Prozeßführung übertragen worden, vom damaligen Kultusminister, meinem Mentor damals. Und brachte jetzt noch an, daß ich mit dem, drei Wochen vor meiner Umsetzung beziehungsweise vor meinem Rausschmiß, noch in Rom gewesen sei, mittaggegessen mit einem Kurienkardinal, so hoch hinaufgeführt im Vatikangebirge vom Prälaten Degen, der jetzt als mein Gegner auftreten müsse in meinem eigenen Prozeß. Wenn ich dann aufhörte, drehte der Zuhörer sein Gesicht wieder her zu mir und sagte: Du hast also jetzt zwei Prozesse. Nein, sagte ich, den Großen habe ich nicht mehr, den führt jetzt das Wissenschaftsministerium. Aha, sagte der Zuhörer und wandte sich jetzt endgültig der Frau des Vetters zu, die er schon die ganze Zeit über hatte begrüßen wollen. Tatsächlich trug die auch ein blaues Kostüm, an dem man kaum vorbeisehen konnte: mit zwei Reihen weißer Knöpfe.

Im Juni 90 nannte der Staatssekretär vor dem wieder seinetwegen tagenden Hauptausschuß des Landtags endlich die Namen derer, die sich beschwert haben sollten. Er tue es, weil er nicht länger verdächtigt werden wolle, eine falsche eidesstattliche Versicherung abgegeben zu haben. Bischof Dr. Kamphaus und Prof. Dr. Bertsch SJ. Bis dahin war angeblich immer das Wohl des Landes Hessen gefährdet gewesen, wenn er einen Namen genannt hätte. Jetzt also nicht mehr. Zum Glück hielt es Bischof Kamphaus für nötig, zwei Tage nach dieser Namensnennung der Presse zu erklären: Seine Einwände gegen mich hätten sich ausschließlich auf meine Rolle im Rechtsstreit über den Diplomstudiengang bezogen. Und er habe mich, erklärte er, über seinen Einspruch gegen mich informiert. Damals. Das hat er. Sein persönlicher Referent hatte angerufen. Ich war hingefahren. Es war ein hartes Gespräch geworden. Mein Text: Es gebe keine doppelte Loyalität. Er irre, wenn er glaube, als Katholik sei ich jenseits meines Beamtenstatus verpflichtet, Interessen der katholischen Kirche zu vertreten. Eine Stunde lang. Er am Schluß: Darf ich Ihnen einen Gruß an Ihre Frau mitgeben. Ich: Danke. Und als Kamphaus Bischof in Limburg wurde, galt er als so fortschrittlich, daß gefragt wurde: Wie hat man den durch den päpstlichen TÜV bekommen? Und jetzt mußte er sich dagegen wehren, daß der Staat Diplomtheologen ausbilden läßt, die, was die Lehre angeht, weiterhin der Kirche folgen. Einmal war ich bei ihm zu Hause gewesen: schwedisch-spartanisch-franziskanisch, zwei Zimmer in einem Priesterseminar, Verzicht auf Residenz. Sein Wahlspruch: Pauperibus evangelicare. Einmal war er auch bei uns zu Hause, aß mit uns, wir haben nicht etwa seinetwegen gebetet. Aber da führte ich den Großen Prozeß gegen ihn doch schon seit vier Jahren.

Der Staatssekretär hatte jene Juni-Erklärung des Bischofs gleich wieder grob ausgeschlachtet. Durch nichts als Verallgemeinerung. Keinen Zweifel lasse die Erklärung des Bischofs daran, daß es mir aus der Sicht der katholischen Kirche an der für meine Aufgabe erforderlichen Loyalität und Integrität gefehlt habe. Ja, Himmelhimmelhimmel, das sagt mir mein vom Staat bezahlter Dienstherr! Daß der Bischof katholische Loyalität erwartet von einem katholischen Beamten, mag einer durch Interesse getrübten Sehweise zuzuschreiben sein. Daß aber der *Staats*sekretär sich das zu eigen macht und mir dann einfach Integrität abspricht – ja, bitte, wo soll man denn da noch den Sauerstoff herholen! Böckenfördes Dissertation, Leo XIII. und die doppelte Loyalität betreffend, sollte man diesen Herrschaften schicken! Ich habe doch den Prozeß für die Einrichtung des Diplomstudiengangs nicht als Privatmann geführt! Daß der Bischof seine Kritik ausdrücklich auf meinen Anteil am Diplomstudiengang bezog und nicht auf meine Hauptarbeit, die Verbindungsstelle zu Kirchen und Religionsgemeinschaften, das läßt der Staatssekretär einfach aus. Und vom Gericht hörten wir nichts. Kein Termin wurde anberaumt. Mein Anwalt: Die Kammer sei weiterhin mit Asylsachen überlastet. Dringlichkeit anmahnen wollte er nicht. Der Vorsitzende stehe kurz vor der Pensionierung, die Berichterstatterin kurz vor einer Beförderung. Der zweite Beisitzer, auch eine Frau, habe gesagt: Durch die Landtagswahl 91 erledigt sich die Sache von selbst, und zwar zugunsten des Beamten Fink. Ich aber konnte meinen Prozeß nicht sich selbst überlassen. Aus dem, was der Anwalt gehört hatte, sah ich, daß mein Fall schon für unübersichtlich und kompliziert galt. Wenn sich diese Ansicht durchsetzte, hatten meine Gegner gewonnen, ohne daß sie noch einen Finger rühren mußten. Dann blieb ich im Abseits, die Beschuldigungen blieben unwiderrufen, durch die Materie kam kein Mensch mehr durch. Mit Hilfe des Limburger Domkapitulars Prof. Dr. Werner Böckenförde erarbeitete ich eine Gliederung. Keinem habe ich mehr zu verdanken als ihm. Alles, was ich von Kirchenrecht und Staatskirchenrecht begriffen habe, habe ich durch ihn begriffen. Sein Credo, mein Credo, unser Credo: Staat und Kirche trennen, wo sie zu trennen sind. Draufhauen auf Prälatenfinger, sobald sie in Staatsgewässern fischen wollen. Und mir hat er, als ich rausgeschmissen wurde und als die Kirchen, um den schwarzgelben Staatssekretär zu schützen, schwiegen, gesagt, er schäme sich seiner Kirche. Böckenförde lehrte selbst am Fachbereich, dem sein Bischof das Diplomieren vergällen wollte.

Fast vier Monate arbeiteten Böckenförde und ich an der Gliederung der Streitmaterie. Zwei-, dreimal pro Woche fuhr ich nach Limburg, ganze Nächte saßen wir zusammen, härteten Sätze und teilten sie ein. Im Dezember 90 stand der Schriftsatz. Im Januar 91 schaffte ich einen Computer an. Ich war sicher, die Kammer werde, sobald dieser Schriftsatz dort bekannt sei, sofort einen Termin anberaumen im Hauptverfahren gegen den Staatssekretär. Ich konnte mir nicht vorstellen, daß ein so eindeutig dargelegtes Unrecht nicht sofort eine Rechtsprechung provozieren müsse. Das war nicht der Fall. Auch die Staatsanwaltschaft reagierte nicht. Da wird in aller Landtagsöffentlichkeit der Vorwurf der falschen eidesstattli-

chen Aussage ausgesprochen, und nichts tut sich. Kein Vorermittlungsverfahren wird eingeleitet. Nicht einmal Akten werden angefordert. Der kleine Huch alias Voxpop sagte mir auf der Rolltreppe bei Karstadt ins Ohr: Die sitzen das aus.
Einmal, als ich bei Böckenförde saß, um mit seiner Hilfe die anschwellende Prozeßmaterie durch Gliederung leicht und durchsichtig zu machen, rief der Prälat Degen an. Böckenförde berichtete: Der Prälat habe ihn gebeten, mir mitzuteilen, daß ein Schriftsatz unterwegs sei zu meinem Anwalt. Der Staatssekretär hat den Prälaten und den Kirchenrat angerufen und gesagt, daß er jetzt doch die Finkschen Witzeleien über den Ministerpräsidenten in den Prozeß einführen müsse. Der Prälat und der Kirchenrat seien sehr betroffen gewesen. Passiert sei folgendes: Bei einem Gespräch Ende 1989 habe der Staatssekretär gesagt: Sagen Sie mal, irgendwelche Witze hat der Fink doch gemacht. So habe er dem eher ungeschickten Kirchenrat Zustimmungen aus der Nase gezogen, die nicht denunziatorisch gemeint gewesen seien. Der Kirchenrat hat jetzt seine Oberen gefragt. Die: Was du gesagt hast, dazu mußt du auch stehen. Der Prälat erklärt das dem Domkapitular Böckenförde so ausführlich, daß der es mir erkläre, damit ich nicht meine, der Prälat sei ins Lager des Gegners übergelaufen. Kein Vorwurf oder, juristisch gesprochen, kein Vorhalt hatte mich bis dahin so getroffen, so mutlos, ja, so elend gemacht wie dieser: die in die Prozeßmaterie eingeführten Witzeleien über diesen und jenen Mächtigen. Auf ein *Pflasterstrand*-Witzchen hatte ich die beiden Kirchenmenschen aufmerksam gemacht. Das hätten sich die beiden Herren verbeten,

stand im Vorhalt. Gelächelt haben sie. Ich konnte, als Böckenförde mir das berichtet hatte, nichts mehr sagen. Ich mußte heimfahren. Kaum war ich zu Hause, rief Bökkenförde an. Das passiert kein zweites Mal, daß Sie von hier wegfahren, ohne etwas gegessen zu haben. Dieser große und gute Mann. Aber ich mußte mich sofort hinsetzen und meinem Anwalt einen Schriftsatz entwerfen als Antwort auf diesen nichtswürdigen, erbärmlichen, charakterlosen Vorhalt. Ein Gegner, der zu solchen Mitteln greift, disqualifiziert sich. Aber offenbar merkt weder er noch sonst jemand, was für eine Kulturvernichtung ein solcher Vorhalt bedeutet. Ich setzte mich hin – eine Nacht lang – und setzte etwas auf über Ironie und kommunikative Kompetenz mit besonderer Berücksichtigung der Arbeiten Niklas Luhmanns. Und hatte dabei, wie noch nie, das Gefühl, der Gegner, Herr Tronkenburg, sei physisch anwesend, nehme, was ich schreibe, Satz für Satz zur Kenntnis. Ich war nicht wütend, ich war traurig. Niedergeschlagen. Erledigt. Das sollte er ruhig zur Kenntnis nehmen, der Herr Gegner, daß ich nicht ins Bett konnte, daß ich nicht die geringste Aussicht auf Schlaf hatte, solange ich diese würdelose Attacke nicht pariert hatte, pariert auf einem Niveau, das dieser Attacke fremd war. Und Herr Tronkenburg saß so in einer Ecke meines winzigen Arbeitszimmers, wie ich ihn im Juli im Fond seines Dienstwagens hatte sitzen sehen, als wir beide auf dem Weg zum Landtag waren, zur Hauptausschußsitzung, in der es um seinen Kopf ging, in der aber wegen gesicherter schwarz-gelber Mehrheit ihm gar nichts passieren konnte. Er im Auto, ich zu Fuß, beide einen Augenblick durch dieselbe Ampel gestoppt, sein

Blick und mein Blick trafen auf einander, das war, als träfe Stahl auf Stahl, ich gab nicht nach, er auch nicht, die Ampel löste uns von einander, so saß er jetzt und ... ach, leider saß er nicht, sondern schlief sicher selig in seinem Frankfurter Villenbett. Ich aber konnte die Nacht nur schreibend, gegen die Mächtigen anschreibend, überleben. Am nächsten Morgen suchte ich für einen Hodlerdruck in der Stadt nach einem Rahmen, daß ich das Bild vor mich auf meinen Schreibtisch stellen konnte. Das Bild zeigt einen Mann mit einer Axt. Der Mann schwingt die Axt.

11.

Die Landtagswahlen im Januar 91 sollten, wenn es nach mir gegangen wäre, die Schwarzgelben gewinnen. Solange meine Parteifreunde in der Opposition waren, konnten sie hoffen, aus meinem Fall Kapital zu schlagen, also würden sie, ob sie's wollten oder nicht, für mich kämpfen. Daß es dabei für die, die da tätig wurden, nie um mich oder gar um das Recht ging, sondern immer nur darum, der anderen Partei zu schaden und der eigenen zu nützen, um dann selber an die Macht zu kommen, ist mir keine Sekunde lang zweifelhaft gewesen. Wenn meine Parteifreunde Opposition sind, müssen sie angreifen, habe ich ein paar Divisionen mehr. Noch am Wahltagabend rief Professor Trauberg an, einer, der von Anfang an zu mir gehalten hat, mutig in evangelischen Blättern zu meinen Gunsten geschrieben hat. Er gratulierte mir zum Sieg der Rotgrünen. Jetzt sei meine Leidenszeit gleich zu Ende. Ich widersprach ihm nicht. Aber ich war in ganz anderer Stimmung. Ich kannte meine Partei besser.

Wahl gewonnen, Regierung noch nicht gebildet, da hinein fiel der 60. Geburtstag eines früheren Ministerpräsidenten. Ich wurde eingeladen. Reihte mich ein in die Gratulantenschlange, er dankte mir für die Rede, die ich ihm zum 85. Geburtstag von Max Willner geschrieben hatte. Für solche Empfänge entwickelte ich jetzt eine Methode, die es mir ermöglichte, meine zunehmende Isolierung zu verbergen. Ich konnte ja nicht mit dem Tomatensaft- oder Sherryglas in der Hand herumstehen und demonstrieren, daß mit mir keiner mehr sprechen wollte. Um diesen Zustand erst gar nicht zum Vorschein kommen zu lassen, ging ich jetzt auf jedem Empfang andauernd herum und sah immer so in die Saalferne, als ginge ich auf einen sehr Wichtigen zu, deklassierte dadurch jeden, der mir vielleicht noch durch Augenkontaktaufnahme eine Art Gruß zugesendet hätte, zu einem Wenigerwichtigen. Ich spürte die Isolierung als eine Art Schwebezustand. Es war einfach noch nicht klar, wie unter der neuen Regierung mit dem Beamten Fink umzugehen sei. Im April wurde das deutlicher. Amtsübergabe von Schwarzgelb an Rotgrün. Herr Dr. Tronkenburg wird eine Rede halten.

Ich war noch nicht so frei, den Namen meines Feindes schon nennen zu können. Tronkenburg heißt im sechzehnten Jahrhundert die Burg des bösen Junkers, der Kleists Michael Kohlhaas plagt. Als mir zugetragen wurde, daß sowohl der Limburger Bischof wie auch der Darmstädter Kirchenpräsident den Beamten Fink als Kohlhaas bezeichneten, las ich Heinrich von Kleists Novelle. Wenn ich Kohlhaas war, dann war mein Gegner Tronkenburg.

12.

Am Tag der Amtsübergabe hätte ich Urlaub gehabt. Ich bin von meinem Taunusnest runtergefahren ins feindliche Lager. Schon im Flur des Nassauischen Museums, wo alles stattfinden sollte, traf ich auf den neuen Staatssekretär. Er grüßte mich fast fröhlich. Dann hielt Tronkenburg seine Rede zum Thema: Das Beamtentum müsse vom Zugriff der Parteien geschützt werden. Ist das nicht fabelhaft, daß alles immer so deutlich herauskommt in der gesellschaftlichen Welt! Nur die Natur kennt Mimikry. In der Gesellschaft läuft das grellste Anti-Mimikry. Die Natur will Frieden. Die Gesellschaft Kampf. Gerade noch hat dieser Mann als Staatssekretär grob und mit der falschen eidesstattlichen Aussage verdächtigen Äußerungen ins Berufsbeamtentum hineingeschlagen, und jetzt droht er mit dem edelsten Zeigefinger irgendwelchen Imaginären, sie sollten ja die Hände vom Berufsbeamtentum lassen. Und keiner pfeift. Ich auch nicht. Dieser Mann, der gerade noch einen Fraktionsgehilfen zum Ministerialdirigenten machen wollte, näselt feierlich, daß er, was er hier sage, nicht nur an die SPD richte, sondern an alle Parteien. Da machten alle Klatschklatsch. Ich nicht. Dieser Mann ist mein Feind. Ich bin ihm in den Weg geraten. Er wollte einfach seinen Weg gehen. Das war er gewohnt. Sich durchsetzen. Da mußte er mich, weil ich störte, zur Seite schieben. Ich wehrte mich. Das war ihm

neu. Da schlug er zu. Er meinte es sicher nicht persönlich. Allenfalls systematisch.
In der Zeitung las ich: Der neue Staatssekretär gewährt seinem Vorgänger Rechtsschutz. Das Verwaltungsgericht fragte, ob wir uns nicht außergerichtlich einigen könnten. Der neue Staatssekretär bestellte mich zu einem Non-Gespräch. Non-paper kannte ich. Der neue Staatssekretär empfing mich fröhlich, erklärte mir sofort fröhlich, daß er seinem Vorgänger habe Rechtsschutz geben müssen, weil einem anderen auch einmal usw. Er setzte einfach voraus, daß ich diesen Brauch – Große helfen einander – akzeptierte. Ich war doch, bitte, kein Spaßverderber! Mein Staunen hat er nicht gemerkt. Ich habe es mir allerdings auch nicht anmerken lassen. Dies sei ja nur ein erstes Non-Gespräch. Es könne nicht unser Interesse sein, die Kirchen in eine schwierige Lage zu bringen. Die Sache müsse endlich ein Ende haben. Wir müßten alle Federn lassen.
Ich: Daß ich nicht einsähe, warum ich Federn lassen müsse. Ich wisse immer noch nicht, was man mir vorwerfe.
Er: Ob ich Einwände hätte gegen ein nächstes Gespräch, ohne meinen Anwalt, aber mit dem Justitiar der Staatskanzlei. Ich wußte, dieser Justitiar war ein Freund von Tronkenburg. Ich: Den halte ich für befangen. Der hat seinem Chef die falschen eidesstattlichen Versicherungen gegen mich gegossen.
Und dessen Vertreter?
Ist zwar SPD, hat aber auch mitgewirkt am Krieg gegen mich.
Einmal, in der Stadt, kam der Neue wiederum fröhlich

mit: Meister, wie geht's? auf mich zu. Vor den Ferien werde wohl nichts mehr zu machen sein. Plötzlich tauchte der immergrüne Joschka Fischer auf. Ich dachte, er käme auf mich zu. Er blieb aber zwei Meter weit weg stehen. Der Staatssekretär verließ mich abrupt mit: Der Joschka wartet auf mich. Ich habe Fischer nicht angekuckt, weil ich ihm keine Gelegenheit geben wollte, mich nicht zu grüßen. Danach mußte ich sofort Franz Karl Moor anrufen. Ich sei auf dem Weg zum Jugoslawen, verabredet dort seien wir erst für Freitag, aber wenn's heute schon ginge, wäre das eine Wohltat. Es ging. Er kam. Braungebrannt und heiter. Allerdings – das war immer, fast immer sein Auftrittstext – ließ er mich in seiner gegenstandssüchtigen Umständlichkeit wissen, aus welchem ihm den Hals schnürenden Arbeitsdruck ich ihn gerissen hätte: Die Dombaulastverpflichtungen des Landes, angewendet auf die Fußbodenheizung des Fuldaer Doms, das heißt: Gilt das Professor-Mußgnug-Gutachten noch, das diese Problematik vom Reichsdeputationshauptschluß, 1803, her entwickelt? Das muß Franz Karl Moor bis 17 Uhr 45 beantwortet haben, für das Land stehen Millionen auf dem Spiel. Franz Karl Moor konnte alles, was er zu bewältigen hatte, spielerisch fassen. Das einzige, was er ernst nehme, sei, daß er nichts ernst nehmen könne. Ich habe vergeblich versucht, bei ihm zu lernen. Als ich merkte, daß ich, was er war, nicht lernen konnte, habe ich versucht, ihn zu imitieren. Ich kam mir komischer vor, als mir erträglich war. Auf mich wirkte Franz Karl Moor eigentlich schicksallos. Na ja, nach Gundula durfte man nicht fragen. Gundula, das war die Grenze seiner Schicksallosigkeit. Wenn er merkte, daß man etwas wissen wollte über Gundula und ihn, dann sagte er mit seinem lyrischsten Baß die gelenkigsten Sätze und ließ einen, überströmend von fast schon parodistischer Güte, wissen, wie kindlich es sei, über ihn und Gundula etwas wissen zu wollen. Das machte er mit solchen Sätzen: Die Ehe eines anderen ist eine Fremdsprache, für die es nun mal kein Wörterbuch gibt. Oder: Danach fragen heißt es nicht wissen wollen. Oder: Ich empfehle die naturwissenschaftliche Art der Beobachtung. Und jeden solchen Satz beendete er mit einem lang ausschwingenden: Mein Lieber!

Wahrscheinlich war, was Thea und ich als Ehe betrieben, eine einfachere Lebensart als die Moorsche. Aber daß man von dem, mit dem man zusammenlebt, nicht soviel weiß, wie man, wenn man nicht darüber nachdenkt, glaubt, das wurde mir, seit ich einen Verteidigungskrieg führen mußte, immer klarer. Inzwischen bereitete Thea die Sätze, die sie mir noch sagte, zu wie Gesundheitstees. So schmeckten sie dann auch.

Franz Karl Moor deutete gelegentlich an, daß wir durch Aiaia alles erfahren würden, was er, zu fürchterlicher Diskretion gezwungen, nicht aussprechen könne. Die überlebensgroße Aiaia war in jedem Jahrhundert mit einem anderen Mann verheiratet. Das wußte man inzwischen.

Ich mußte, immer wenn wir uns trafen, auch wenn mir, wie an diesem schmuddeligen Apriltag, ganz anders zumute war, immer zuerst fragen: Was macht Aiaia? Das war eingeführt. Und er konnte entscheiden, ob er von Aiaia anfing oder ob er sofort der Dringlichkeit entsprach, um derentwillen ich ihn hergebeten hatte.

Manchmal war diese Bedingung lästig, aber oft war ich froh, wenn mich Franz Karl Moor schnell in eine Vergangenheit riß, in der alles nur durch das Verhältnis zwischen Männern und Frauen entschieden wurde. Aiaia war sozusagen das Wesen der Geschichte schlechthin. Die Männer brauchten Aiaia nötiger als sie die Männer. Die erste Aiaia war mit vierzehn von einem General von der Insel Karpathos mitgenommen worden. Sie war im östlichen Mittelmeer berühmt, weil sie Stimmen hörte und daraus offenbar weitreichende Aussagen formulieren konnte. Demon, Aiaias Vater, hatte aus Liebe zu seiner Frau Daianaira deren Vater Theopomp umbringen müssen. Theopomp hatte nicht darauf verzichten können, für seine Tochter Daianaira wichtiger sein zu wollen als deren Mann. Als Theopomp umgebracht war und Demon hoffte, Daianaira könne seine Liebe jetzt endlich ungemindert erwidern, mußte Daianaira, dem Brauch gehorchend, ihren Bruder rufen, daß er die Blutrache exekutiere. Das tat der. Als ihr Mann Demon von den Leuten des Bruders umstellt und im brennenden Haus eingeschlossen war, verabschiedete sich Daianaira mit einem Kuß von ihrem Bruder und einem Kuß von ihrer Tochter Aiaia und ging in das brennende Haus, um mit ihrem Mann Demon, wie es der Brauch war, zu sterben. Seitdem hörte Aiaia Stimmen. Der byzantinische Feldherr Belisar, unterwegs von Byzanz nach Karthago, das er den Vandalen entreißen sollte, nahm das stimmenreiche Mädchen mit. Er war auf Karpathos gelandet, um den goldenen Tripus zu rauben, den die Griechen auf der Heimfahrt von Troja verloren hatten und der durch einen Ausspruch Aiaias von Karpathos-Fischern nördlich von

Samos aus dem Meer geborgen worden war. Dieser goldene Dreifuß war immer noch ein begehrtes Prognose-Requisit, obwohl durch Philosophie und Christentum das Stimmenhören und -deuten zeitweise in Verruf geraten war. Aber Generäle, überhaupt Leute, die andauernd risikoreich zu entscheiden hatten, waren immer noch scharf auf Prognosen. Belisar, von Aiaia mit Stimmen und mit den Interpretationen des Rufs der heiligen Tauben und mit Deutungen des Bienengesumms beliefert, gewann die Schlachten und die Kriege. In Afrika und in Italien. Unendliche Beute ging nach Byzanz. An Belisars Frau Antonina und an das Kaiserpaar, alle drei gleich unersättlich. Belisar wurde, damit ihn seine Erfolge nicht auf usurpatorische Gedanken brachten, zurückberufen. Auch hatte Antonina von Aiaia gehört. Sie ließ ihrem Belisar sagen, daß er Aiaia nicht mitbringen dürfe. Da der Feldherr seine Frau gleichermaßen liebte und fürchtete, mußte er Aiaia in Italien lassen. Aiaias letzter Spruch vor Ravenna hatte geheißen: Weinen muß der Besiegte, doch ist der Sieger verloren. Der Strategos Autarkos Belisar hatte ihr, bevor er mit ihr schlief, immer die Fußsohlen lecken müssen. Sie hatte es so gewollt, weil das ihr Vater Demon bei ihr vom ersten Lebenstag an mit nie nachlassender Innigkeit und Hingabe getan hatte. Belisar hatte es auch gelernt und es mit immer größerem Genuß getan. Er werde sich, hatte er zu ihr gesagt, zu keiner Frau mehr legen können, ohne ihr vorher die Fußsohlen zu lecken, aber keine werde Fußsohlen haben wie Aiaia, Fußsohlen, die sich der alles fühlenden Zunge böten, als hätten sie noch keinen Boden berührt.

Aiaia landet dann bei den Goten, Ost und West, dann bei

den Iren, den Franken, den Normannen, den Spaniern, den Schweden, den Engländern, Franzosen, Polen, Italienern, Deutschen, Russen. Oft kommen ihre Männer durch Gewalt um. Aiaia wird, hatte Franz Karl Moor angedeutet, in Berlin enden. In der Gegenwart.
Franz Karl Moor spielte natürlich auch den leidenden Schriftsteller. Oder er war es. Vielleicht ende Aiaia auch in einem asiatischen Kloster, hatte er einmal gesagt. Einmal hatte er knabenhaft übermütig ausgerufen: Warum soll sie überhaupt enden?! Und, bitte, hatte er dann ganz leise gesagt, wer bin ich, daß ich entscheiden dürfte, wie Aiaia endet!
Meine Aiaia hieß Tronkenburg. Und ich mußte Franz Karl Moor, was mir wieder passiert war, so rücksichtslos auftischen können, wie er mir, was ihm passierte, in Aiaias Schicksalen hinsagte. Er war ja noch mit vielen Kollegen in ungestörtem Kontakt, erfuhr, was ich schon längst nicht mehr erfuhr. Diesmal zum Beispiel konnte er aus zuverlässigster Quelle mitteilen – und das rieselte gleich wie ein lösender Zauber durch mich durch –, daß das Justitiariat dem Tronkenburg von all diesen eidesstattlichen Versicherungen abgeraten hatte. Das hätte ich, sagte ich, gern schriftlich.
Seit November 1988 mußte jeder, der mir irgend etwas sagte, das auch nur entfernt nach Brauchbarkeit duftete, damit rechnen, daß ich das Gesagte aufschrieb und mir unterschreiben ließ. Formalisieren nennt man das. Gelernt bei Böckenförde. Formalisieren, das ist die Waffe des Schwachen. Der neue Staatssekretär hat, wie mir berichtet wurde, schon bald gestöhnt: Mit dem Fink kann man ja nicht reden, der macht aus allem sofort einen Ver-

merk. Auch Franz Karl Moor suchte ich heim in seinem und Gundulas edlem Stadthaus im Frankfurter Westend, um mir, was er gesagt hatte, unterschreiben zu lassen. Es war ihm überhaupt nicht angenehm, das ließ er mich spüren. Ja, Tips geben die Befreundeten einem gern, aber wenn's zum Schwur kommt, zögern sie. Und das ginge mir kein bißchen anders. Jede solche Festlegung kann irgendwann karriereschädlich verwendet werden. Und muß man die ohnehin jederzeit in Gefahr geraten könnende Karriere noch dadurch gefährden, daß man einem guten Bekannten einen Gefallen tut?
In der Sonntags-*Frankfurter* behauptete Tronkenburg, der angeblich im Urlaub war, in einem Artikel, daß fast jeder Politiker irgendwann einmal mit Strafverfolgungsbehörden zu tun habe, das sei eine Folge parteipolitischer Einflüsse auf die Justiz. Daß er inzwischen selber Gegenstand eines Ermittlungsverfahrens war, verschwieg er. Aber jeder in und um Frankfurt, der gehört hatte, daß gegen Tronkenburg ermittelt wurde, wußte jetzt, daß das alles nur politische Machenschaften waren. Herr Tronkenburg war ein Anglokavalier wie eh und je. Der Beamte Fink wußte nicht mehr, wie er diese Luft noch atmen sollte. Nur fluchend, tobend konnte er diese FAZ-Luft atmen. Dieses Edelmistblatt, schrie er. Fassadenkosmetikgazette! Daß die Herrschaften einander das Gewissen narkotisieren können. Dazu gibt es die FAZ. Daß sie sich ihre Unschuld polieren lassen können. Legitimierungsganoven, alle, gar alle: Ein Edelmistblatt 1. Klasse. Nein, nein, rief er. Idiot, nannte er sich. Sie sind eben keine Ganoven. Ganoven sind doch hochanständige Leute, die haben ein schlechtes Gewissen, müssen sich

andauernd verheimlichen. Aber diese Legitimierungsfatzkes veröffentlichen sich, wo's nur geht. Die sind vor lauter Legitimitätslack innen und außen gleich taub …
So raste am Sonntag, droben in seinem ihn bremsenden, also steigernden Zimmerchen, der Beamte Fink.
Die für mich zuständige *Frankfurter Rundschau* hatte sich bis dahin jeder Überlegung zu meinem Prozeß enthalten. Ja, aktuell reagiert hatte man, aber mehr nicht. Der Journalist, der für dieses »mehr« zuständig gewesen wäre, sei, hieß es, mit Tronkenburg befreundet. Kollege Huch alias Voxpop flüsterte mir zu: Vielleicht sogar mehr als das. Ach, das würde der Beamte Fink herzlich gern weitersagen. Manieren konnte sich der Beamte Fink nicht leisten. Also glaubte er, ihm bleibe nichts anderes übrig, als Manieren überhaupt zu verdächtigen. Und schloß kurz so: Je besser die Manieren, um so schlimmer das, was sie zudecken.

II. UNPERSON

Den neuen Staatssekretär habe ich wegen seiner fröhlich farbenreichen Redesalven schon Schmetternich genannt, als er noch im Landtag saß.
Man wolle mir, sagte er, die Verbindungsstelle zu den Kirchen wieder geben, ich müsse nur eine Vereinbarung unterschreiben. In der Vereinbarung, schlug er vor, sollte auch stehen, daß die Parteien – also der Staat und ich – davon absehen, Inhalte und Einzelheiten der vorangegangenen Verwaltungsstreitverfahren oder damit Zusammenhängendes in der Öffentlichkeit oder gegenüber Dritten zu erörtern, solche Erörterungen zu fördern oder sich an ihnen, in welcher Form auch immer, zu beteiligen.
Das war eine Maulkorbbedingung. Dann durfte ich auch mit Freunden, Verwandten, in der Familie nicht mehr reden über den Fall. Wir wiesen das als einen Eingriff in die Meinungsfreiheit zurück.
Schmetternich rief an. Er müsse mit meinem Anwalt sprechen, ich könne dabeisein. Er wählte immer diesen überfröhlichen Ton mir gegenüber. Tach, Herr Geheimrat, fing er diesmal an. Er wisse ja gar nicht, wie er mich anreden solle. Zum Glück hat er nie das Genossen-Du probiert.
Treffpunkt: die Kanzlei. Das Fernsehen war informiert. Leider hatte sich mein Anwalt fein gemacht, Krawatte usw. Fand ich übertrieben. Mir gefiel er im Grünenlook besser.
Dreieinhalb Stunden lang ging's hin und her. Mit Kaffee. Wir waren das bessere Team, die Sache war unsere Sache.

Der Staatssekretär und sein Justitiar waren überhaupt kein Team. Der Justitiar war von Tronkenburg aus irgendeiner Strafkammer geholt und über ein paar Gehaltsklassen hinweg zum Chefjustitiar der Landesregierung gemacht worden. Warum hat er sich nicht für befangen erklärt? Vorher seinem Freund und Staatssekretär die eidesstattlichen Versicherungen basteln, jetzt dem neuen Staatssekretär die juristische Form meiner Rehabilitierung! Da er ein guter Jurist ist, habe ich nie begriffen, warum er einem Freund nicht wenigstens ausreden konnte, das Wohl des Landes Hessen als Grund für das Verschweigen der kirchlichen Beschwerdeführer in Anspruch zu nehmen. Muß man Akademiker sein oder Jurist, um einen solchen Paragraphenquatsch zu brauen? Dem gesunden Menschenverstand tut dergleichen weh.

Draußen wartete die Kamera. Vor der Kamera machte der Staatssekretär aus der dreieinhalbstündigen Verhandlung eine zweieinhalbstündige. Der Chef der Staatskanzlei diskutiert nicht dreieinhalb Stunden lang mit dem Anwalt eines Mitarbeiters! Dann tat er, als sei man noch nicht so weit, wie man war. Dann kam ich dran. Der Staatssekretär blieb im Hintergrund stehen und sah her mit strengem Blick. Erst als ich fertig war, ging er. Sein Justitiar war schon, bevor die Kamera eingeschaltet wurde, hinausgehuscht. Der Journalist ließ mich, als der Staatssekretär gegangen war, meine Stellungnahme noch einmal sprechen. Er wollte sie schärfer haben. Ich war zu erschöpft, um mich wehren zu können. Also sagte ich es schärfer, daß wir uns noch nicht hätten einigen können. Und es war ihm noch immer nicht scharf genug. Noch

einmal. Man wundert sich, daß man sich so etwas gefallen läßt, und läßt es sich gefallen.
Dann traf der Vereinbarungstext ein, den der Staatssekretär vorschlug. Ich brachte die unterschriebene Vereinbarung selber zur Post. Endlich wieder ein Mensch. Abends rief mich Franz Karl Moor an. Der Staatssekretär habe ihn telephonisch gefragt, wie ich reagiert hätte? Unterschrieben. Und der Anwalt? Unterschrieben. Danach sei der sonst immer sprudelnde Staatssekretär ganz still gewesen. Zirka fünf Sekunden lang. Franz Karl Moor: Der hat nicht damit gerechnet, daß du unterschreibst.
Am 26. März 1992 traf die jetzt auch von Schmetternich unterzeichnete Vereinbarung ein. Ich war voll rehabilitiert. Am 28. stand es in der Zeitung. Am 30. gab der Leitende Oberstaatsanwalt per Presseerklärung bekannt: Gegen den Staatssekretär a.D., also gegen den Herrn Tronkenburg, wird keine Anklage erhoben wegen falscher eidesstattlicher Versicherung. Dieser zeitliche Zusammenhang meiner Rehabilitierung und der Einstellung des Ermittlungsverfahrens gegen Tronkenburg! Zufall? Wir rehabilitieren den Fink, und ihr stellt das Ermittlungsverfahren ein gegen den Staatssekretär a.D. Also zwei Tage lang war ich rehabilitiert. Dann wieder ... dehabilitiert. Und mein Anwalt und ich hatten jedes Mal gegrinst, wenn wir hörten, wie selbstsicher der Anwalt aus der Frankfurter Prominenten-Kanzlei gegenüber der Wiesbadener Staatsanwaltschaft auftrete. Strahlend vor Siegeszuversicht. Klar, das ist eine Kanzlei, die nur Sieger vertritt. Als das Vorermittlungsverfahren in ein Ermittlungsverfahren überging, erfuhr mein Anwalt, daß es

wahrscheinlich zu einer Anklage kommen werde. Und jetzt: Einstellung des Ermittlungsverfahrens! Jetzt mußte sich zeigen, ob der Eifer, mit dem ich von Anfang an Sätze sammelte, Dokumente registrierte, Akten kopierte, bloß Beschäftigungstherapie war oder ob ich jetzt über ein Waffenarsenal verfügte, das in jedem Augenblick einsetzbar war. Es gibt ja Einstellungen 1. und 2. Klasse. Bis jetzt hieß es nur: Das Ermittlungsverfahren wird eingestellt. Wenn die Staatsanwaltschaft jetzt aber erklären würde, das Ermittlungsverfahren werde eingestellt, weil es tatsächlich Beschwerden über den Beamten Fink gegeben habe, dann wäre das für Herrn Tronkenburg eine Einstellung 1. Klasse, und ich stünde dümmer und elender da als zuvor.

2.

Schmetternich teilte telephonisch mit, Herr Kirchenrat Duft habe gebeten, ich möge doch am Freitag um 10 Uhr meinen Antrittsbesuch machen. Und das war nicht witzig gemeint.

Am Freitag war der erste Routinetermin mit den Kirchenvertretern. Ab 1. April 92 war ich wieder der Verbindungsmann. Und mir fehlte jede Lust. Zu oft hatte ich in diesen Jahren vor mich hin gemurmelt: Nie mehr was mit Kirchen! Als Rotgrün wieder übernahm, habe ich gedacht: Die rehabilitieren dich, geben dir dann einen Posten, der deutlich keine Abschiebe ist. Durch Franz Karl Moor, der erwähnt hatte, daß er abends bei irgendwelchen Leuten, so hatte er sich ausgedrückt, auch Schmetternich begegne, ließ ich den neuen Staatssekretär wissen, daß ich verstünde, wenn ich nichts mehr mit Kirchen zu tun haben solle, aber dann, bitte, damit der Wechsel nicht als Bestrafung erscheine, eine Ministerialdirigentenstelle, also eine Beförderung. Wann würde ich je lernen, meine kindlichen Erwartungen, daß gleich alles ganz gut werde, zu zähmen! Die, und mir eine der raren B6-Stellen geben! Traumtänzer, erwache! Und würde ich jetzt nicht zurückgehen auf die alte Stelle, dann hieße das: an den Beschwerden ist also doch etwas dran. Ich mußte zurück in den alten Dienst.

In der alten Villa, die Martin Niemöller, solange er Kirchenpräsident war, als Dienstwohnung gehabt hatte, traf ich den Prälaten mit seinem Justitiar und, als Hausherrn, den Kirchenrat. Drei gegen einen, dachte ich. Kein Wort zu meinem Fall. Wir erledigten die Tagesordnungspunkte ohne jede Stimmung. Prälat Degen sah häufig auf die Uhr. Sein Justitiar mußte vorzeitig weg. Kirchenrat Duft wurde ans Telephon gerufen, ich war also mit dem Prälaten allein. Auch da sah er auf die Uhr. Und ich starrte hin zu ihm, solange er auf die Uhr schaute. Sagen konnte ich nichts. Und ich hatte zu Hause getönt, daß das Wiedersehen für die anderen ein Problem sei, für mich nicht. Als sie mich nach Unterlagen zu diesem und jenem Punkt fragten, sagte ich, mein Büro sei erst seit kurzem wieder arbeitsfähig. Dann sagte ich leider noch: Sie haben Ihre Hilfskräfte, ich nicht. So eine lächerliche Bemerkung. Sie haben Ihre Hilfskräfte, ich nicht! Was soll denn das? Sollten die mich streicheln? Mein Gott! Der alles verkraftende, immer noch jedes Sportabzeichen erringende und zu jedem Fest satirische Humorzeich-

nungen versendende Kirchenrat hielt freundlich den Atem an und ließ ihn dann demonstrativ nachsichtig verströmen. Ist ja alles gut. Vertragen wir uns wieder. Der tragische Prälat saß da mit einem Gesicht, das aussah, als wolle es gleich für immer zerlaufen.
Danach mußte ich eine Suppe essen. Zum Glück hatte Wiesbaden dieses Restaurant, in dem es jede Art Suppen gab. Mir war die Leberknödelsuppe immer die wichtigste. Man steht an einem Tisch, löffelt seine Suppe und ist sicher, daß keine Beamten und keine Abgeordneten auftauchen.

3.

Mein Anwalt erklärte den Staatsanwalt, der das Ermittlungsverfahren gegen Tronkenburg einstellen wollte, kurzerhand für befangen. Aber der Leitende Staatsanwalt sah für eine Ersetzung des Beamten keinen Anlaß. Wir erbaten eine Verlängerung der Äußerungsfrist wegen der schreibkraftlosen Osterzeit bis zum 15. Mai. Ich fuhr meine Ordner auf wie Schiffsgeschütze. Ich konnte zielen mit meinen Ordnern, hatte jederzeit bereit, was ich brauchte. Vor Ende April hatte ich den bisher größten Schriftsatz fertig. Als die Bürovorsteherin meines Anwalts die Papiere dem Staatsanwalt überreichte, seufzte der: So dick, so viele Seiten. Ich hatte zwei Helfer gehabt, den makellosen Kirchenintellektuellen Böckenförde, Domkapitular und am Fachbereich lehrender Kirchenrechtler, und Richter Uschkerat, einen Richter ohne Furcht und Tadel; den hatte ich kennengelernt, weil er im Großen Prozeß in der ersten Instanz fabelhafte Urteile (gegen die Kirche) formuliert hatte. Eine Kopie des Schriftsatzes ging an Franz Karl Moor. Franz Karl Moor: Exzellent argumentiert, aber die Staatsanwaltschaft kann nicht mehr zurück. Und: Die sind nicht stark genug, um sich zu korrigieren.

Wenn ich einen solchen Schriftsatz erarbeitet habe, bin ich aber durch und durch sicher, daß niemand sich den dargelegten Gründen würde widersetzen können. Das würde gar niemand wollen, sich eine solche Blöße geben. Franz Karl Moor: Es wird wohl eine Einstellung mit einigen Schrammen geben.

In der *Frankfurter Allgemeinen* wurde der Beamte Fink als böse Type dargestellt. Nicht nur daß er erzwungen habe, die Kritik der früheren Landesregierung an ihm müsse zurückgenommen werden, er habe sich auch noch Prozeßkosten in fünfstelliger Höhe erstritten.

Der Beamte Fink ertrug das nicht, in aller Öffentlichkeit so heruntergemacht zu werden. Stundenlang drehte er in seinem Dienstzimmer Runden auf dem Teppich und fluchte. Ziel seiner Flüche: diese FAZ. Er mußte Reden halten gegen diese Zeitung, sonst hätte er nicht mehr atmen können. Manieren, rief er, sind in der FAZ daheim! Wer gut riecht, riecht nach FAZ, also rieche ich nicht gut, also muß ich heruntergemacht werden.

Am 10. Juni kommentierte die Staatsanwaltschaft ihre Einstellungsverfügung auf einer Pressekonferenz. Das in den Ohren kratzende Tonband dieser Pressekonferenz habe ich gleich am ersten Abend dreimal nach einander angehört. In den folgenden Tagen und Wochen noch öfter. Ich konnte es nicht glauben. Meine Kindlichkeit, nein, das ist nicht das richtige Wort für meine Unbelehrbarkeit, Kinder lernen ja fabelhaft schnell, meine Dummheit, meine Welt- und Lebensdummheit ließ es nicht zu, daß das, was da von zwei hochanständigen Staatsanwälten gesagt wurde, so hätte gesagt werden dürfen. Jedesmal dachte ich: Ich muß es noch einmal hören, ich habe etwas überhört, falsch verstanden. Durch dieses Wieder- und Wiederhören eines entsetzlichen Tonbands lernte ich wenigstens, daß ich zutiefst unzuständig bin für die Unterscheidung von Gut und Böse, Falsch und Richtig, Wahr und Unwahr in dieser Gesellschaft. Die Staatsanwälte wurden gefragt, ob die Einstellung des Ermittlungsverfahrens gegen Tronkenburg im Jargon eine Einstellung 1. oder 2. Klasse sei. Und ohne jedes Zögern, ohne jede Einschränkung nannte einer der Staatsanwälte die Einstellung eine der 1. Klasse. Das Ermittlungsverfahren wegen falscher eidesstattlicher Versicherung sei eingestellt worden, weil Tronkenburg die Umsetzung des Beamten Fink begründet habe mit Beschwerden der Vertreter der Kirchen und der Religionsgemeinschaften. Als ein Journalist sagte, die Beschwerden seien erst erhoben worden *nach* der Umsetzung des Beamten, sagte der Staatsanwalt, davon sei ihm nichts bekannt. Die längste Zeit erklärten die beiden Staatsanwälte den Presseleuten, man dürfe, wenn der Staatssekretär sage, Vertreter der Kirchen und der Religionsgemeinschaften hätten Beschwerde erhoben, die Prägung *Vertreter der Kirchen und Religionsgemeinschaften* nicht so eng auslegen (wie es mein Anwalt getan hatte, als er nachwies, daß die Religionsgemeinschaften sich von jeder Beschwerde distanzierten), Tronkenburg habe *Kirchen und Religionsgemeinschaften* nicht konkret, sondern als Sammelbegriff gebraucht, als Oberbegriff. Und ebenso habe er unter Beschwerden nicht formelle Beschwerden verstanden, sondern Beschwerden im weiteren Sinn, im umgangssprachlichen Sinn nämlich. Vor allem: Es sei nicht Gegenstand des Ermittlungsverfahrens gewesen, ob die Beschwerden, das Wort immer im weitesten Sinn genommen, berechtigt gewesen seien oder nicht, es sei nur darum gegangen, zu ermitteln, ob der Staatssekretär der Ansicht sein konnte, es habe im weitesten Sinn Beschwerden gegeben ...

Uschkurat, der Richter ohne Furcht und Tadel, nach der Lektüre der Einstellungsverfügung: Man könnte meinen, das sei ein Ermittlungsverfahren gegen Sie gewesen, nicht gegen Ihren damaligen Staatssekretär. Ich fuhr nach Limburg. Ich brauchte den großen, den guten, den makellosen Böckenförde. Jetzt ruhig bleiben, sagte Böckenförde. Wer in einer Krise ruhig bleibt, erfährt mehr, sagte Böckenförde.

Ein Freund, Professor für Linguistik, untersuchte die Einstellungsverfügung der Staatsanwaltschaft linguistisch und bewies, daß die Interpretation der Aussagen von Prälat und Kirchenrat durch die Staatsanwaltschaft den Schluß erlaube: Prälat und Kirchenrat haben sich nicht beschwert. Mein Leibniz – so darf ich den Freund nennen, weil er von seinem Fachgebiet aus andauernd ins Universelle tendiert und weil mir daran liegt, Mitstreiter aufzubauen zu spürbaren Potenzen – mein Leibniz fand es grotesk, daß ausgerechnet in einem sich über Jahr und Tag hinziehenden Rechtsstreit die Staatsanwaltschaft sich am Ende auf die Umgangssprache zurückzog, um sagen zu können, das war ja alles gar nicht so gemeint.

Der Soziolinguist versprach ein Gutachten. Obwohl ich nicht alles, was er sagte, verstand, verstand ich, was er meinte. Daß man aus Soziolinguisten keine Infanterie machen kann, war mir klar. Aber verzichten konnte ich in diesem Augenblick auf nichts und niemanden.

Die immer um gutes Benehmen besorgte FAZ meinte, man müsse sich bei Tronkenburg entschuldigen. Im Landtag fragte die schwarze Opposition den Ministerpräsidenten, was er denn jetzt mit dem Beamten Fink mache, den er gerade rehabilitiert habe.

Ich verließ mein Dienstzimmer nur noch, wenn es unbedingt nötig war. Ging meine Suppe essen, wenn ich halbwegs sicher war, keinem Kollegen zu begegnen. Trug bei jedem Wetter die Sonnenbrille. Besonders gemein fand ich, daß mein jetziger Staatssekretär der Presse mitteilte, er müsse sich die Akten kommen lassen, um zu sehen, ob dienstrechtlich gegen mich vorzugehen oder ob die Rehabilitierung zu korrigieren sei. Das war doch eindeutig rechtswidrig, so etwas der Presse zu erklären, ohne mit mir vorher darüber gesprochen zu haben. Ein komisches Benehmen war es auch. Wir, mein Anwalt und ich, reagierten nicht darauf. Wir wollten das Kohlhaas-Klischee, das man mir inzwischen verpaßt hatte, nicht nähren.

Ach ja, und sechzig war ich auch geworden. Erwähnenswert nur, weil keiner gratulierte. Weder Osswald, mein erster Ministerpräsident, noch Börner, der zweite, vom dritten habe ich es nicht erwartet, und der neueste unterließ es auch. Einer Unperson gratuliert man nicht. Ja, dieser und jener Kollege grüßte auf der Treppe ein bißchen ausladender und verband den Geburtstag gleich noch mit einem mahnenden Kommentar zum Streitfall. Tenor:

Muß das denn sein? Kopfschütteln, gutgemeintes. Mit zweiundsechzig verschwinden, das hielt einer für die beste Lösung. Ja, wenn ich wiederhergestellt bin, verschwinde ich gern. Aber nur dann. Kohlhaas hin, Kohlhaas her, diese Einstellungsverfügung durften wir nicht hinnehmen. Mein Anwalt und ich. Ich lauerte bei jedem Treffen, ob in seiner Rede Druß und Überdruß hörbar werde. Ich war's inzwischen gewohnt. Zuerst wird es einem sanft angedeutet, dann kommt es allmählich klarer heraus, dann schärfer, und schließlich heißt es: Nun mach mal Schluß, Fink. Hoffentlich mußte ich diesen Satz nie von meinem Anwalt hören. Um ihn in Kampflaune zu halten, sagte ich ihm manchmal den Satz des großen Juristen Ihering vor. Sich gegen Unrecht verteidigen ist eine Rechtsverpflichtung gegen sich selbst. Und zitierte Böckenförde und noch einmal Böckenförde: Der Staat hat die Kirchen benutzt, um personalpolitische Maßnahmen durchzusetzen, und die Kirchen haben sich benutzen lassen. Und dann zogen sie sich auf das Nichteinmischungsgebot zurück.
Wir legten also Beschwerde ein gegen diese aus unserer Sicht falsche Einstellungsverfügung. Meine Aufgabe: Stoff herschaffen, das Beschwerdematerial mobilisieren. Meine DGG-Leitzordner waren gefüllt, das Material geordnet, ich konnte beginnen. Einen Fristendruck gab es diesmal nicht. Und dann las ich in der Zeitung: Der Limburger Bischof beklagt Menschenrechtsverletzung in Guatemala. Und dachte: Je weiter weg, desto empfindlicher wird man. Übernächstenliebe nannten es kritische Christen in Limburg. Hier hätte es genügt, wenn er die simple Frage: Habt ihr euch beschwert oder nicht? be-

antwortet hätte. Aber nein, da schwieg sich die Kirche aus. Die katholische schwieg unerbittlicher als die evangelische. Da gab es doch den in Bürgerrechtskämpfen erfahrenen Trauberg, Professor, und nicht einzuschüchtern von den jeweils Mächtigen. Der sagte seinem Kirchenpräsidenten ins Gesicht, wie er dieses kirchliche Taktieren fand. Dann rief er mich an. Er wollte seinem Präsidenten, was er ihm hingesagt hatte, auch schriftlich nachreichen. Mit allen wunden Punkten. Also, zum Beispiel, diese Fälschung: Tronkenburg hat den Kirchenrat und den Prälaten in ein Gespräch verwickelt über *den Pflasterstrand*, weil der Beamte Fink die Kirchenherren doch spöttisch darauf hingewiesen hatte, daß sich die freche Gazette satirisch mit dem Ministerpräsidenten beschäftige, *aber*: dieses Gespräch hatte doch erst stattgefunden, *nachdem* Tronkenburg eidesstattlich versichert hatte, die Kirchenvertreter hätten sich beschwert. Ich würde das und dergleichen zur schriftlichen Unterrichtung des Kirchenpräsidenten genau darstellen.
Das waren mir die liebsten Anrufe. Ein Angriff also an der evangelischen Front. Ich durfte mein System spielen lassen. Eine vollkommen durchsichtige Chronologie des gesamten Falls auf fünf Seiten. In fünf Tagen hatte es der aufrechte Trauberg auf dem Tisch. Der Kirchenpräsident hatte offenbar Angst, Trauberg werde an die kirchliche Öffentlichkeit gehen, die Basis werde sich rühren, wenn dieser Fall noch länger schmore.
Das waren meine Kraftquellen. Böckenförde, Trauberg, Franz Karl Moor, mein Leibniz und Uschkurat, der Richter ohne Furcht und Tadel: Männer, die nicht die Straßenseite wechselten, wenn sie mich auf sich zukom-

men sahen in der Rathausgasse, in der Kirchgasse oder auf der Wilhelmstraße. Dabei habe ich jeden verstanden, der nichts mehr mit mir zu tun haben wollte. Auch wenn ich ihn verfluchte oder zumindest verhöhnte. Es darf einer schwach sein, klar, wie jener Altachtundsechziger S., zum Beispiel. Ein fast berühmter 68er war er gewesen, hatte, als die 68er zur Macht kamen, rasch Karriere gemacht, kannte jeden in Bonn, hatte unversehens auch einen Lehrstuhl in Mainz, war unermüdlich hilfsbereit, aber eben sehr ängstlich. Jetzt, Präsident einer Landesbehörde. Eine Zeit lang durfte ich ihn nicht in seinem Büro anrufen, es hätte ja gerade ein Dritter im Zimmer sein können, der dann gemerkt hätte, von wem der Altachtundsechziger da angerufen wurde. Wenn er mir in der Stadt begegnete, wich ich, sobald er mich sah, in den nächsten Hauseingang aus und blieb mit abgewandtem Gesicht dort stehen, bis er vorbei war, das heißt, ich parodierte konspiratives Verhalten, bin aber nicht sicher, ob er das durchschaut hat oder ob er nicht einfach froh war, mir nicht begegnen und dann, öffentlich sichtbar, mit mir sprechen zu müssen.
Mein Dokumentationsehrgeiz brachte auch eine Liste hervor, auf der alle Menschen, mit denen ich überhaupt zu tun hatte, eingeteilt waren in Freunde und Feinde. Die Feinde waren eingeteilt in Gegner und Feiglinge. Manchmal mußte ich einen Namen aus der Rubrik Freunde streichen und ihn bei den Feiglingen einreihen. Wenn sich einer eine Zeit lang gar nicht mehr rührte, mußte ich doch mißtrauisch werden. Sogar bei Franz Karl Moor. Der Kampf brachte es mit sich, daß ich meine Freunde überforderte. Mein größter Fehler überhaupt, Leute, die

mir wohlgesonnen zu sein schienen, zu überfordern. Schon einfach dadurch, daß ich sie anrief. Auch wenn ich nichts wollte, als die Stimme eines Menschen zu hören, der es eher gut meint mit mir, war das eine Überforderung. Jemand kann es noch so gut meinen mit dir, er möchte trotzdem nicht einfach angerufen werden und spüren, daß du ihn brauchst. Und der schlimmste Effekt: wenn du die, die du auf deiner Seite glaubst, zu oft anrufst, merken sie, wie schwach du bist, wie bedürftig, wie hilfsbedürftig. Und das ist dann schon eher peinlich. Auch ästhetisch peinlich, nicht nur moralisch. Also total peinlich. Da kann ja etwas nicht stimmen, wenn einer einen durch solche Anrufe unter einen nichts als erpresserischen Druck setzen will. Ich dachte eben andauernd nur an die Sache. Und ich nahm einfach an, daß auch alle anderen nur an meine Sache dachten. Gelegentlich versuchte ich den Eindruck zu erwecken, ich dächte auch an ihre Sache. Aber mich interessierte die Sache eines anderen überhaupt nicht. Das ließ ich nicht merken. Oft tat ich grotesk viel für andere, nur damit sie nicht merkten, wie wenig mich ihre Sache interessierte. Da Menschen ja nicht so verschieden sind von einander, nahm ich an, andere benähmen sich auch so. Wenn einer, falls ich ihn überforderte, murrte und eher widerwillig tat, was ich erbat, dann war mir das lieber als das Gegenteil. Sobald mir einer auffallend heftig zu Hilfe kam, war ich jedesmal sicher, daß er damit nur verbergen wollte, wie wenig er von meiner Sache hielt. Ach, alle, gar alle habe ich überfordert. Jeden auf eine andere Art. Am rücksichtslosesten nahm ich Franz Karl Moor in Anspruch. Wenn er ein paar Tage oder gar eine Woche lang nichts von sich hören ließ, war ich eigentlich am Ende. Vier Wochen ohne Franz Karl Moors tiefe, ruhige, durch nichts erregbare Stimme! Oh je. Aber wenn er dann wieder anrief, war im ersten Satz klar, warum er vier Wochen lang nicht hatte anrufen können. Häusliche Probleme. Es genügte, wie er diese Probleme erwähnte. Ich bin verurteilt zu einer fürchterlichen Diskretion. Das war immer der am weitesten gehende Satz über seine eigene Not. Seine Not war vielleicht die Bedingung, die ihn zu meinem besten Kampfgenossen werden ließ. Wir hatten uns im Dienst kennengelernt, zuerst in Köln, dann in Eschwege, dann in Wiesbaden. Wahrscheinlich ist eine im Beruf und durch den Beruf entstandene Freundschaft immer auch eine Interessengemeinschaft. Im Bundesverwaltungsamt hatten wir uns getroffen, in der Treibhausluft des Beton-Glasbaus am Rudolfplatz in Köln. Dann war ich zuerst nach Eschwege versetzt worden, Franz Karl Moor folgte. Von den öden Pflichten im Bundesverwaltungsamt in die von Realkontakten strotzende Arbeit in dem in wilder, zonennaher Abgelegenheit träumenden Landstädtchen. Franz Karl Moor war damals schon rabiat entschlossen, seine Neigungen nicht der juristischen Laufbahn zu opfern, vielmehr sollte die Laufbahn seinen Neigungen dienen. Seiner einzigen Neigung eigentlich: Geschichte zu erzählen als ein Mann-Frau-Verhältnis. Als er zum ersten Mal im Schloß, wo das Landratsamt untergebracht war, das Sitzungszimmer betrat, fragte Franz Karl Moor sofort, wer die Frauen und Männer auf den alten dunklen Bildern an den Wänden seien. Niemand wußte es. Keiner von uns hatte danach gefragt. Franz Karl Moor wohnte natürlich nicht wie ich brav bürgerlich bei einer freundlichen Familie, sondern in einer Schloßmansarde. Dort schrieb er zusammen, was er in Kassel, Hamburg, Stockholm und sonstwo erfragt hatte. Nachher hieß das, gedruckt: Das Landgrafenschloß zu Eschwege und seine Bewohner. Und seine Gundula geheiratet hat er auch in Eschwege. Im Schloß natürlich. Aiaia war dann offenbar die Antwort auf seine Ehe: Die Frau, die Fessel, die dem Mann das Leben rettet. Nicht einmal, sondern tausendmal. Die Frau, die Fessel, die man haßt, weil man sie liebt. So phantasierte er damals drauflos. Franz Karl Moor war bei seinen Schloßstudien auf den musizierenden, komponierenden, siebensprachigen Landgraf Moritz, den Gelehrten, gestoßen, der den Sopranknaben Heinrich Schütz in Venedig ausbilden ließ und Sorgen hatte mit seinem Sohn Fritz, der der tolle Fritz hieß, vierzehnjährig mit drei Pferden durchbrannte, von Gustav Adolf hoch geschätzt wurde und von Gustav Adolfs aberwitziger Tochter Christina noch höher und schließlich verheiratet wurde mit ihrer Freundin, einer Eleonore Aiaia. Aiaia, seit über tausend Jahren vom Männerschicksal fortgerissene Frau, die im Dreißigjährigen Krieg im schwedischen Feldlazarett Heilungstechniken entwickelte gegen den rasanten Fortschritt der Verletzungstechniken. Durch bloßes Besprechen benahm sie Blessierten die Sinne so, daß denen, ohne daß sie litten, die zerschossenen Gliedmaßen abgesägt werden konnten. Dann sorgte sie für Heilung. Dann für künstliche Gliedmaßen. Am meisten sorgte sie aber für ihren Mann, den sie so besprach, daß er im Schlaf Flugträume erlebte, die ihn über die Stellungen des Feindes führten und ihm so genaue Einblicke gaben, daß er, kaum erwacht, unwiderstehliche Angriffe führen konnte. Er hielt die Flugträume für eigene, gab sie bei jeder Lagebesprechung als seinen Beitrag zum besten, wurde also berühmt als Friedrich der Fliegende. Seine Flügel hatte er aber von Aiaia. Ums Leben kam er nicht auf dem Schlachtfeld, sondern im Keller eines Quartiers, in Magdeburg, wo Aiaia einem Verwundeten die Schmerzen stillte. Der war, als der Ehemann eindrang und das Besprechen falsch deutete und einen Degen zog, durch das Besprechen schon wieder so bei Kräften, daß er den vor Enttäuschung und Wut wild taumelnden Ehemann einfach in einen schnell gezogenen Degen rennen lassen konnte. Es soll die für viele Jahrhunderte typischste Eheszene gewesen sein.

Aiaia beweinte ihren Fritz gebührlich, balsamierte ihn ein, schlug ihn in Leinen, legte ihn in einen Zinnsarg und zog mit Sarg und Mann und ein paar Getreuen von Magdeburg nach Eschwege. Franz Karl Moor führte uns in die Gruft, in der vom tollen und Fliegenden Fritz und seiner Aiaia nur noch farblose Fragmente und ein paar Goldfäden übrig waren. Uns, sage ich, weil es noch einen Dritten gab im Bunde, den Franz Karl Moor Pylades getauft hatte, weil er sich selber für Orest hielt, der die Welt durch rächende Darstellung in Ordnung bringen werde. Pylades war uns im Sitzungssaal vorgestellt worden. Er wollte Bürgermeister von Eschwege werden. Unser Genosse Landgraf beziehungsweise Landrat fragte den Kandidaten, was er denn als Bürgermeister in Eschwege machen wolle. Er antwortete: Akzente setzen. Das hielt sich. Inzwischen war Pylades alt und blind und krank, also immer erreichbar. Wenn ich keinen meiner Mitstreiter anrufen konnte oder keinen erreichte, Pylades, der nach einem Infarkt das Haus nicht mehr verlassen konnte, war erreichbar. Nur Maja, meine ältere Schwester, war, was Erreichbarkeit angeht, Pylades überlegen. Maja, sie war die schönste der Schwestern, mußte, als sie neunzehn war, wegen eines Knochenkarzinoms ein Bein abgenommen werden. 1946. Sie heiratete dann den zwanzig Jahre älteren Major Beckmann, der gerade aus Rußland zurückgekehrt war. Ihm war dort ein Bein amputiert worden. In den von Anspruchslosigkeit erleuchteten ersten fünfziger Jahren war sie mit ihrem Major, wie sie ihn immer noch nannte, nach Leipzig gezogen, weil dort seine Mutter lebte. In den Jahren von 54 bis 62 war er in Bautzen eingesperrt gewesen, weil er dem amerikanischen Sender in Berlin die Namen von Denunzianten mitgeteilt hatte, also von Leuten, die so taten, als wollten sie einem beim Fliehen helfen, die einen aber in Wirklichkeit bei der Staatssicherheit denunzierten. Maja hatte, weil sie wußte, was ihr Mann tat, das aber für sich behielt, zwei Jahre absitzen müssen. Als sie fünfundsechzig, er fünfundachtzig geworden war, hatten sie ausreisen dürfen. Sie waren nach Aachen gezogen. Möglichst weit weg von der DDR, hatte Maja gesagt. Gerade waren beide – eine Folge der Vereinigung der deutschen Länder – voll rehabilitiert worden. Der Major war jetzt über neunzig. Maja war zwar erreichbar, und sie hielt, weil sie und ihr Major mehr als genug Schlimmeres erlebt hatten, zu mir wie niemand sonst; aber ihre Art zu reagieren war eher einsilbig, während der nordhessische Pylades meine Argumente mit seiner ganzen Unverblümtheit paraphrasierte und verstärkte. Zuerst fragte er immer: Was machst du? Ich, immer: Akzente setzen. Dann konnte ich ihm die letzten gegnerischen Schweinereien vortragen. In seinen Reaktionen übertraf er die wütenden Namensgebungen des Beamten Fink bei weitem. Das tat gut.

4.

Andreas wollte heiraten. Bitteschön. Wenn nur Sebastian, der jüngere, nicht auch noch gleich heiratete. Ohne ihn hätte ich den allmählich zur Hauptwaffe werdenden Computer nicht bedienen können. Noch studierte Sebastian. War jederzeit herrufbar. Kam, wenn auch öfter murrend, zumindest übers Wochenende und erklärte mir, zum hundertsten Mal, wie man eine Diskette formatiert, die Paginierung befiehlt, den Zeilenabstand, die Fußnotentechnik ... Immer wieder setzte er an, mich von Grund auf über den Computer zu informieren, dann sei die einzelne Operation nicht mehr aufs Gedächtnis angewiesen, sondern könne jeweils aus dem Betriebsprinzip wieder abgeleitet werden. Ich wagte nicht zu gestehen, daß ich diese Einführung in die Computer-Konstitution noch weniger verstand als die einzelnen Techniken.
Andreas heiratete also. Ich ahnte, wie schlimm dieser Tag für mich werden würde. Nicht nur, daß ich schon Tage vorher kaum mehr an den Computer kam, weil man von mir Hochzeitsvorbereitungsarbeit erwartete, der Tag selber wurde zur Qual. Und eben das hatte ich geahnt. Freunde der Familie und Verwandte, die wieder alle in der Zeitung etwas über meinen Prozeß gelesen hatten. Jeder etwas. Keiner alles. Und jeder etwas anderes. Aber in

einer Hinsicht waren sie sich trotz ihres unterschiedlichen Informationsstandes einig: Der Stefan muß das jetzt lassen. Das führt doch zu nichts. Man läßt sich doch nicht von den Gegnern vorschreiben, was man in seiner Freizeit tut. Und was das kostet an Zeit, Geld, Kraft. Die Gegner sitzen doch am längeren Hebel. Und bitte, stell dir vor, du siegst eines Tages, was ist das für ein Sieg?
Meine Frau stellt solche Fragen längst nicht mehr. Sie ging, wenn andere solche Fragen stellten, aus dem Zimmer. Das war einerseits gut, andererseits verheerend. Gut, weil es mich störte, daß ich, was ich in ihrer Gegenwart schon neunundneunzigmal gesagt hatte, jetzt ein hundertstes Mal sagen mußte. Verheerend, weil es hieß: Ich kann es nicht mehr hören! Oder es hieß noch etwas ganz anderes, Unvorstellbares. Die Unsicherheit gegenüber Thea nahm zu. Während ich dann solche Verwandtenfragen mit einem Satz des makellosen Böckenförde beantwortete, dachte ich darüber nach, was Theas Weggang diesmal bedeutete. Das überlegte ich, während ich mich sagen hörte: Es geht darum, darzutun, daß die Beschwerdegeschichten später fabriziert worden sind, um die eidesstattliche Versicherung des Staatssekretärs abzudecken. Und ich fügte hinzu, die eidesstattliche Versicherung diente dazu, eine Willkürmaßnahme vor dem Verwaltungsgericht durchzusetzen. Und die Maßnahme, die mir als Willkür erscheinen mußte, war nötig geworden für die Regierenden, weil sie, an die Macht gekommen, einen braven Helfer mit einem schönen Beamtenposten belohnen mußten. Dummerweise war das gerade mein Posten. Und der Posten war mein Lebenswerk.
Aber das wollte niemand hören. Sie hatten davon an-

gefangen, aber als ich konkret wurde, riefen sie: Bitte, verschone uns! Wenigstens heute! Auch die Kohlhaasmarke wurde mir wieder umgehängt. Ich dachte an meinen Propheten Max Willner. Der hat mir alles vorhergesagt. Aber er hat mir nicht gesagt, wie man das macht, sich das Unrecht gefallen zu lassen, die Willkür eines feinen und höchst klugen Herrn, der dich, weil's ihm gerade in seinen Kram paßt, wegwischt wie nichts. Und wenn du dich wehrst, zeigt er dir erst recht, mit welchen Kräften er im Bunde ist und wie schwach du bist. DGG. Vergleiche doch nur seine Anwaltskanzlei mit der deinen. Ihn vertritt die Kanzlei der notorischen Sieger. Mehrere Stockwerke im Wolkenkratzer, Dutzende von Anwälten! International. Und du: ein grüngesonnener Job-sharing-Halbtagsanwalt. Ist das nicht fast schon befriedigend, wie deutlich in dieser Gesellschaft immer alles wird? Anti-Mimikry. Die eidesstattliche Falschheit deines Gegners ist ein Kavalierspatzer, über den im Dunstkreis des Mitscherlich-Instituts in Frankfurt nur herzlich gelächelt werden kann. Und das wollte ich doch begreifen lernen. In den Innengesprächen riet ich dem Beamten Fink, einzusehen, daß der Unterlegene am besten daran tut, wenn er seine Unterlegenheit zugibt. Sich den Mächtigen so spektakulär wie möglich unterwerfen, das ist seine Chance. Aber der Beamte Fink glaubte nicht, daß ich das im Ernst meinte. Meinte ich das im Ernst, hätte ich, statt die Beschwerde gegen die Einstellungsverfügung zu begründen, der Familie und mir unsere traditionelle Vogesenkammwanderung bescheren sollen. Aber wie wandern, wenn die Opposition im Landtag Berichtsantrag stellt und fragt, wieviel Geld ich bekommen habe und ob ich denn noch weiter tragbar sei in meiner Position, nachdem mein Gegner so schön rehabilitiert worden sei!

5.

Alle unsere Kontakte galten in diesen Monaten der Vorbereitung des Spitzengesprächs im September 92. Ort Rhabanus Maurus-Akademie in Naurod. Ich würde die Bischöfe nicht wie früher mit Verbeugung und Guten Tag, Herr Bischof, grüßen, sondern jedesmal den Namen hinter Bischof hinzufügen. Das mußte, fand ich, die Herren kleiner machen. Das, weil die Verbeugung fehlte, sichtbar getragene Lächeln hatte ich zu Hause vor dem Spiegel geübt.
Um sechs war ich im Konferenzsaal, rückte an den Namensschildern herum. Ich würde neben der grünen Ministerin sitzen. Die wurde aber, weil ihr Sohn eine Blinddarmentzündung hatte, vertreten von ihrer Staatssekretärin. Sie sind also der berühmte Herr Fink, sagte die in einem Ton, den ich mochte.
Fünfundzwanzig Personen in einem großen Quadrat, zwei Durchgänge. Man saß einander gegenüber. Ich fühlte mich beobachtet. Mein zu Hause geübtes Guten Tach hatte ich halbwegs hingekriegt, sowohl dem riesigen Kirchenpräsidenten wie dem franziskanisch zarten Bischof gegenüber. Der Ministerpräsident gab mir die Hand, mein Staatssekretär grüßte von Ferne, aber sehr vehement, raumübergreifend. Der Ministerpräsident erwähnte mich. Die Kirchenmenschen mußten sich damit abfinden, daß ich wieder am Tisch saß. Das Gespräch ro-

tierte immer noch um die alten Probleme. Und immer noch keiner, dem etwas einfällt: der Religionsunterricht, mangelnde Akzeptanz, Säkularisierungsdruck. Ich holte mir vom Büfett fast nichts, weil ich Angst hatte, unterwegs angesprochen zu werden. Bischof Kamphaus' Lächeln nahm ich mit, wurde es für länger nicht los. Dieses franziskanische Lächeln. Diese feinste Sorte Zurückhaltung. Diese alleredelste Bitternis. Das Modell: leidender Christus. Er weiß, daß er mir Unrecht angetan hat, das muß er tragen, um höherer Zwecke willen. Im Existenzbrei des stellvertretenden Leidens läßt er das zusammenfließen. Ich mußte so lange an ihm herumdenken, bis ich es wieder möglich fand, den Kampf, auch gegen ihn, weiterzuführen. Einzige Waffe: Öffentlichkeit. Alles andere wird willkommen geheißen als stellvertretendes Leiden, also als Erlösungspräparat.

6.

Mein Fall existierte nur, wenn darüber etwas in der Zeitung stand. Deshalb erschrak ich so, als mir Klaus Jahnke sagte, mein Fall gelte unter den Journalisten als gelaufen, ja als beerdigt. Jahnke gehörte zwar nicht zu den Journalisten, die schon am Vormittag am Tresen der Landtagskantine hängen und sich dabei gegenseitig über das Neueste unterrichten, aber er kannte seine Kollegen, und er wollte mir damit sagen, daß ich auch von ihm jetzt keine journalistischen Taten mehr erwarten konnte. Im *Forum Wissenschaft* erschien der scharf für mich eintretende, wenn auch nicht leicht lesbare Aufsatz meines

Leibniz. Was in wissenschaftlichen Zeitschriften steht, ist den Mächtigen egal. War schon in feudalen Zeiten so. Ab soundsoviel Bogen gab's in Preußen keine Zensur. Ich konnte auf die Wissenschaft und ihre Zeitschriften trotzdem nicht verzichten. Jeden Tag konnte die Staatsanwaltschaft die von meinem Anwalt eingereichte Beschwerde gegen die für Tronkenburg erstklassige Einstellungsverfügung abschmettern. Dann stand ich da. Also, her Wissenschaft! Wache auf, Publizistik!

Mein Leibniz rief an: Mittwoch, 15 Uhr, im Juridikum der Universität. Die Studentin oder schon Assistentin, die ich dort treffen sollte, kenne meinen Fall. Ihr Professor sei der prominente Strafrechtler.

Wir trafen uns in dem häßlichen Turm, in dem das Juridikum der Universität untergebracht ist. Ich hatte mich gründlich vorbereitet. Ich mußte damit rechnen, daß mir auch im Juridikum schon die Kohlhaasmarke verpaßt worden war. Auch bei den Gutwilligen merkte ich, daß sie gegen diese Abstempelungsroutine nicht gefeit waren.

Kohlhaas: für die ein Mensch, bereit, einem abstrakten Rechtsfanatismus zuliebe sich und die Welt zu zerstören! Den muß man also bremsen, und sei's durch Verachtung, Ausgrenzung. Zur Unperson muß man ihn machen, da man ihn nicht mehr köpfen kann. Die dachten sicher nicht an die Zeile, in der der Dichter von Kohlhaasens Rechtsgefühl sagt, es gleiche einer Goldwaage.

Ich lernte eine vor Wissen und daraus entspringender Handlungslust funkelnde junge Dame kennen, keine fünfundzwanzig mehr, aber ganz sicher noch lange nicht dreißig, eine Mädchendame eigentlich. Ich taufte sie so-

fort Artemis. In Gedanken entschuldigte ich mich bei ihr: Die verteilt keine Kohlhaasmarken!
Die Einstellungsverfügung der Staatsanwaltschaft bestand für sie offenbar hauptsächlich aus Angriffsflächen. Sie zählte sie mir flott auf. In vier Wochen würde sie mir ein Gutachten liefern. Was ich damit mache, sei ihr gleichgültig.
Summend ging ich dann durch Frankfurt, höhnisch schaute ich ins Schickeria-Café hinüber, als ich dran vorbeiging. Die blitzgescheite Entschlossenheit dieser Artemis gab mir nicht nur Mut, sondern Übermut. Noch höhnischer winkte ich zu den Wolkenkratzeretagen hinauf, in denen die Prominentenkanzlei des Gegners sich von Klimaanlagen und Sicherheitselektronik vor der Wirklichkeit abschirmen ließ.
In einer Parkparzelle beobachtete ich eine Alkoholikergruppe. Drei Männer, eine Frau. Unwillkürlich dachte ich: Aiaia. Wenn ich Franz Karl Moor wäre, ließe ich die Aiaia des 20. Jahrhunderts hierherkommen. Uns alle von diesem Standpunkt aus betrachten. Eine Alkoholikerin mit drei Alkoholikern, einem Schäferhund. In beneidenswerter Gruppierung. Eine Ölbergszene, in der kein Verrat vorhergesagt wird, sondern ewige Verbundenheit. Die sahen doch alle schon aus wie gemalt. Einer stand in schönster, weil sachter Predigerhaltung vor den anderen. Er wußte nichts besser, hatte kein privilegiertes Podest, er stand gebogen oder verbogen, als müsse er sein Gleichgewicht verteidigen gegen den über die Gruppe hingehenden Schicksalswind. Aber bevor er fiel, wollte er seinesgleichen noch etwas sagen. Etwas Flockenleichtes. Also eben keine Ölbergsätze. Er hatte punkrot

gefärbte Haare und eine biegsame Figur in einem noch nicht ganz erloschenen, immer noch edelgrau glänzenden schwarzgestreiften Zweireiher. Und die drei Sitzenden, die zwei Männer und die Frau, sahen samt Hund zu ihm auf. Plötzlich wußte ich, warum ich stehengeblieben war. Ministerialrat Hoensbroich. Das war er. Trotz der punkhaft rot gefärbten Haare. Er trug noch seine goldene Brille. Und eben einen Zweireiher. Er hatte immer Zweireiher getragen. Und wie er stand, eine Hand verkündend erhoben, den Blick immer leicht weg gerichtet über die, die er belehrte! Das war Hartmut Hoensbroich. Ha-Ha nannten ihn wir, die auch außerdienstlich mit ihm bekannt waren. Unser Haben-Sie-zwei-Minuten-Zeit-Kollege. Ich konnte nicht einfach vorbeigehen. Vielleicht hatte er mich gesehen. Ich blieb stehen. Ich stand in seiner Blickrichtung. Ich mußte zugeben, daß ich ihn gesehen, erkannt hatte. Zwei Meter vor ihm blieb ich stehen. Seine Kumpane sahen mich nicht, aber er. Er hörte auf zu reden. Arko, sagte er und wies auf mich. Der Hund sprang auf, bellte, würde mich gleich anspringen. Ich drehte mich um und ging. Nicht zu eilig. Ich wußte, wenn ich rennen würde, käme der Hund hinter mir her und die Alkoholikergruppe verfiele in lautes Gelächter.
Als ich um die nächstmögliche Ecke gebogen war, hielt ich, verschnaufte. Zu Hause erzählte ich, was ich gesehen hatte. Auf der Heimfahrt war mir eingefallen, Hartmut Hoensbroichs Biographie könne sich eignen, bei meiner Frau und bei den Kindern Verständnis zu wecken für das, was ich ihnen zumutete. Zumuten mußte. Wenn ich nicht enden wollte wie mein rheinischer Landsmann Ha-Ha. Der hatte einem Minister für irgendeine feierliche

Einweihung eine Rede geschrieben, in der in einem Satz zweimal das Wort Plastizität und dreimal das Wort Authentizität vorkam, dann noch, im selben Satz, das Wort Identitätsdiffusion. Der Minister hatte offenbar Plastizität zweimal und auch Authentizität zweimal wunderbar geschafft, aber bei der dritten Authentizität entgleiste er und brauchte zwei Anläufe, bis er die Authentizität schaffte, aber dafür mißriet ihm die Identitätsdiffusion zur Indentitätsdiffusion. Da er aber ein Pedant war, wiederholte er auch dieses Wort so lange, bis es klappte. Da wurde vereinzelt gelacht. Der Minister lachte nicht mit. Hoensbroich war ein gelehrter Beamter. Er ließ einen gern und mit Genuß merken, daß man, was Bildung, Wissen und Gelehrsamkeit anging, verglichen mit ihm, ein Barbar sei. Man wußte, daß er nach seiner Pensionierung ein Buch schreiben würde über den jüdischen Gottesbegriff; er glaubte nämlich, die peinlichsten Probleme der Menschheit seien allein von diesem Gottesbegriff verursacht worden. Der Minister dagegen war, das wußte man auch, ganz und gar ein Ungelehrter. Ha-Ha wurde baldigst umgesetzt. Und bei der nächsten Beförderung übergangen. Er wehrte sich nicht. Gegen was auch? Das heißt, wenn er jetzt über jene Rede sprach – und er sprach bei jeder Gelegenheit davon –, sagte er, er habe den Minister auflaufen lassen wollen. Das sagte er wahrscheinlich nur, um seinem Sturz die Farbe eigener Entschließung zu geben. Er kriegte das letzte, kleinste, dunkelste Zimmer am Gang, das direkt neben dem Klo. Kriegte offenbar hauptsächlich Sachbearbeiteraufgaben, also Arbeit, die sonst unterhalb der B-Stufe erledigt wurde. Am Schluß war er nur noch Bürgeronkel, das war die am wenigsten geschätzte Arbeit: Tag für Tag die Briefe beantworten, die Querulanten an den Ministerpräsidenten schrieben. Und er war ja inzwischen selbst ein Querulant geworden. Jeder wich ihm aus, so gut es ging. Haben Sie zwei Minuten Zeit? das war jetzt seine Marke, weil er auf jeden zurannte mit dem Ruf: Haben Sie zwei Minuten Zeit. Und schon nach dem ersten Satz sagte er: Halt' ich Sie auf? und sprach weiter. Er fing an zu trinken. Keiner setzte sich beim Essen zu ihm an den Tisch. Er sabberte. Die schnittigen Revers seiner Zweireiher wurden fleckiger und fleckiger. Dann war er wieder vier, sechs, acht Wochen in der Entziehungskur. Dann ging er in die Frühpension. Es hieß, er mache jetzt Revisionsbegründungen für einen zwielichtigen Anwalt in Frankfurt. Dann wurde Ha-Ha im täglichen Flur- und Treppenpalaver gar nicht mehr mitgeführt.

Ja, liebe Frau und werte Kinder: So geht es einem, wenn man sich nicht wehrt! Also bitte, ja!

Noch im Bett sah ich Hoensbroichs Blick auf mich gerichtet, sah die Handbewegung, mit der er Arko! rief. Er zählte mich zu den Mächtigen, die sein Leben zerstört hatten. Und ich mußte froh sein, daß ich eher zu denen gehörte als zu den Zerstörten im Park. Aber die hatten so friedlich gewirkt, wie sie da lagerten und aufschauten zu ihrem weisen Lehrer Ha-Ha, der mit mir nichts mehr zu tun haben wollte. Stand da, predigte den Seinen den Alkohol. Auch entfalten Zweireiher, wenn sie verkommen, einen besonderen Charme.

7.

Ich fing an, Artikel, Aufsätze und Glossen zu entwerfen, die ich dann meinem Anwalt und anderen Helfern unterbreitete, damit sie sie kritisierten, korrigierten, ergänzten, umschrieben, in eine Form brachten, die sie als die ihre annehmen konnten, denn diese Elaborate sollten ja unter den Namen meiner Helfer veröffentlicht werden. Mein erster Versuch war eine Glosse: »Das Wohl des Staatssekretärs«. Gedacht für eine juristische Zeitschrift, die sich für Kritisches nicht zu fein ist. Ich konnte nicht mehr ruhig schlafen, bis ich diese zwölf Seiten im Computer hatte. Dann zum Anwalt damit. Dann eine Geduldsund Nervenstrapaze ohnegleichen. Und ich schaffte es: Ich rief nicht an. Souverän scheinen, ja, genau das, was ich am allerwenigsten war, mußte ich scheinen: souverän. Vom 9. bis zum 14. September hat er mich warten lassen. Ich arbeitete dann seine Änderungsvorschläge sofort ein in den Text. Das wurde mühsam. Er schreibt anders als ich. Aber es sollte sein Aufsatz sein. Also mußte ich mich bemühen, seine Anregungen in seinen Stil umzusetzen. Das Ergebnis trug ich zu Richter Uschkurat. Ob er das lesen könnte? Ich hatte die Hoffnung, er werde den Text einem Herausgeber einer solchen Zeitschrift weitergeben. Vielleicht dem von *Betrifft Justiz.* Dann trieb mich das schlechte Gewissen um. Sollte ich meinem Anwalt gestehen, daß ich Richter Uschkurat eingeschaltet hatte? Ich fand das nicht nötig. Aber sicher war ich nicht. Richter Uschkurat rief an, er habe den Text zwei Kollegen vorgelegt, abschließendes Urteil: Kein juristischer Aufsatz, eine Polemik, stellenweise zu polemisch, auf einige Spitzen sollte man verzichten, dann sehr lesenswert, am besten in *Betrifft Justiz*. Ja, der polemische Ton, meine Gereiztheit, meine Überreiztheit, das Zeichen der wirklichen Schwäche des Beamten Fink. Das wußte ich doch selber. Polemiker waren mir, wo immer sie auftraten, immer zuwider. Diese Unfähigkeit, den eigenen Atem zu kontrollieren, dieses peinliche Keuchen, diese Zumutung, Zeuge einer schwitzenden Seele zu werden. Ich war gegen Polemik. Der Beamte Fink erlebte sich um so deutlicher, je polemischer er wurde. Er produzierte Polemikschaum wie der Pfau sein gleißendes Rad. Dieser grauenhafte Beamte Fink. Wie ich ihn haßte. Aber er war das einzige, was ich war und hatte. Von ihm mich trennen – das hätte geheißen, mich umzubringen. Das hätte ich vielleicht auch getan, wenn ich mir nicht vorgestellt hätte, mit welch edler Befriedigung die Gegner das zur Kenntnis genommen hätten. Ich eröffnete lieber eine weitere Front: Publizistik. Und Pfarrer Georg Gelter, der kämpferischste von allen, die am Fachbereich Katholische Theologie lehrten, der einzige Raucher auch, glaube ich, öffnete mir den Weg zu *Imprimatur.* Das Organ der innerkirchlichen Opposition, das in jedem katholischen Ordinariat gelesen wird. Jeder Bischof liest es, er will doch wissen, was seine aufsässigsten Priester im Sinn haben. Und der Theologe und Bürgerrechtskämpfer Trauberg wollte, was ich für ihn und er für mich und ich wieder für ihn schrieb, in die *Junge Kirche* bringen. Und zwar Anfang Dezember, genau zum Beginn der Wintersynode der evangelischen Kirche in Frankfurt. Vielleicht fand sich ja dann ein Synodale, der mit diesem Artikel in die Bütt steigen würde. Es genügte, wenn ein einziger etwas zu meinem Fall sagte, das war dann im Protokoll; ich übernähme es in meine Dokumentation als Munition für Weiteres.

Öfter erinnerten mich die Anstrengungen dieses Kampfes an meine Tuberkulosejahre. Zehn Jahre, eine ganze Jugend lang beherrschte mich der Kampf gegen die Tuberkulose. Tb war damals eine auch sozial schädliche Krankheit. Man wurde ausgeschlossen. Ich habe eines Tages keinen ärztlichen Rat mehr angenommen und von da an selber bestimmt, wie gekämpft werden sollte. Die Krönung meines Kampfes beziehungsweise der Beginn meiner Selbständigkeit war dann im Jahr 1958 der Entschluß, das halbe Jahr meiner sogenannten freien Station in der Referendarausbildung nicht bei einem Anwalt in Köln oder Frankfurt, sondern in Tel Aviv zu verbringen. Mein Vater war dagegen. Als ich von Israel zurückkam, war auch die Tuberkulose besiegt.

Meiner Artemis – ja mußte ich mich denn nicht blähen, um mir stärker vorzukommen, als ich war? –, meiner Artemis also mußte ich einen Sachstandsbericht liefern, alles zusammenfassen, was strafrechtlich bedeutsam sein konnte. Mit dem kämpferischen Georg Gelter arbeitete ich am Feinschliff des Artikels für *Imprimatur*; für die Freireligiösen *(Wege ohne Dogma)* wurde Stoff mobilisiert für etwas Scharfes über die Kumpanei der Mächtigen. Und alles auf meiner alten Schreibmaschine, im Dienst. Keiner, der reinkam, wagte mir zu sagen, daß ein Leitender Ministerialrat nicht auf einer alten Olympia herumhacken dürfe, da ja die Sekretärin alles dem Computer eingeben könne. Der Beamte Fink nahm Skurrilität in Kauf. Die Sekretärin, eine lautere Frau, durfte nicht hineingezogen werden. Ihr zu sagen, wie geheim das alles zu halten sei, hätte selbst die lauterste Seele argwöhnisch machen müssen. Abends dafür mit schmerzendem Rükken stadtauswärts und hinauf über den 500-Meter-Paß die Eiserne Hand und heim. Da lag die Kopie des Briefs des Kirchenpräsidenten, dem der aufrechte Trauberg die von mir formulierte Zusammenfassung des Falls geschickt hatte. Ergebnis: Sie äußern sich zu dieser Sache nicht mehr, die Kirchen, die Kurhessisch-Waldecksche und die Hessisch-Nassauische. Und reiten auf der Nichteinmischungsfloskel ins Unangreifbare. Mit Dank für Deine brüderliche Offenheit, bleibe ich Dein ... Drecksack, brüllte der Beamte Fink bei geschlossenen Fenstern in den Oktoberabend hinaus, Arschloch, Schweinehund. Ja, der Beamte Fink konnte sich dann manchmal überhaupt nicht mehr beherrschen. Daß der Beamte Fink jetzt wieder in seiner »normalen dienstlichen Funktion« tätig sei, tönte der Kirchenheini, also bitte, was will denn der noch? Sein Recht, Drecksackarschlochschweinehund, evangelischer Schaumwerfer, sein Recht will der Beamte Fink! Daß das Gesundheit und Leben kosten kann, in einem Rechtsstaat sein Recht zu wollen, dämmerte ihm allmählich. Und vertraute das alles allabendlich und oft noch nachts dem Computer an, in dem die Rachedatei wuchs und wuchs. Und am nächsten Vormittag kopierte er den evangelischen Scheiß fünfzehnmal und verschickte die Kopien an seine Helfer und an die, die's werden sollten.

Jetzt teilte ich Herrn Kralle, meinem Mitarbeiter für Orden, mit, daß ich mich, was die vom Staatssekretär dem Kirchenrat Duft angebotene Auszeichnung mit dem Verdienstorden angehe, für befangen erkläre. Und das würde ich, damit's in die Akten, also in die Welt komme, ausführlicher begründen, als es denen angenehm sein konnte. Denn wenn der Herr Kirchenrat im nächsten Jahr mit Orden geehrt in den Ruhestand ging und auf eine makellose Laufbahn zurückblicken konnte, war meine Rehabilitierung ein weiteres Mal beschmutzt. Der vierzig Seiten lange Entwurf des soziolinguistischen Gutachtens meines Leibniz mußte auch eingetippt werden und bewahrte auch beim Eintippen in den Computer seine Schwerfaßbarkeit. Es war eben eine Expertise über regelgeleiteten und regelverletzenden Gebrauch der Sprache. Darauf durfte ich nicht verzichten. Ich konnte nur eintippen. Keine Ahnung, wie das Markieren ging, wie die Kursivschrift, wie die verschiedenen Schriftgrößen eingesetzt werden konnten. Beim Eintippen der linguistischen Spezialsprache sagte ich mir die Sätze auf, mit denen mein Leibniz mir seine Arbeit übergeben hatte: Mit diesem Gutachten liegt auf dem Tisch, was linguistisch dazu zu sagen ist, nämlich: man hat sich nicht beschwert. Und mit dem Gutachten der Artemis liege dann auf dem Tisch, was juristisch dazu zu sagen ist. Wenn dann nichts geschehe, sei das Ganze eine Farce, und gegen eine Farce könne man eigentlich nicht angehen; dann müsse man darauf vertrauen, daß es irgendwann einmal als Farce erkannt werde, und mit dieser Aussicht könne man leben. Leibniz' Schlußsatz: Geh doch mit denen eine Pizza essen, sind doch arme Würstchen, die durften nichts sagen.

Ich dagegen: Wenn's zur Anklage kommt, was ich wün-

sche, wenn's zur Verurteilung kommt, wofür ich kämpfe, wenn es für Tronkenburg um die Existenz geht, dann wollen wir sehen, ob's noch eine Farce ist! Der Beamte Fink verstand eben keinen Spaß. Sein Leibniz hängte ihm nicht die Kohlhaasmarke um, sondern riet ihm *Don Quijote* zu lesen, vor allem im zweiten Teil, das 51. Kapitel. Da las ich, daß Sancho Pansa als Statthalter ein Todesurteil gefällt hätte, wenn ihm nicht gerade noch rechtzeitig eingefallen wäre, daß sein Don Quijote ihm geraten hatte, in allen zweifelhaften Fällen sich für Barmherzigkeit zu entscheiden. Mein Leibniz wollte mich die Grenze des Rechtlichen erleben lassen, das Phänomen des Juris tantum. Es gebe Dinge im Rechtlichen, die die Verwertbarkeit des Tatsächlichen begrenzen. Sogar Don Quijote, sagte mein Leibniz, sieht den Unterschied zwischen wahren Sätzen und Rechtssätzen.
Ich diskutierte künstlich mit, so gut es ging, aber ich dachte: Zuerst will ich mein Recht, und wenn ich's habe, können wir über arme Würstchen beziehungsweise Pizza und Barmherzigkeit reden.
Wenn ich nach stundenlangem Eintippen im Bett lag, konnte ich natürlich nicht schlafen. Auf dem Nachttisch lag immer Papier und Schreibzeug, weil mir ja in jeder Nachtstunde etwas einfallen konnte, was sofort festgehalten werden mußte. Meine Erfahrung: Je schlechter der Schlaf, desto besser die Einfälle.
Am 23. November würde sich der Rausschmiß zum vierten Mal jähren. Ein Datum, das ich nur mit mir selbst begehen konnte. In der Familie fragte längst niemand mehr nach meinem Fall. Und schon wieder ein Familienfest im Anmarsch. Diese rücksichtslosen Feste. Als gebe es

nichts Wichtigeres als so ein Familienfest, das sich ohnehin jedes Jahr wiederholt. Diese Verwandtensätze! Was macht deine Sache? Oder gar: Mensch, du, soll ich dich überhaupt darauf ansprechen. Und wenn sie mich nicht darauf ansprachen, war es genau so schlimm, wie wenn sie mich darauf ansprachen. Konnte man diese Feste nicht aufschieben, nachher feiern, wenn der Kampf beendet sein würde, siegreich natürlich? Mein Gott, ein Kampf um Gerechtigkeit würde ja wohl nicht verloren werden müssen. So weit waren wir doch noch nicht, oder? Aber davon durfte ich nicht reden. Ich mußte teilnehmen an Barbaras 19. Geburtstag. Es sei ihr letzter im Kreis der Familie. Nächstes Jahr um diese Zeit sei sie außer Haus, entweder an der Uni oder in Israel, im Kibbuz. Als Sebastian beim Kaffee meinen Prozeß erwähnte, spöttisch erwähnte, sich ironisch wunderte, daß ich überhaupt zum Kaffee abkömmlich sei, stand Barbara sofort auf und lief hinaus. Wenn hier vom Prozeß geredet werde, könne sie nicht bleiben. Alle rannten ihr nach, erklärten ihr, daß das nur eine scherzhafte Anspielung auf den entsetzlichen Tatbestand gewesen sei. Diese Reaktion Barbaras zeigte mir einmal mehr, wie überreizt wir alle waren. Als wir allein waren, fragte Thea: Was machst du, wenn du wieder unterliegst? Wenn die Beschwerde abgewiesen wird? Wenn du durch diese Beschwerde nicht erreichst, daß an dir nichts hängen bleibt, was dann?

Ich hatte den Eindruck, in ihrer Art zu fragen drücke sich Mutlosigkeit aus. Vielleicht sogar Verzweiflung. Auf jeden Fall Hoffnungslosigkeit. Thea glaubte nicht mehr an meinen Sieg. Ich antwortete ganz kühl, ganz ruhig: Ich

werde es erreichen, daß an mir nichts hängen bleibt. Der Ausgang eines Kampfes ist immer ungewiß. Sonst ist es kein Kampf. Es ist noch nicht gegessen, das weiß ich auch.
Was ich nicht aussprach: Wenn ich untergehe, gehe ich eben unter. Ich hatte doch keine Wahl. Eine Wahl zu haben, das, stellte ich mir vor, mußte der Inbegriff von Luxus sein. Offenbar lebte Thea ein Luxusleben, konnte sich vorstellen, so oder ganz anders zu handeln. Bitte, sollte sie. Aber mich sollte sie, bitte, verschonen mit miesmacherischen Fragen. Mein Gott! Ich fühlte mich mit ihr in keinem Einverständnis mehr. Nachher lag ich wach neben ihr, konnte ihr Gesicht im Mondlicht beobachten. Plötzlich wußte ich: Sie träumt von Tronkenburg. Ich war ganz sicher, daß sie gerade von Tronkenburg träumte. Ihr Gesicht sah weder genießend noch leidend aus, aber konzentriert. Es ging etwas vor in ihr. Und das war ein Tronkenburgtraum. Sie würde mir das, wenn ich sie morgen fragte, nicht sagen. Das verstand ich. Egal, was sie von ihm geträumt hatte, sie konnte es mir nicht sagen. Vielleicht eine Stunde vor ihrem oder meinem Tod. Sie konnte ja nichts dafür, daß sie von dem träumte. Aber sie träumte. Von ihm. Das doch.
Ich kauerte wach, verkrampft, konnte erst wegschauen von ihr, als der Mond sein Licht mit sich nahm. Aber einschlafen konnte ich nicht mehr. Aufstehen, mit geschlossenen Augen sitzen, wieder ins Bett und mit offenen Augen ins Dunkel schauen. Meine Müdigkeit suchte nicht nach Schlaf.
Am nächsten Morgen versuchte ich mir zu beweisen, daß Thea auch von etwas ganz anderem geträumt haben

könnte. Ich war nicht mehr so vollkommen sicher, daß sie von Tronkenburg geträumt hatte. Aber sicher, daß sie nicht von ihm geträumt hatte, war ich auch nicht.

8.

Am Abend nach Barbaras Geburtstag rief Uschkurat an, der Richter ohne Furcht und Tadel, und fing nicht, wie es der Beamte Fink erwartete, sofort vom Fall an, sondern von den Asylverfahren, mit denen er täglich beschäftigt war. Täglich hatte er die Anträge kurdischer Asylsuchender zu bearbeiten, zu entscheiden. Noch am späten Abend loderte er vor Zorn, wenn er die Ignoranz der Politiker beschrieb, die sich über die Lage dieser Asylbewerber hinweglogen. Der Beamte Fink wartete ruhig und konzentriert nur auf eine Uschkuratsche Atempause, in die er hineinfragen konnte, ob der Richter Uschkurat etwas von dem Kollegen gehört habe, der Beziehungen hätte zur Zeitschrift *Betrifft Justiz*, ob er den habe bitten können, noch einmal nachzuhaken bei dem Stuttgarter Verlag. Der Richter hat gehört, die in Stuttgart hätten sich noch nicht einigen können über diesen Artikel, er werde aber gern morgen seinen Stuttgarter Bekannten noch einmal anrufen und dem noch einmal klarmachen, wie wichtig es wäre, daß dieser Aufsatz in *Betrifft Justiz* erschiene. Der Beamte Fink bedankte sich und notierte, daß er seinem Anwalt morgen mitzuteilen habe, der unter des Anwalts Namen dort eingereichte Artikel werde in Stuttgart lebhaft diskutiert, die Aussichten seien nicht schlecht, Richter Uschkurat werde dafür sorgen, daß sie noch besser würden. Da der Artikel schon von der Redaktion *Kritische Justiz* abgelehnt und dem Anwalt mit Floskeln zurückgeschickt worden war, hatte der Beamte Fink Angst, der Anwalt könne durch solche Mißerfolgserlebnisse die Lust verlieren. Er mußte seinen Anwalt Erfolg erleben lassen, also einen Artikel, den er mit dem Anwalt entwickelt hatte, in einer angesehenen Zeitschrift unterbringen. Er mußte für Vorgänge sorgen, für Bewegung, daß der Anwalt erlebte: Es tut sich etwas, der Fall lebt. Zum Glück konnte er seinem Anwalt einen Tag später melden, was Georg Gelter, der Kämpferische, gemeldet hatte: *Imprimatur* bringt's. Und *Imprimatur* brachte es. Fink holte das Paket mit zwanzig Exemplaren am Hauptbahnhof ab. Die Winteroffensive lief an. Gierig graste er den Text ab. Gelter hatte doch noch geändert. Leibniz hatte dringend geraten, in dem Text das Wort *Opfer* durch *der Geschädigte* zu ersetzen. Gelter hat *Opfer* vorgezogen. Franz Karl Moors Kommentar: In der FAZ wär' der Artikel Gold, aber in *Imprimatur*... Und blies ein unsichtbares Stäubchen von seiner Handfläche.

Ich hätte am liebsten gesagt: Dann schreib doch du über mich in deiner FAZ, in der du jährlich mindestens zweimal dein Banner aufpflanzt. Aber da Franz Karl Moor selber nicht daran dachte, konnte ich nicht davon anfangen. Sobald seine Aiaia das Licht der Literaturwelt erblickt haben würde, käme ich dran. Hoffte ich. Franz Karl Moor machte doch nicht umsonst Notizen, so oft ich vom Kampf berichtete.

Imprimatur wirkte. Die Winteroffensive lebte eine ganze Zeit lang von dem *Imprimatur*-Artikel. Der Freireligiöse

Satter allein verschickte den Artikel einhundertzwanzigmal an Freireligiöse; aber auch, auf spezielle Empfehlung des Beamten Fink, an die Staatsanwälte. Bis tief in den Dezember hinein las der Beamte Fink jeden Abend, wenn er heimkam, den *Imprimatur*-Artikel zweimal so durch, als lese er ihn jedesmal zum ersten Mal. Der Kollege Voxpop: Gekonnt, ironisch, spannend, das können sich die Hierarchen nicht gefallen lassen. Finks Lieblingsjournalist Jahnke: Dieser Artikel könnte die Gegner so reizen, daß es zum Knall komme, dann könne er, Jahnke, endlich wieder über den Fall schreiben. Böckenförde rief an: In Limburg kursiert der Artikel. Und Georg Gelter meldete: Wo er hinkommt, kommt eine *Imprimatur*-Nummer hin. Das waren Meldungen! Die publizistische Front entwickelte sich prächtig.

Im Haus allerdings kam *Imprimatur* ungeöffnet vom Staatssekretärvorzimmer, abgezeichnet von der Vorzimmerdame, auf den Tisch des Beamten Fink. Das hieß: Hör mal, du da unten, mit solchen Blättchen kannst du uns nicht aus der Ruhe bringen. Die wird zu ihrem Schmetternich reingerannt sein, und der dann: Sofort Fink zuleiten, keine Stunde bleibt das hier oben, damit der sieht, wie unwichtig dergleichen für uns ist! Der Beamte Fink leitete das Exemplar an den Ordensreferenten Kralle mit dem Vermerk: »Zum Vorgang«, das hieß »Ordensvorgang Duft«. Er mußte tun, was er tun konnte, um den Kirchenrat ohne Orden in den Ruhestand gehen zu lassen. Noch kleinlicher geht's nicht, sagte ich. S'Maul, sagte der Beamte Fink. Er könne sich nichts Edles leisten. Zur Zeit. Er sei nicht das FAZ-Feuilleton. Krieg sei Krieg. Ende der Debatte.

Der aufrechte Trauberg rief an. Was, wenn jetzt ein Leser bemerkte, daß der Artikel, der unter seinem Namen Anfang Dezember in der *Jungen Kirche* erscheinen werde, stilistisch dem *Imprimatur*-Artikel verwandt sei? Ihm sei's egal, aber dem Beamten Fink? Der: Mir auch. Wichtiger sei, daß der Artikel jetzt auch wirklich erscheine, um den oder jenen Synodalen zu einer Nachfrage auf der Winter-Synode zu motivieren.
Dann die erste Großniederlage dieses Winters. Artemis, bei der ich wöchentlich zehn bis zwanzig Seiten abholte, um sie abends dem Computer anzuvertrauen, rief an, ihre Stimme zum ersten Mal ohne die erregende Qualität: Den Briefkopf des Instituts des prominenten Strafrechtlers darf sie auf den Papieren nicht verwenden. Ihr Chef, der prominente Strafrechtler, der zuerst Interesse gezeigt hat für ihr Gutachten, ist wütend, weil mit seinem Namen versucht wurde, die Staatsanwaltschaft einzuschüchtern und sie dadurch von einer Abweisung der Beschwerde über die erstklassige Einstellungsverfügung abzuhalten. Also, wer war das, und wie ging das zu?
Jetzt konnte nur noch Leibniz helfen. Er schrieb einen lockeren Brief an den berühmten Kollegen: Hat da also ein Anwalt in kleiner Hilflosigkeit den Mund zu voll genommen und einem Staatsanwaltsgehilfen zu deutlich und vorschnell angedeutet, mit dem Segen des prominenten Strafrechtlers entstehe gerade ein Gutachten zugunsten jenes auf sein Recht versessenen Beamten. So ist das, wenn man prominent ist, man wird benützt wie eine Rolltreppe. Kein Grund, sich zu ärgern, bitte.
Umsonst. Das Gutachten wird ohne Erwähnung des In-

stituts, in dem Artemis arbeitet, ausgedruckt werden. Das tat weh. Der Lehrstuhl-Briefkopf war doch so wichtig wie der Argumentationsfeinschliff der blitzgescheiten Artemis. Als ich meine Enttäuschung nicht verbergen konnte, sagte sie: Brauchen Sie Einschüchterungspotentiale? Ich: Ich brauche Einschüchterungspotentiale. Und rieb ihr die Erfahrung hin: Es gibt Hilfe, aber vor allem hinter vorgehaltener Hand. Bitte, neulich, die Verabschiedung des makellosen Kirchenintellektuellen Bökkenförde in der Uni hier; der Laudator, ein Professor, selbst vom Fachbereich, erwähnte den Beamten Fink und seinen Fall in der Laudatio mehrfach, verurteilte scharf die Staat-Kirchen-Komplizenschaft auf Kosten des Beamten Fink, und nachher, als die Laudatio schriftlich vorlag, fehlte der Fall total. Capito, Artemis!
Aber verderben durfte ich es mir mit der Wissenschaftssoldatin nicht, vor allem nicht unsicher machen durfte ich sie, also fang dich, sag was Lustiges, Aufmunterndes, Souveränes. Und tat's. Aufgehängt, dann geflucht. Ich begriff ja leider, daß der Beamte Fink nach einer solchen Nachricht von der Wissenschaftsfront nicht einschlafen konnte. Sitzen bleiben mußten wir am Computer und einen Artikel entwerfen für eine noch zu findende, wenn nicht sogar zu erfindende Zeitschrift. Einen Artikel gegen das System, aber das Wort System durfte nicht vorkommen. Der Linguist hatte gerügt, daß der Beamte Fink alles, wogegen er anrenne, System nenne. So aber sei die Weimarer Republik von den Nazis genannt worden. Und überhaupt habe der Beamte Fink mit Don Quijote gemeinsam, daß er Erscheinungen so lange aufbausche, bis eine Windmühle herauskomme, gegen de-

ren mächtige Flügel er dann anrennen könne. Das System, das sei die übermächtige Windmühle des Beamten Fink. Zum Schein hatte der Beamte Fink gefragt, wie er denn den Gegner zusammenfassend bezeichnen solle. Überhaupt nicht zusammenfassend, hatte der Linguist gesagt, differenzierend, analysierend, also auseinandernehmend …

Ach ja, ach ja. Mein Gott! Wie soll jemand, der im Krieg lebt, sich verständigen mit einem, der im Frieden lebt! Der Linguist kriegte eben die Macht des Systems nicht zu spüren. Der schrieb einen lockeren Brief an den prominenten Strafrechtler, schlug dem vor, auch locker zu bleiben. Kein Wort über das, was tatsächlich vorgefallen war. Vorgefallen war nachweisbar folgendes: Der Anwalt deutet einem Staatsanwalt gegenüber an, daß sein Mandant Hilfe nicht nur von einem Professor der Linguistik, sondern auch noch aus dem Institut des berühmten Strafrechtlers bekommen werde. Der Staatsanwalt deutet gegenüber einem Mitarbeiter der Frankfurter Edelkanzlei, die Tronkenburg vertritt, die nur Sieger vertritt, an, was ihm gegenüber angedeutet worden war. Die Großkanzlei läßt sofort ihre Einflußmuskulatur spielen, und dieses Spiel erreicht mit Glanz und Kraft den prominenten Strafrechtler, und der pfeift seine Mitarbeiterin zurück. An ihr bleibt es hängen. Sie hat etwas falsch verstanden. Also, wenn das kein System ist, lieber Leibniz, was ist dann, bitte, ein System? Ein Zusammenhang, in dem der, der die Macht hat oder vertritt, diese an jedem beliebigen Punkt geltend machen kann. Und natürlich erreicht den Staatsanwalt sofort die Nachricht, daß sich der Beamte Fink die Strafrechtlerhilfe aus den Fingern gesogen habe, so elend sei der inzwischen dran in seinem selbstverschuldeten Kampf und Krieg. Das heißt, man hatte jetzt täglich mit der Abweisung der Beschwerde gegen die erstklassige Einstellungsverfügung zu rechnen. Er rechnete trotzdem fest damit, daß die Staatsanwaltschaft seine Beschwerde nicht abweisen werde. Er fürchtete allerdings, falls die Staatsanwälte für ihn entschieden, würden sie die Entscheidung mitten in der Weihnachtszeit bekanntgeben, wenn alles vom lieben kleinen Jesulein geblendet war.

9.

Es stand bevor das erste Zusammentreffen mit den Kirchenmännern Duft und Degen, seit sie in *Imprimatur* als Denunzianten charakterisiert worden waren. Ein weiteres Spitzengespräch. Den Staat vertrat Schmetternich. Der Beamte Fink trainierte. Schon Tage vorher dieses Kribbeln. Das mußte weg, sonst ließ ich mich hinreißen, drehte durch. Die beiden Kirchenmänner konnten mich nicht für den Verfasser der *Imprimatur*-Polemik halten, aber daß ich diesen Artikel freudig zur Kenntnis genommen hatte, muß den Herren klar gewesen sein. Der große Kirchenintellektuelle Böckenförde hatte direkt gefragt, ob ich der Verfasser sei. Auf diese Frage hatte ich mich vorbereitet. Meine Antwort: Ich glaube, ich kenne den Verfasser. Böckenförde hatte gelacht.
Ob die noch von mir erwarteten, daß ich bei diesem schon weihnachtlich gefärbten Arbeitsessen das jetzt fällige gnadenreiche Dudelgetue produzierte? Das wußte

ich, wenn die mir am Ende des Gesprächs tatsächlich fröhliche Weihnachten wünschten, käme von mir möglichst markig: Dito!
Zur Einstimmung gab ich dem Staatssekretär am Tag vor dem Treff die Akte Duft-Orden rauf, daß der sich erinnere: Selber hat er dem Kirchenrat den Orden angeboten, soll er sehen, wie er da rauskommt. Denunziant wird mit dem Verdienstorden belohnt. So könnte es im *Mannheimer Morgen*, in der *taz* oder in der *Stuttgarter Zeitung* stehen.
Ich war als erster im *Holiday Inn*. Dann kam der Prälat. Schon wie er nach der Sitzordnung fragte, verriet: Er hat den Artikel gelesen. Ich: Sie bestimmen, wo Sie sitzen wollen. Der Prälat: Sie müssen mir sagen, wenn Sie mich als Leiter des Kommissariats loswerden wollen. Der Beamte Fink: Selbst wenn ich das wollte, es läge nicht in meiner Macht.
Der Staatssekretär und der Kirchenrat entschieden sich fürs kalte Büfett. Wie sollte denn bei diesem ständigen Hin- und Hergerenne ein Arbeitsessen stattfinden! Der Prälat und ich bestellten Zander. Als ich hörte, daß der Prälat aus dem Dessertangebot *Hessische Rote Grütze mit flüssiger Sahne* wählte, wählte ich – und ärgerte mich sofort, als ich es ausgesprochen hatte – *Frankfurter Pudding mit Bischofsoße*. Jedesmal, wenn Kirchenrat und Staatssekretär wieder zum Büfett rannten, war ich mit dem Prälaten allein. Sein weiches Gesicht kuckte mich voll an. Ein Unglücksblick, als habe er den Artikel gerade erst gelesen. Aus einem Brötchenkorb war ein Brötchen auf den Tisch gefallen. Der Ober hatte es nicht bemerkt. Das Brötchen lag, fand ich, näher beim Prälaten als bei

mir, ich ließ es liegen, der Prälat auch. Das Brötchen blieb liegen, solange das sogenannte Arbeitsessen dauerte. Der Staatssekretär und der Kirchenrat saßen einander gegenüber und der Beamte Fink und der Prälat auch, zwischen ihnen das Brötchen, auf das sie beide immer wieder vorwurfsvoll starrten. Der Kirchenrat schlug, als er mit dem zweiten Teller zurück war, vor, die Regierung möge versuchen, in den Artikel 6 des Grundgesetzes ein paar Worte zum Schutz des Kindes einfügen zu lassen. Der Beamte Fink warf ein: Vielleicht könnte man auch noch den Schutz derer über sechzig einbauen. Der Staatssekretär meinte fröhlich, die könnten sich, wie man erlebe, selber helfen. Der Beamte Fink sagte, er habe von sich diesen Eindruck nicht. Der Staatssekretär lachte, die Kirchenmänner lächelten, Duft mehr, Degen weniger. Als der Beamte Fink dem wachsweichbleichen Prälatengesicht wieder allein gegenüber saß, sagte er tatsächlich: Wie ist das Wetter in Rüdesheim? Der Prälat: Wie hier. Der Beamte Fink: Vier Jahre her, daß wir in Rom waren. Haben Sie wieder etwas von Pater Gerhartz gehört? Der Prälat: Habe ihm gerade geschrieben. Der Beamte Fink zu dem wieder vom Büfett zurückkehrenden Staatssekretär: Wir unterhalten uns gerade über eine Romreise, die wir vor vier Jahren zusammen gemacht haben. Schmetternich: So, so. Der Beamte Fink, der spürte, daß er sich gleich nicht mehr beherrschen konnte, und trotzdem der Aufwallung nicht Herr wurde: Das war kurz vor meinem Rausschmiß durch Ihren Vorgänger. Der Prälat, nun seinerseits aufwallend: Ich lehne es ab, in diesem feindseligen Ton über das Wetter und eine Romreise zu sprechen. Der Beamte Fink: Sie haben ja so recht,

Herr Prälat. Der Prälat hatte einen roten Kopf. Das wirkte bei ihm, dem ewig Blassen, alarmierend. Beim immer rasch aufflammenden Beamten Fink war man einen roten Kopf sicher gewöhnt. Als der Beamte Fink mit Schmetternich zur Staatskanzlei zurückging, wiederholte sich in ihm alles, was er mit dem Prälaten gesprochen hatte. Und reden mußte er auch: Als Sie am Büfett waren, sagte Herr Degen, daß er an Rücktritt denke. Der Staatssekretär: Und was will er dann machen? Der Beamte Fink wollte sagen: Eine Wohnbaugenossenschaft mit Sozimehrheit wird ihn nicht nehmen, um zum jetzigen Gehalt noch ein Geschäftsführergehalt dazuzulegen. Er beherrschte sich. An Tronkenburg denkend, hätte er sagen können: Vielleicht für die Medienindustrie in die Kolonien. Statt dessen sagte er: Er ist Priester und leitet diese Anstalt für behinderte Kinder.

Die nächste Nacht war eine von denen, in denen man, wenn man aufwacht, hofft, es sei vielleicht doch schon halb vier, dann ist es aber erst halb zwei. Und ins Bett gegangen ist man um Mitternacht. Und geträumt hat man so, daß man, weitere Träume dieser Art fürchtend, lieber nicht mehr einschläft. Saß an einem Tisch, saßen wohl Kollegen darum herum, die gingen, einer blieb, war wohl Krollmann, ehedem Kultusminister, ehedem Gönner und Mentor des Beamten Fink. Im Traum sagte der Kultusminister a.D. kein einziges Wort zum Beamten Fink. Er vermied es, den Beamten Fink anzusehen. Klar, der will mit dir auch nichts mehr zu tun haben, dachte der Beamte Fink. Und sah zu Boden, sah den bedeckt und verschmiert von Wurstresten, kniete nieder, wischte alles sorgfältig auf, auch unter dem Stuhl des Kultusministers

a. D., saß wieder am Tisch, der Kultusminister a. D. drehte sich her und war gar nicht der Kultusminister a. D. Jetzt lag der Beamte Fink also wach und dachte erbittert an den Kultusminister a. D., der eigentlich die Prügel von den Kirchen kriegen müßte, da ja er den Beamten Fink beauftragt hatte, den Prozeß gegen die Kirche zu führen, und der inzwischen einfach schwieg, schwieg, schwieg. Morgen würde er den auf der Liste der Abgefallenen eintragen. Oder gehörte er zu den Feiglingen? Oder gar zu den Verrätern? Nein, trotz aller Erbitterung: Krollmann war nur ein Abgefallener. Das waren die, die zu bequem waren, für einen anderen etwas zu tun, was von ihnen nicht verlangt werden konnte. Abgefallene, das waren die, die auf Parties, bei Parlamentarischen Abenden und sonstwo, wenn die Rede auf den Beamten Fink kam, aufseufzend sagten: Ich bin gar nicht glücklich, daß Herr Fink immer noch weitermacht. Arschlöcher eben. Dem Beamten Fink geht es nämlich nicht um das Glück irgendwelcher Party-Herrschaften, sondern um sein Recht. Mein Gott!

10.

Eine Extraliste wurde nötig und dem Computer anvertraut, eine Liste, auf der alle Veranstaltungen aufgeführt waren, zu denen der Beamte Fink nicht eingeladen wurde. Das waren Veranstaltungen, zu denen ich früher immer eingeladen worden war. Jedesmal nahm ich mein Nichteingeladenwordensein mit grimmiger Freude zur Kenntnis. Freiheitszuwachs. Ich mußte immer weniger

Rücksicht nehmen, konnte den Kampf führen, ohne durch bürgerliche Verbindlichkeiten gehemmt zu sein. Weh tat's natürlich auch. Trotz des deutlichen Freiheitsgefühls. Verstoßensein ist zwar ganz schön, aber bis man's ist, tut es, Stoß um Stoß, schon weh. Zum Beispiel, bitte: Ignatz Bubis. Jedes Jahr, zu Weihnachten, durch eine Münchner Edelfirma drei Flaschen Champagner, die der Beamte Fink immer, weil er von Champagner nichts verstand, dem Freund Franz Karl Moor zeigte, der immer sagte, es sei der beste. Natürlich hatte der Beamte Fink die drei Flaschen von Anfang an formalisiert. Herr Bubis, bestimmt ein netter Mann, klar, aber sicher ist sicher. Also jedes Jahr ein Vermerk an den Chef der Staatskanzlei, drei Flaschen von Herrn Bubis, bitte um Entscheidung, ob er annehmen dürfe. Da der, der das entschied, sicher das gleiche Paket erhalten hatte, fiel die Entscheidung jedesmal günstig aus. Und jedesmal prüfte der Beamte Fink mit nassem Zeigefinger oder mit der Zunge, ob die Bubis-Unterschrift noch eine sei. Und immer hatte sich der Beamte Fink schriftlich bedankt. Letztes Jahr nur noch mündlich. Die Fronten waren deutlich geworden. Die zentrale Wohlfahrtsstelle der Juden in Deutschland feierte ihr großes Jubiläum, der Ministerpräsident war dabei, der Beamte Fink, der für diese Organisation einiges getan hatte, war nicht eingeladen. Unperson. Man liest den Bericht in der Zeitung, ein kleiner heftiger Schmerz, wieder etwas entzwei, wieder eine Bindung weniger, also freier. Der Ex-Ministerpräsident, der einen Witiko-Bündler in die Staatskanzlei hieven wollte, ließ im Edelmistblatt einen Hymnus los auf Ignatz Bubis. Die Christenpartei beauftragt den Förderer des ewigen Hitlerjungen Moosbrugger mit der Pflege der Kontakte zu den jüdischen Organisationen weltweit. Ja, ja, auf krummen Zeilen gerade schreiben! Aber dazu muß man eine mächtige Klaue haben. Also, Schluß. Bubis kam auf die Liste der Abgefallenen. Den Bubis-Champagner hatte ich, weil mir dieses Getränk noch nie geschmeckt hatte – es war mir zu spitz, zu aggressiv, ich zog Rotwein vor oder sogar Bier –, immer Franz Karl Moor geschenkt.

Es machte auch Spaß, die Namensliste durchzugehen, um Namen zu suchen, die längst auf die Liste der Abgefallenen oder Feiglinge oder Verräter gehörten, weil sie nichts mehr von sich hören ließen. Ich konnte keinen von denen anrufen. Da ging ich lieber meine Liste durch, strich Namen, trug sie auf der anderen Liste ein. Am nächsten Tag rief Pfarrer Gelter an, der Raucher, der kämpferischste aller Fachbereichsdozenten. Ja, der hatte auch vier Wochen lang nichts mehr von sich hören lassen. Aber er war im Ötztal gewesen. Daß Gelter so unbedingt zu mir hielt, brachte ich immer – und wußte nicht, warum – mit seinem Rauchen zusammen. Ich war ja in dem Alter, in dem man das Rauchen lernt, ein Mottenbruder gewesen. Trotzdem dieses Gefühl, Gelters Rauchen verbinde uns. So, gibt es Sie noch, fing er an. Unüberhörbar der kämpferische Gelter. Ich sofort dagegen: Wird die Staatsanwaltschaft meine Beschwerde abschmettern oder annehmen? Daß die sich gar so lange Zeit ließen mit der Antwort, hielt Gelter für ein gutes Zeichen. Genau wie ich. Und die fünf oder sechs Staatsanwälte, die das alles lesen und zur Einstimmigkeit finden müssen, können sich doch den linguistischen und strafrechtlichen Argumen-

ten nicht einfach verschließen. Fand ich auch. Und der Generalstaatsanwalt wird sich sicher auch einmischen. Natürlich ist es immer herb für eine Behörde, wenn sie sich korrigieren muß, aber es kommt vor. Die werden ihren Einstellungsbeschluß korrigieren, so daß aus dem Einstellungsbeschluß erster Klasse für den Gegner eine Einstellung erster Klasse für Sie wird. So sah es Gelter. So sah es ich. Ihm konnte ich auch sagen, daß ich fürchtete, die Staatsanwaltschaft werde ihre für mich günstige Antwort ausgerechnet zwischen Weihnachten und Neujahr veröffentlichen, wenn alle nichts Irdisches zur Kenntnis nähmen. Gelter lachte und nannte mich unersättlich. Ein gerader Mensch. Der wird nicht abfallen.
Franz Karl Moor sowieso nicht. Bei dem hätte auch ein Achtwochenschweigen keine Panik ausgelöst. Schmerz schon, aber keine Panik. Dann war er eben auf Karpathos und schrieb an seinem Buch.
Franz Karl Moor war der einzige, den ich anrufen konnte, ohne befürchten zu müssen, er halte mich deshalb gleich für einen Bittsteller. Der ich ja war. Aber die Telephonate mit ihm konnte ich immer mit der Frage nach Aiaia beginnen. Was macht Aiaia, fragte ich und war sicher, daß er, wenn er mir seine letzten schriftlichen Schritte geschildert hatte, auch nach meinem Fall fragen und dann mit vehementem Zuspruch teilnehmen würde. Natürlich fragte ich nicht nur einmal nach Aiaia und ließ ihn dann reden. Ich fragte noch einmal und noch einmal nach, damit er ja nicht glaubte, ich interessierte mich nicht für Aiaia, die offenbar davon lebt, daß die Männer etwas wissen wollen, was ihnen nicht zusteht. Franz Karl Moor brauchte jemanden, dem er probeweise von Aiaia

erzählen konnte. Erst dann könne er, sagte er, schreiben.
Als ich noch friedlich dahingelebt hatte, spielte ich die Zuhörerrolle mit wirklichem Vergnügen. Inzwischen dachte ich immer, wenn ich nach Aiaia fragte: Warum schreibt er nicht meine Kriegsgeschichte, dieser mit mir befreundete Schriftsteller! Das, was einen wirklich ausfüllt, kann man natürlich nur denken, nicht sagen.
Als von Böckenförde zwanzig Tage lang kein Anruf kam, entschloß ich mich am einundzwanzigsten Tag, ihn auf die Gegenliste zu setzen. Einundzwanzig Tage! Früher hatten wir so gut wie jeden Tag telephoniert. Da mußte ich mich doch neu einstellen. Anstatt zu leiden, einfach durchstreichen. Auch den Makellosen bei den Abgefallenen einreihen? Was hieß das über mich? Aber nein, er rief doch noch an! Zuerst verlief das Gespräch wie eine Pflichtübung. Lange nichts mehr gehört. Der Beamte Fink demonstrierte Zurückhaltung. Der Makellose: Wie es gehe. Ich: Zuviel passiert. Und da ja abgemacht sei, daß Böckenförde nicht mehr mit gar allem, was mein Fall produziere, bekannt gemacht werden wolle, wisse ich nicht, wo anfangen. Das mußte ich ihm schon hinreiben, daß er, um auch dem Bischof nie etwas verheimlichen zu müssen, nur vom Wichtigsten und nur vom ohnehin Öffentlichen unterrichtet sein wollte. Dieser vollkommen feine Mensch. Manchmal war er mir zu vollkommen, zu fein. Wenn die Staatsanwaltschaft geantwortet hätte, hätte ich ihm das natürlich mitgeteilt. Die Staatsanwaltschaft sei jetzt in der Verlegenheit, in die sie sich selbst gebracht habe: sie hat die schriftlichen Aussagen der Kir-

chenmänner als Beschwerden gewertet, Beschwerden im weitesten Sinn. Umgangssprachlich genommen, sagen die Juristen, seien es Beschwerden, jetzt sei aber linguistisch nachgewiesen worden, daß es sich nicht um Beschwerden gehandelt habe, jetzt sei die Staatsanwaltschaft in der Bredouille und zögere ihre Antwort Woche für Woche hinaus. Die Kirchenleute ihrerseits seien natürlich nicht dazu zu bewegen gewesen, der Staatsanwaltschaft mitzuteilen, daß ihre Aussagen falsch verstanden und falsch ausgelegt worden seien. Der alte Teufelskreis. Böckenförde lachte. Wozu der Teufel doch immer wieder gut sei. Und es gehe, sagte er, doch nur um ein Datumsproblem. Beschwerden oder nicht Beschwerden, fabriziert sind sie allemal erst nachträglich, um die eidesstattlichen Versicherungen des konservativen Staatssekretärs abzudecken. Nach dem Gespräch mußte ich den Makellosen wieder zurückversetzen auf die Liste der Treuen. Hoffentlich war ich noch lernfähig! Böckenförde aus der Liste der Treuen streichen! Meinen stärksten Mitstreiter überhaupt. Intellektuell und moralisch! Vielleicht der einzige Mensch, den ich kennengelernt habe, der groß genannt werden kann! Zurück mit ihm auf die Liste der Treuen! An die Spitze der Liste der Treuen gehört er! Böckenförde auf meiner Seite – dann konnten alle ehemaligen, noch lebenden Bundespräsidenten und der neue Bundespräsident dazu Tronkenburg vor den laufenden Kameras der Nation umarmen! Damit mußte ich inzwischen rechnen. Das wäre doch nichts als ein weiterer Beweis dafür, daß die Mächtigen auf Anti-Mimikry setzen. Daß auch noch der letzte einsieht: Wir können uns alles leisten! Schließ dich uns an, dann kannst

du dir auch alles leisten! Mein Leibniz war dagegen, daß ich so oft von den Mächtigen redete. Halb so oft sei auch schon zuviel und dann, bitte, von den Machthabern, nicht von den Mächtigen. Begriff ich nicht. Und zuviel fragen wollte ich auch nicht.
Nach den Gesprächen mit Böckenförde und Pfarrer Gelter fühlte ich mich wie Blücher in Kaub, in der Neujahrsnacht, bevor er, Napoleon zu jagen, über den Rhein setzte.
Dann rief der kämpferische Gelter gleich noch einmal an. *Imprimatur* wäre an einem weiteren Artikel interessiert. Das war ein Tag! Wer möchte da noch ins Bett! An den Computer! Arbeit, Arbeit! Für Trauberg beziehungsweise *Die Junge Kirche* soll dargestellt werden das Scheinproblem der Nichteinmischung der Kirchen in die von ihnen selber verschuldeten Angelegenheiten. Für *Imprimatur*: Tronkenburg oder der konstantinische Filz. Aber wie lang soll eine Siegeszuversicht à la Blücher in Kaub halten, wenn im Edelmistblatt-Jahresrückblick zu lesen ist, daß am 9. Juni die Staatsanwaltschaft das Ermittlungsverfahren gegen den früheren Leiter der Staatskanzlei eingestellt hat. Das ist denen im Rückblick auf das vergangene Jahr eine Meldung wert. Würden die das bringen, wenn die Staatsanwälte zu meinen Gunsten entschieden? Oder bringen sie's dann gerade, um schon vorweg wieder Stimmung zu machen gegen dunkle Machenschaften, mit denen dem echt englischen Vorzeigedemokraten wieder der Glanz getrübt werden soll? Und das bringen sie unter *Frankfurt*, obwohl sich das ganz und gar in Wiesbaden abgespielt hat und abspielen wird! Aber es stimmt ja, der Vorzeigedemokrat ist bestes

Frankfurt, ist Frankfurt vom allerbesten, ist Inbegriff des Frankfurter Gesellschafts- und Geisteslebens. Und Tronkenburg ritt indes nach Osten. Für die nobelste Medienmacht. Prinzip Anti-Mimikry. Alles so deutlich wie möglich. Sich nur nicht genieren. Die neuen Bundesländer sind ja dazu da, hier in Zweifel Geratene aufzunehmen, zu ehren und zu mästen, daß sie dann, sobald hier alle Widrigkeiten niedergewalzt sind, um so strahlender zurückkehren können. Früher hat man die momentan Angekratzten in die Kolonien geschickt …

So sah und kaute das Tag und Nacht der Beamte Fink. Ich habe versucht, mich aus diesen Beschuldigungsorgien herauszuhalten. Die Hauszeitung des geistigen Deutschland ein Mistblatt zu nennen – nicht mit mir! Opportunist, fauchte er. Savonarola, konterte ich. Er: Verbrenn mich doch! Ich: Das würde dir so passen. Weitergekämpft wird. Aber ohne savonarolaisches Gedöns! Bis zur Rehabilitierung und Pensionierung, daß auf unserem Stein stehe: RIP.

11.

Hätte der Beamte Fink nicht immer wieder Helfer gefunden, auch solche mit Motiven, die den seinen nur benachbart oder sogar fremd waren, er hätte sicher nicht so lange weitermachen können. Er buchte es als Fortschritt zum schließlichen Sieg, wenn ihm der kämpferische Gelter die Kopie eines Briefs an den Prälaten Degen schickte und dieser Brief diktiert war vom Ärger über das kirchliche Schweigekartell. Ganz direkt forderte Pfarrer Gel-

ter den Prälaten auf, die ihm von der Staatsanwaltschaft in den Mund gelegten Formulierungen zu korrigieren. Wie stehe denn die Kirche in der Öffentlichkeit da! Der Beamte Fink fütterte gleich seinen Computer mit diesem prächtigen Brief. Der wird dem Prälaten weh tun.
Ja, so weit war der Beamte Fink jetzt. Ihm tat es schon gut, wenn er hoffen konnte, dem Gegner weh zu tun. Wenn er mir dann fremd vorkam, sagte er: Das kommt vom Kämpfen! Daß der Prälat bei den allwöchentlichen Routinebesprechungen sich neuerdings von seinem Justitiar vertreten ließ, buchte der Beamte Fink als Trefferwirkung. Kirchenrat Duft dagegen erschien zum wöchentlichen Routinetermin putzmunter persönlich und nach Weihnachten, wie immer, vom Süßigkeitengenuß deutlich dicker.
Auf dem Weg von seinem Orthopäden zum Amt machte der Beamte Fink einen Abstecher zur Kanzlei seines Advokaten. Er konnte sich nicht beherrschen. Erst wenn die Kopie des Gelterbriefs beim Anwalt eintraf, war sicher, daß der Brief an den Prälaten auch abgeschickt worden war. Und der Anwalt mußte diesen Brief sofort an die Staatsanwaltschaft weiterleiten, daß er dort seine Wirkung tue, bevor die Entscheidung fiel, und die konnte jetzt jeden Tag fallen. Vor der Kanzlei des Anwalts traf er dessen Frau, sie rauchte, im Freien. Der Beamte Fink hatte sofort ein schlechtes Gewissen. Die dachte doch sicher, daß ihr Mann viel zu viel Zeit und Kraft für diesen viel zu lang sich hinziehenden Fall investierte.
Die Kopie des Briefes an den Prälaten war nicht eingetroffen. Und inzwischen war Donnerstag. Am Montag hatte Gelter den Brief einwerfen wollen. Hatte er am

Sonntagabend noch Skrupel bekommen? War ihm der Ton doch zu scharf geraten? Wollte er Degen schonen? Der Beamte Fink würde also warten müssen, bis der Anwalt ihm mitteilte, daß die Kopie eingetroffen sei. Noch einmal locker dort einzutreten und zu lügen, da er gerade vorbeikomme, habe er gedacht, er könne mal reinschauen und nach der Kopie des Briefes an den Prälaten fragen, das schaffte er nicht. Und wenn er extra dort anriefe, würde der Anwalt die Nervenschwäche seines Mandanten erkennen. Sein Anwalt mußte ihn aber für stark, für unerschütterlich, unbeugsam, unbesiegbar halten. Aber wo, bitte, blieb der Brief! Am Montag hat ihn Pfarrer Gelter also nicht eingeworfen. Am Dienstag auch nicht. Am Mittwoch auch nicht. Und warum nicht? Mitleid mit dem Prälaten? Das war die einzige Erklärung. Mein Gott ja, der Prälat konnte einem, mußte einem leid tun. Der Bischof war's, nicht der Prälat. Der Bischof sollte dem Prälaten endlich erlauben, mitzuteilen, daß die Staatsanwaltschaft seine schriftlichen Aussagen falsch interpretiert habe, Beschwerden habe es nämlich nicht gegeben, auch nicht im umgangssprachlichen Sinn. Wie Georg Gelter das Schweigekartell moralisch-ethisch disqualifizierte, mußte den Prälaten verletzen. Der Prälat war von feinerer Art als der Kirchenrat, leidensfähiger. Ein Sportabzeichen war bei dem nicht vorstellbar. Früher einmal hatte der Prälat den Beamten Fink in dieses Tal hinter Rüdesheim und Niederwalddenkmal mitgenommen, hatte ihm auf dem Friedhof das Grab einer Schwester gezeigt, die zu dem von der seliggesprochenen Urgroßtante des Prälaten gegründeten Orden von den Armen Dienstmägden Jesu Christi gehört hatte und die in Opladen Stefan Finks Kindergartenschwester gewesen war. Er und der Prälat hatten das Grab der Schwester Kunigunde mit Weihwasser besprengt und einen Augenblick lang stumm verharrt, jeder auf seine Art betend. Dann noch ein Grab. Das seines Vorgängers. Der habe sich das Leben genommen. Daran dachte der Beamte Fink jetzt oft. Wenn der Prälat sich etwas antun würde? Dann gab es keinen Sieg mehr. Dann war alles aus. Ein Kämpfender darf nicht immer an alles denken.

Eines Morgens erwachte ich und konnte den Namen des Bischofs nicht mehr aussprechen. Zuerst dachte ich, ich hätte ihn vergessen, versenkt, ausgelöscht. Aber ich wußte ihn noch. Er stand wie eine Schrift, vor die ein Vorhang gezogen ist, in meinem Bewußtsein. Dann fiel dem Beamten Fink diese Abkürzung ein. Er mußte den Bischof formalisieren, zu einem Objekt seiner Strategien machen. Limburger Nachfolger der Apostel, LNDA. Damit konnte er generalstabsmäßig und als Truppenführer umgehen. Wenn er stundenlang Artikel, Schriftsätze, Sachstandsberichte kopierte, Seiten zusammenlegte und heftete, das Geheftete einordnete, in Umschläge verpackte, die beschriftete, Briefe dazu schrieb, die Briefe nach genau überlegtem Plan in bestimmte Briefkästen einwarf, noch Zettel hinklebte BITTE IN DEN BRIEFKASTEN SEHEN!, dann mußte er Zielansprachen haben, die mühelos reproduzierbar waren, die ihn in eine militärische Stimmung versetzten. LNDA war als Zielansprache bestens geeignet. Er, der Beamte Fink, war für die doch auch kein Mensch, sondern ein Hindernis, das man aus dem Weg kickt und das die Frechheit hat, sich dagegen zu wehren.

Erst als Pfarrer Gelter ihm die Antwort des Prälaten in Kopie zusandte, konnte der Beamte Fink aufatmen. Andererseits war die Antwort empörend. Die Diözesen sind übereingekommen, in dieser Angelegenheit keine Erklärung abzugeben, solange gerichtliche oder staatsanwaltschaftliche Verfahren oder Vorgänge anhängig sind. Vorgänge, nannte der das, Vorgänge! Das war der Vorgang: Der Staat legt den Kirchen Beschwerden in den Mund, um die üblen Machenschaften eines Staatssekretärs ihrer Couleur abzudecken, und die Kirchen machen mit! Vorgänge! Der Brief insgesamt kühl, klar, römisch. In die Dokumentation damit.

Das wurde eine Methode, die Widrigkeiten zu ertragen: ihre Dokumentierung. Wenn es jetzt keine Genugtuung gab, dann vielleicht später.

Der gegen Unrecht immer noch empfindliche Richter Uschkurat weckte die *Neue Richtervereinigung*, nicht die älteste und ehrwürdigste und mächtigste, sondern die jüngste, frechste, ohnmächtigste Standesvertretung, Effekt: ein öffentliches Referat soll in Frankfurt über den Fall veranstaltet werden. Ein Genetiker an der Uni wollte, von Böckenförde geweckt, den Angriff des Bischofs gegen die Autonomie der Uni abwehren, zusammen mit der Studentenverbindung *Giraffen* wollte er den Fall aufs Flugblatt bringen. Die eigene Partei wollte es sicher nicht, aber einige lebendigere Mitglieder wollten eine Solidaritätsadresse des Arbeitskreises *Partei und Kirchen* für Fink beschließen, war doch Fink einer der Gründer dieses Arbeitskreises.

Der Beamte Fink lenkte die von ihm inspirierten Anfragen am liebsten in die Kanzlei seines Anwalts, daß man

dort erlebe, wie der Fall allmählich historische Dimensionen annehme.
Das Referat vor der Richtervereinigung sollte, zum Beispiel, sein Anwalt halten.
Am Tag nachdem die Solidaritätserklärung aus Bonn eingetroffen war, hatte ich Termin beim Arzt wegen meiner Sehnenscheidenentzündung. Als ich vom Arzt zurückkam, fuhr gerade das Ministerpräsidentenauto weg. Der Ministerpräsident grüßte, ich dachte: Hat er die Erklärung aus Bonn schon bekommen, schon gelesen, sich geärgert, nicht geärgert? Völlige Aufklärung wird da gefordert, Herr Ministerpräsident. Leider gelang das Zurückgrüßen überhaupt nicht. Ist ja doch auch schwierig, die Hand so zu bewegen, daß sie der Neigung des Kopfes entspricht, und daß der Mund sich auch entsprechend bewegt, sonst siehst du aus wie eine Marionette, die von einem Dilettanten gespielt wird. So kam ich mir vor.

12.

Ein Rieseninserat im Edelblatt. Über »den Umgang unserer Gesellschaft mit ihren Fremden« wurde eine öffentliche Diskussion angekündigt; Thema »Asyl im weltoffenen Deutschland«. Diskutieren würden u.a. der prominente Strafrechtler und Tronkenburg. Wiederum: reinstes Anti-Mimikry. Da hatte ich mir Gedanken gemacht, warum der prominente Strafrechtler dann doch auf Distanz ging und Artemis ihr Gutachten nicht mit dem Briefkopf des Instituts ausstatten ließ. Mein Gott!

Er gehörte zum Frankfurter Stadt-Adel. So einfach war das. Unterschrieben war die Ankündigung zum Beispiel von Ignatz Bubis, Joschka Fischer, vom sozialdemokratischen Oberbürgermeister. Diese vor allem durch Tadellosigkeit charakterisierten Persönlichkeiten genierten sich nicht, Tronkenburg, dem Feind des Beamten Fink, dadurch, daß sie mit ihm öffentlich diskutierten, einen Hauch von ihrer Tadellosigkeit zu schenken. Eine Nacht lang mampfte der Beamte Fink das Argument, diese Herrschaften hätten auf den Christen-Staatssekretär a. D., der noch nicht aus allen Verdächten entlassen war, solange noch verzichten sollen. Da sie nicht daran dachten, das zu tun, taufte der Beamte Fink sie in dieser schlaflosen Nacht Frankfurter Unterschriftenschickeria. Dann bestrafte ihn natürlich die Zeitung, die er nur noch schmähen konnte, mit tadellosen Sätzen, die sein Erzfeind bei jenem Podiumsgespräch formuliert hatte. Das waren Sätze, die man zur Zeit goldrichtig nennen mußte. Konservativismus, das ist rationale Feinkörnigkeit mit einem keine Sekunde lang ermüdenden Mißtrauen gegen Deutschland. Und bitte, kein bißchen meinungsbeladen oder gar ideologisch, sondern die schaumlose Sprache historisch-politischer Bildung: Im Gegensatz zu Deutschland seien England und Frankreich nicht nur für den eigenen Staat, sondern immer auch für eine Idee wie Freiheit oder Zivilisation eingetreten, das Bekenntnis zu solchen Ideen erleichtere dort den Zugang zur Staatsbürgerschaft. Das Problem der Deutschen sei es, daß Deutschland nichts über sich selbst hinaus vertrete. Nicht daß man durch solche Sätze sehr schnell klüger wurde, aber der, der sie so sagte, war sofort von den schlimmsten deutschen Erbschaften befreit, der zeigte hinreißend schön, daß er das Zeug zum Mehralsdeutschen hatte. Und genau das war jetzt die Voraussetzung für Zurechnungsfähigkeit. Aber der Beamte Fink konnte sich auf dieses Niveau nicht mehr begeben. Sein Kampf fand ein paar Etagen tiefer statt. Er konnte nur noch an den Fakten herummosern: Einerseits hat der immergrüne Fischer im Parlament vor zwei Jahren den schwarzen Ministerpräsidenten aufgefordert, diesen Staatssekretär zu entlassen, weil der das Parlament angelogen habe, andererseits inseriert er sich mit dem jetzt in Edelkumpanei. Daß die Parlamentssprache ins Parlament, aufs Intellektuellenpodium aber die Intellektuellensprache gehörte und daß einer beide Sprachen sprechen konnte und sich, wenn er die eine Sprache sprach, überhaupt nicht an das halten mußte, was er in der anderen Sprache gesagt hatte, das wußte jeder, das sah jeder ein, nur ein in seinem Kampf durch Feindseligkeit taub Gewordener eben nicht. Er reduzierte die Welt auf ein moralisches Kindergartenniveau und erklärte jedes höhere Verkehrsniveau zur Schurkerei. Als schon bald wieder im Edelblatt eine solche Veranstaltung angekündigt wurde, diesmal eine mehr philosophische als politische, da konnte er gegen ein langanhaltendes Zähneknirschen gar nichts mehr machen, denn dieses Mal war Freund Franz Karl Moor mit von der Partie. Franz Karl Moor auf einem Podium mit Tronkenburg! Da half die übliche Schlafmittel-Alkohol-Mischung nicht mehr. Ihn würgte es die ganze Nacht. Eine Nacht lang mampfte und moserte er wieder herum, forderte, obwohl er wußte, daß das kindisch sei, allüberall Charaktere von monochromer Makellosigkeit. Anstand, keuchte er vor sich hin, wenigstens Anstand, ein bißchen. Er erlebte seine Isolation, seine Schwäche. Er war ein Ein-Mann-Heer. Wie sollte er durchhalten, wenn Franz Karl Moor desertierte ...

Am nächsten Tag rief Franz Karl Moor an. Als er zu diesem Podium eingeladen worden sei, habe er nicht gefragt, wer sonst noch teilnehme. Er sei eben doch nicht gewieft. Aber wahrscheinlich hätte er es in Kauf genommen, neben diesem Herrn zu sitzen. Das gebe er zu. Genau genommen sei das Prinzip »Deine Feinde sind auch meine Feinde« unmenschlich. Und da nun im nächsten oder übernächsten Jahr *Aiaia* endlich erscheine, habe sein Verleger, der natürlich mitten in dieser Szene wirkt und lebt, zu ihm gesagt, die Teilnahme an dieser Diskussion sei ein *must*. Stefan Fink wisse ja, daß diese Leute, so gescheit sie seien, kaum einen Satz ohne ein englisches Versatzstück über die Lippen brächten. Damit habe er, der grundsätzlich Altmodische, dem Griechisch und Latein Muttersprachen seien, immer noch seine Schwierigkeiten. Und redete dann über die wirklichen und scheinbaren Erschöpfungszustände der deutschen Sprache. Als sie das lange Gespräch beendeten, hatte nur der kleinste Teil dem Problem gegolten, um dessentwillen Franz Karl Moor doch angerufen hatte. Aber er hatte wieder jenen Satz gesagt, der mir, wann immer ich ihn von Franz Karl Moor zu hören bekam, eine Gänsehaut über den Rücken jagte: Du bist schließlich der einzige Freund, den ich habe.

Bei diesem Gespräch hatte Franz Karl Moor zum ersten Mal selber von Aiaia angefangen. Das zeigte mir, daß er durcheinander war. Seit Jahren hatte es immer zu meiner Rolle gehört zu fragen: Und was macht Aiaia. Dann konnte er erzählen, in welchem Jahrhundert sie gerade lebte. Daß er selber von Aiaia angefangen hatte, bewies schlechtes Gewissen. Er brauchte die für ihn höchstmögliche Rechtfertigung seines Verrats: Aiaia. Sein Verleger hatte ihn erpreßt. Für mich eine Art Trost. Ich verstand ihn. Verzeihen konnte ich ihm nicht. Das sprach ich nicht aus. Ich sagte: Ich verstehe dich sehr gut, Franz Karl Moor. Das war die Wahrheit. Der Beamte Fink verstand das Motiv, die Lage, den Zwang. Eine Schweinerei, das, aber wie sollte ausgerechnet der Beamte Fink eine unvermeidliche Schweinerei nicht verstehen! Verzeihen, bitte, war etwas ganz anderes. Von Verzeihen konnte die Rede nicht sein. Und Franz Karl Moor mußte das gespürt haben. Als ich sagte, daß ich ihn verstünde, sagte er: Ich danke dir, Stefan Fink, dafür, daß du mich wenigstens verstehst. Mehr kann ich nicht erwarten.

Das war eben doch mein Freund Franz Karl Moor: Er verstand, daß ich ihm das nicht, noch nicht verzeihen konnte. Nach diesem Gespräch überlegte ich, wie ich herausbringen könnte, ob meine Gegner Franz Karl Moor zu diesem Podiumsgespräch nur eingeladen hatten, weil sie wußten, daß wir befreundet waren. Mir fehlte einfach ein Spion. Wie sollte man einen Krieg gewinnen ohne einen Spion im gegnerischen Lager! Aber ich hatte keinen Zugang zur Schickeria, gar keinen. Und nichts war für das Kräfteverhältnis so charakteristisch wie das: der Gegner war Herr des Systems, also des Ganzen. Er konnte sich jede beliebige Legitimität beschaffen, also auch jede erwünschte Dienstleistung. Nichts leichter, als sich über meine rasch zerfallenden persönlichen Beziehungen genau zu informieren und dann zuzuschlagen. Wäre Franz Karl Moor ein Frauenheld gewesen, hätten sie ihn mir mit einer Frau abgejagt. Da er Schriftsteller war oder sein wollte, genügte eine Podiumsdiskussion. Dort, zur Ausführung des Nötigen, eine Kanzlei mit zweihundert Leuten auf mehreren Wolkenkratzeretagen, hier ein grüner Halbtagsanwalt im ersten Stock, durchaus keine Hinterhauspraxis, aber wer eine Zigarette rauchen will, geht auf die Straße. Und doch faszinierte mich gerade dieses Verhältnis. DGG. Das vollkommene Mißverhältnis der Kräfte, meine reine Schwäche gegen die Nichtsalsstärke, das machte mir Mut! Manchmal.

Dann kam ein Brief meiner Artemis. Sie schickte mir das Inserat, das die Veranstaltung ankündigte, an der Tronkenburg und Franz Karl Moor teilnehmen würden. An den Rand schrieb sie: No comment. Diese Frau! Artemis Karolina! Als habe sie mein Telephongespräch mit Franz Karl Moor mitgehört, gab sie ihrem Sarkasmus mit einer Floskel Ausdruck, die zu dem Problemkreis gehörte, in den sich Franz Karl Moor bei unserem Gespräch geflüchtet hatte, um nicht der Peinlichkeit seines Verrats ausgesetzt zu sein. Und die hellsichtige Artemis parodierte die Praxis, die der altväterische Franz Karl Moor so betulich kritisiert hatte. Als hätte sie alles mit angehört. Diese Frau!

13.

Natürlich mußte er sich auch diesmal auf alles gefaßt machen. Wie würde er reagieren, wenn er unterläge, wie, wenn er gewänne. Er würde gewinnen. Aber er hatte schon zuviel erlebt, er wollte nicht blank dastehen, wenn die ihn abschmetterten. Am meisten Hoffnung schöpfte er immer aus der langen Zeit. Je mehr Monate die Staatsanwälte sich mit seinem Fall beschäftigten, desto gründlicher lernten sie ihn kennen, desto besser würden sie ihn verstehen. Andererseits dachte er gering von Kriegführenden, die nicht auch die Niederlage in ihr Kalkül einbezogen. Er tat das um so lieber, als er sicher war, davon keinen Gebrauch machen zu müssen. Es gäbe dann noch das Klageerzwingungsverfahren. Das Mittel, wenn die Staatsanwaltschaft auch per Beschwerde nicht dazu zu bringen ist, Anklage zu erheben. Dann würden ihn auch die Wohlmeinenden bei den Querulanten einreihen. Und die blitzgescheitschöne Artemis – das gestand er sich geradezu wild und schmerzbewußt ein, daß er diese juristische Mädchendame schön fand – war auch gegen ein Klageerzwingungsverfahren: weniger als zehn Prozent dieser Verfahren hätten Erfolg. Seine Artemis – Artemis war sie ja wohl nur für ihn! – war unersetzbar, wenn Niederlagen so interpretiert werden mußten, daß sie erträglich wurden. Als *Betrifft Justiz* den Artikel dem Anwalt dann doch zurückschickte, kopierte er die Absage gleich für seine Artemis und lauschte dann aufatmend ihrem Kommentar: So etwas Duckmäuserhaftes selten gesehen. Wenn sie diese Absage als juristische Klausur korrigieren müßte, wäre ihr Urteil: Argument überzeugt nicht, Bear-

beiter hat das Problem erkannt und auf wenig elegante Weise umgangen. Wenn sie ihm so etwas ins Ohr sagte – sie waren ja meistens telephonisch mit einander verbunden, entweder telephonisch oder verschwörerhaft im Hauptbahnhof Frankfurt, IC-Restaurant, 1. Stock, da gab es diese barocken Torten, die er so mochte –, wenn sie ihm aber Juristisches ins Ohr sagte, sah er andauernd ihr Gesicht, das nämlich seinen Ausdruck öfter änderte als jedes andere Gesicht, das er kannte. Ihr Gesicht drückte, was sie sagte, noch einmal aus. Aber nicht grimassierend oder bewußt ausdrucksgierig, sondern in winzigen und doch ganz unübersehbaren Verschärfungen oder Milderungen ihrer ohnehin auf schöne Schärfe angelegten Gesichtslinien. Artemis Karolina, das war ihr voller Name in seinen Phantasien. Karolina, die Abkürzung für die peinliche Halsgerichtsordnung Karl V. Artemis Karolina, so betonte er die strafrechtliche Kompetenz seiner Artemis. Ja, *seiner* Artemis!
Es war der immer alles heiter und gelassen analysierende Franz Karl Moor, der mir das Zögern der Staatsanwaltschaft mit der bevorstehenden Kommunalwahl erklärte. Die wollten eben alles vermeiden, was politisch im Wahlkampf benutzt werden könnte. Sagte Franz Karl Moor. Aber: Je länger die sich mit meiner Beschwerde befaßten, desto günstiger sei es für mich. Ich sagte: Genau so sehe ich das auch. Und er, der im Kultusministerium alle Stimmungen mitkriegte und mit dem Justizministerium täglich zu tun hatte durch seine oft in langwierige Prozesse mündende Denkmalschützerei, berichtete, meinem Fall gegenüber habe sich das engagierte Desinteresse zu einer zähneknirschenden Sympathie entwickelt. Das tat gut.

Am Tag vor dem Wahltag: ein Klassentreffen in einem vornehmen Tagungszentrum von *Bayer*, zwanzig Kilometer von Opladen. Nirgends Kunstschiefer, also alles echt bergisch. Ich setzte mich instinktiv neben den, der schon in der Schule als Außenseiter gegolten hatte und diese Rolle offenbar beibehalten wollte. Alle am Rande der Pensionierung oder schon pensioniert. In der Industrie sei es eher selten, daß man bis fünfundsechzig bleibe. Einer, Chefingenieur bei Ford gewesen, spezialisiert auf Kurbelwellen, war für eine halbe Stunde nach Detroit bestellt worden, zu God Father. Wegen eines Fehlers mußten Autos zurückgerufen werden, ein Millionenverlust drohte, am nächsten Morgen wieder hier am Schreibtisch. Klar, daß man das nicht so lange durchhält. Also, was hast du vor im Ruhestand? Ne große Werkstatt im Keller, wir organisieren Basare, macht Spaß. Und du? Fünf Kinder, zwölf Enkel, das reicht. Ruhestandsphantasien. Im Amt gab es auch welche, die bei jeder Gelegenheit erzählten, was sie nachher tun würden. Bei einigen klang das so, als sei der Dienst nur eine Vorruhestandsplackerei, die man hinter sich bringen müsse, dann gehe es erst richtig los. Von einem wußte man, daß er dann Gott aus dem Grundgesetztext herausoperieren würde, man nannte ihn deshalb Entdivinisierer. Einer wartet nur darauf, sich mit dreißig Katzen umgeben zu können, keinen Menschen mehr sehen zu müssen. Und ich ...? Die Rehabilitierung, die Ehre, sonst nichts.

Zum Glück wurde ich nicht gefragt. Zwei fragten nebenbei nach meinem Fall. Der eine: Du standst doch mal in der Zeitung, was is 'n da los. Der andere: Sag mal, bist du jetzt eigentlich rehabilitiert oder nicht? Als nachts um zwei beschlossen wurde, einander in drei Jahren wieder zu treffen, sagte ich, zehn Jahre sei auch eine schöne Frist. Das kam nicht gut an. Am nächsten Morgen ging ich in Opladen in meine Kirche. St. Remigius. Ich stellte mich neben einen, den ich kannte. Der war zehn Jahre älter, aber wir waren beide im katholischen Neudeutschland gewesen. Als Soldat hatte er uns im Urlaub Fotos von Partisanenerschießungen im Osten gezeigt, zu einer Zeit, als bei uns nur von den schlimmen Partisanen und von den armen deutschen Soldaten gesprochen wurde. Ich sagte: Hallo, Hans. Er schaute, nickte, sagte nichts, obwohl die Leute heute in der Kirche alle reden, bevor der Gottesdienst anfängt. Nachher sang er alle Lieder mit dünner Stimme mit. Ich stand und kniete neben ihm als Catos Sohn. Cato war am Gymnasium der Spitzname meines Vaters gewesen. Auch wenn das keiner mehr wußte, ich wußte es. Die Kirche war am 28. Dezember 44 durch einen sogenannten Terrorangriff der Amerikaner vernichtet worden. Am Fest der Unschuldigen Kinder. Auf dem Friedhof hatten Knochen aus den von Bomben getroffenen Gräbern gestarrt. Aber das Allerheiligste hatte der Vikar Grünbeck im letzten Augenblick retten können.

Das Klassentreffen mit seinen beiden Themen Weißt-du-noch und Wie-weit-hab-ichs-gebracht beschäftigte mich auf der Heimfahrt. Ich hatte zwar nicht viel beigetragen zu den beiden Themen, aber es waren auch meine. Ich unterschied mich von meinen Klassenkameraden kein bißchen. Was dem einen seine Kurbelwellen, war mir meine Ehre. Und es ging beide Male um dasselbe, den

Nimbus, den eigenen. Und etwas geleistet wollte ich auch haben. Mein Etatismus, bitte. Einmal sechs Jahre lang Verhandlungen über eine Vereinbarung über Polizeiseelsorge. Die Frage hatte geheißen: Handeln Geistliche, die Polizeibeamten berufskundlichen Unterricht geben, im Auftrag der Kirche oder des Staates. Das hat die Kirchen geärgert, daß sie dann unterschreiben mußten, im Auftrag des Staates.
Auf der Rückfahrt hörte ich im Radio: Geringe Wahlbeteiligung. Obwohl ich mich entschlossen hatte, endlich einmal nicht mehr wählen zu gehen, war ich um halb sechs im Wahllokal. Um sechs Uhr wurde geschlossen. Wenn du schon wählst, machst du einfach einen Strich quer durch. Eine ungültige Stimme. Als Kompromiß. Dann wählte ich aber SPD. Wie immer seit 1957. Abends sah ich den Politikern zu, wie sie ihre Statements absonderten. Die SPD wird schwächer. Die Skandale der Partei sind daran schuld. Mein Fall war ein Skandal. Also war das Schwächerwerden der Partei positiv für mich.
So, Wahl vorbei, jetzt konnte jede Stunde die Nachricht eintreffen, daß die Staatsanwaltschaft meine Beschwerde akzeptiere, ihren Einstellungsbeschluß korrigiere, das Ermittlungsverfahren gegen Tronkenburg wieder eröffne. Nein, eine Woche würden sie sicher noch vergehen lassen, sonst wiesen sie ja direkt darauf hin, daß sie die Wahl abgewartet hatten. Daß also frühestens eine Woche nach der Wahl mit der Entscheidung zu rechnen sei, konnte ich mir zwar sagen, aber bei jedem Telephonlaut erschrak ich und dachte: Das ist die Nachricht.
Als es auf die Osterzeit zuging und der Anwalt ankün-

digte, er werde über Ostern auswärts sein, wurde beschlossen, eine Presseerklärung vorzubereiten für den Fall, daß die Staatsanwälte so unsensibel wären, ihre Entscheidung in der Osterwoche bekanntzugeben. Ich bestand darauf, zwei Presseerklärungen vorzubereiten, eine für den Sieg und eine für die Niederlage.

Bei diesem letzten vorösterlichen Besuch in der Anwaltskanzlei lieferte ich 55 Seiten Manuskript ab. Ein Entwurf für das Referat. Anfang Mai in Frankfurt. Der Anwalt wollte im Urlaub eine verwaltungsrechtliche Version meines Entwurfs erarbeiten. Titel: Der Stand der Aufklärung in Hessen. Ich teilte mit, daß ich nicht dabei sein werde, wenn er das Referat halte. Er meinte, man wolle dort den Mann sehen, über den gesprochen werde. Ich merkte, daß er mich für stärker hielt, als ich war. Wenn er es von mir verlangte, sagte ich, dann käme ich. Ich entschuldigte mich dafür, daß die Fußnoten zu groß geraten seien und die Unterstreichungen fehlten. Mein Sohn sei nicht erreichbar gewesen, Sie wissen ja, der Computer.

Am Gründonnerstag dachte ich: Wenn heute nichts kommt, habe ich Ruhe bis Dienstag. Dann traf am Gründonnerstag *Publik Forum* ein. Drei Stunden lang kopierte ich, im Pulli, den scharfen Schrieb Gelters, fuhr mit zwei Kopien zum Anwalt, der nicht mehr da war, das wußte ich, aber ich hatte die Kopien adressiert an den Anwalt o.V.i.A., wie wir Beamten sagen: oder Vertreter im Amt. Da die Kanzlei mitten in der Stadt liegt, parkte ich im Halteverbot, rannte die Treppe hinauf, Frau Otto war nicht mehr da. Ihre Vertreterin sagte, gestern sei noch etwas eingegangen. Ich: Ja? Was denn? Sie: Von der

Staatsanwaltschaft. Unsere Beschwerde ist zurückgewiesen. Ich, ganz ruhig: Könnten Sie mir davon, bitte, eine Fotokopie machen. Sie: Innerhalb von vier Wochen, steht dabei, kann man Einspruch erheben. Als ich die Kanzlei verlassen hatte, begegnete mir der kleine Huch, Kollege Voxpop genannt. Der rief mir über die Straße Frohe Ostern zu, ich rief ihm genauso Frohe Ostern zurück. Dann ins Büro. Her mit dem Telephon. Und Pfarrer Gelter gewählt. Einfach weil er von allen Wohlgesonnenen der temperamentvollste ist. Ihm gegenüber konnte ich laut werden. Der Beamte Fink entlud sich. Hatte sich nach einer Stunde noch nicht gänzlich entladen. Mußte noch seinen Leibniz anrufen und sich weiter entladen. Alle Gegner mit möglichst schmutzigen Ausdrücken belegen. Und überhaupt das ganze System. Und vor allem dieses Scheißscheißscheiß-Osterfest. Nichts kann er tun jetzt, als auf dieser Staatsanwaltschaftsscheiße herumkauen. Bis Dienstag. Das mußt du dir, bitte, einmal vorstellen. Den Tronkenburg bring ich ins Gefängnis, schrie er immer wieder. Jetzt gibt's kein Pardon mehr. Nicht ruhen werde ich, bis der hinter Gittern ist, aus dem Blechnapf frißt, Naßzelle, Wohnzelle, alles in einem. Sein Leibniz warnte: Das dürfe der Beamte Fink, bitte, keinem erzählen, auch nicht im Spaß, das sei Material für die Couch.

Dann rief er den braven Satter an, den Engel der Freireligiösen. Haut ab bei Hoechst in die Frühpension, um Philosophie zu studieren! Wer hat denn noch solche Helfer! Bei seinem Leibniz durfte der Beamte Fink die getretene Kreatur sein, die er war, Satter gegenüber mußte er sich so sanft geben, wie Satter selber war. Satter gegenüber stellte ich den Staatsanwaltschaftsschrieb dar als eine ungeheuere Bereicherung des Materials für das Anwaltsreferat am 3. Mai vor der *Neuen Richtervereinigung*. Jetzt werde das nicht nur ein Referat, sondern ein Schlachtfest. Das sei ja doch der Vorteil des Rechtsstaates gegenüber dem Feudalismus, der den Michael Kohlhaas zur Strecke gebracht hat, daß Waffengleichheit herrsche. Scheißrechtsstaat, dachte der Beamte Fink, sprach das aber nicht aus. Der brave Satter, der in den Blättern der Freireligiösen für mich gestritten hatte, durfte nicht irritiert werden. Nach Satter rief ich Uschkurat an, den Richter ohne Furcht und Tadel, der von allen, die ich kenne, das empfindlichste Rechtsgefühl hat. Seine Empörung, eine Wohltat. Dann noch einmal den Raucher und Bergsteiger und Kämpfer Gelter. Ob er die Schmach dem makellosen Böckenförde hinfaxen könne! Und Böckenförde fragen, ob er jetzt nicht endlich zur Verwendung freigeben könne, daß der Prälat ihm mitgeteilt habe, er, der Prälat, habe das, was die Staatsanwaltschaft aus seiner Aussage gemacht habe, korrigieren wollen, das sei ihm aber von oben verboten worden. Gelter sagte: Gleich nach Ostern. Ja, das war die universale Watte, in der jetzt jeder Angriff erstickte: das Osterfest. Wie Unrecht weh tut, wissen die Bonzen nicht. Der Beamte Fink sprach es nicht aus, er wollte nicht für wehleidig gehalten werden, aber er glaubte, es gebe nichts, was mehr weh tue als Unrecht. Kein Schmerz reicht so tief in einen hinein, quält einen so durch und durch wie das Unrecht, das einem angetan wird. Unrecht tut in der Seele weh. Und die Seele – das ist nichts als der Körper ganz und gar.

Als ich heimkam, sagte ich, anstatt zu grüßen: Ich habe verloren. Theas Mund wurde klein, die Augen groß, sie griff mit einer Hand nach mir, ich gab ihr die Hand zurück und sagte: Ich muß telephonieren. Ich konnte Thea jetzt nicht in die Augen sehen. Ich hatte Angst, ich läse in ihrem Blick: Gott sei Dank, jetzt hört das endlich auf! Das wäre doch verständlich, wenn sie so dächte. Aber nicht auszuhalten. Daß ich nicht so denken konnte, mußte sie verstehen. Ich rief Pylades an, den herzkranken Blinden. Er sagte, dieses Ostern werde wohl sein letztes sein. Ab in die Grube, sagte er in nordhessischer Färbung. Daß eine Ruh ist, endlich. So toll ist es ja auch nicht hienieden ... Ich hörte ihm zu, gab ihm recht, konnte aber, da er nicht davon anfing, meine Niederlage nicht melden. Also rief ich meine Schwester Maja an. Sie war, wie immer, da. Der Major nahm seit über zwanzig Jahren den Hörer nicht mehr ab. Er saß meistens am Klavier und paraphrasierte alte Schlager. Es waren immer dieselben. Man hörte ihn durchs Telephon spielen. Also immer *Kann denn Liebe Sünde sein*, *In einer Nacht im Mai*, *Eine Insel aus Träumen geboren* und ähnliches. Aber die Paraphrasierungen änderten sich. Zur Zeit klangen die Schlager, als stammten sie aus der *Götterdämmerung*. Maja hatte gerade eine neue Prothese bekommen. Sind schon wieder sieben Jahre vorbei, sagte ich, um ihr zu beweisen, daß ich nicht vergessen hatte, in welchen Abständen sie eine neue Prothese brauchte. Als wir das Wie-die-Zeit-vergeht hinter uns hatten, sagte ich ihr die neueste Niederlage auf und erwartete, daß sie mir, wie immer, aufsagte, wie sie und ihr Major auf die gewöhnlichen Gemeinheiten der Welt reagiert hatten. Ich wartete

auf den Satz des Majors, der Schmutz, mit dem die Welt ihn beworfen habe, habe nie bis zu seinen Fußspitzen gereicht. Der Satz kam. Ich hängte auf. Das fiel mir jedes Mal auf, daß der Major von Fußspitzen sprach, obwohl er nur noch eine hatte.
Zum Einschlafen brauchte ich Tabletten und Rotwein. Dann träumte ich, ich müsse auf einem engen, korridorartigen Fußballfeld barfuß spielen, als Ball diente ein Igel. Ich schreckte hoch, und schon im Hochschrecken stand der Satz vor mir, in mir, um mich herum, weltfüllend, unausweichlich: Du hast verloren. Endgültig verloren. Wieder ein Glas Rotwein, noch eine halbe Tablette. Im nächsten Traum verbiß sich ein Eisbär in meine Wade und konnte seine Zähne nicht mehr von ihr lösen. Ich schreckte hoch. Wieder gab es nichts als den Satz: Du hast verloren. Weil diese Träume so unangenehm waren, stand ich auf, ging hinunter. Ich wollte nicht mehr einschlafen. Dieses jähe Konfrontiertwerden mit dem Satz: Du hast verloren! war viel unangenehmer als der wache Umgang mit diesem Satz, mit der Tatsache. Wirf dich vor den Zug. Jetzt. Schleich aus dem Haus. Lauf zum Bahnhof, dann auf das Gleis …
In meinem Arbeitsgelaß ein hastiges Suchen. Noch vor Tagesanbruch brauchte ich die den Freitod behandelnden Kommentare zum Bundes-Beamtengesetz, zum hessischen Beamtengesetz und zum Beamtenversorgungsgesetz. Ich hatte mir diese Kommentare besorgt, nachdem ich in der Zeitung gelesen hatte, das Bundessozialgericht habe die Hinterbliebenen von Soldaten, die sich ums Leben brachten, unversorgt gelassen, es sei denn, der Freitod konnte zurückgeführt werden auf

Überanstrengung im Dienst. In den Beamtengesetzen fand ich nichts dergleichen. Also ... stünde einem sogenannten Freitod nichts im Wege.
Am Morgen nach dieser Nacht konnte ich den Beamten Fink nicht rasieren. Ich konnte diese Visage im Spiegel nicht mehr sehen, nicht mehr ertragen. Dieses Grinsen. Anbiedernd. Als sei ich so sehr seine Partei, daß er sich mir gegenüber alles erlauben könne. Seit dieser Nacht hat das Selbstentzweiungsgespräch zwischen mir und dem Beamten Fink über den sogenannten Freitod nicht mehr aufgehört. Er war dafür, sich vor den Zug zu werfen. Ich war dagegen, mich von ihm umbringen zu lassen. Er: Am meisten recht hat der, der stirbt! Ich: Wer haßt, bringt sich nicht um. Das wenigstens verstand er. Und, erklärte ich ihm weiter, bedenke, bitte, alles, was du gegen dich tust, ist eine Wirkung des Gegners. Das einzige, was wir noch schaffen können: Der Gegner darf nicht erfahren, wie sehr er uns erledigt hat. Also nicht vor den Zug, daß es dann groß in der Zeitung steht, sondern still und ruhmlos untergehen.
Ich zerriß die für den Fall der Niederlage vorbereitete Presseerklärung. Die klang viel zu harmlos. Am Karfreitag und Karsamstag mußte die Abschmetterung durch die Staatsanwälte fünfundzwanzigmal kopiert und fünfundzwanzigmal verschickt werden, daß alle Journalisten, Theologen, Kollegen, Politiker, die mir vielleicht noch freundlich gesonnen waren, die Nachricht am Dienstag von mir und nicht aus der Presse kriegten, und eben von mir kommentiert, nicht vom Edelblatt. Tenor meines Kommentars: Den Staatsanwälten ist einfach nichts Neues eingefallen. Es handelt sich praktisch um eine Ab-

schrift der Entscheidung vom vergangenen Jahr; und das in der Hoffnung: ein Klageerzwingungsverfahren hält der Beamte Fink nicht durch.
Dann die ganze staatsanwaltschaftliche Entscheidungssauce in den Computer getippt.
Wenn ich mich ins Bett legte, sah ich Träumen entgegen, in denen es noch scheußlicher zuging als in der scheußlichkeitsgesättigten Wirklichkeit. Wer, wenn er nachts einschläft, nicht bis zuletzt an immer dasselbe denkt und, sobald er nachts oder am Morgen aufwacht, wieder an dasselbe denkt, und zwar sofort und abstandslos, es füllt ihn einfach aus bis zum Zerbersten, wer diesen Druck, immer und überall an dasselbe denken zu müssen, nicht kennt, ich fürchte, mit dem habe ich nicht viel gemein. Ich gratuliere ihm. Oder ihr.
Bismarck hat eines Morgens zu seiner frommen Frau gesagt: Ich habe die ganze Nacht gehaßt. Wer den Satz öfter morgens zu seiner Frau sagen möchte, sagen müßte, aber, weil er zu wenig Bismarck ist, nicht den Mut hat, seiner Frau diesen Satz zu sagen, mit dem bin ich, computermäßig gesprochen, kompatibel. Mit allen anderen nicht!
Mein Leibniz, nachdem er den Staatsanwaltschaftstext gelesen hatte: Abstrus und oberflächlich. Artemis: Soll man weinen, soll man lachen? Allerdings hatten die Staatsanwälte zur Abschmetterung genußvoll beide Gutachten, das linguistische und das strafrechtliche, genutzt. Daß solche Gutachten für nötig gehalten werden, spreche sehr für den Staatssekretär a. D.
Erst am Ostermontag war ich so weit, daß ich Franz Karl Moor anrufen konnte. Seine Frau war am Apparat. Gun-

dula tat sehr erstaunt. Also das müsse ich, Franz Karl Moors Freund, doch wissen, daß Franz Karl Moor an Ostern immer auf seiner Griecheninsel herumhüpfe. Heute sei eine Karte eingetroffen vom weißen Ort an blauer Felsenbucht, Mesohori auf Karpathos. Natürlich wußte ich das. Ich hatte gewünscht, diesmal sei er hier, man hätte sich beim Jugoslawen treffen können. Den kompliziert geistreichsten Fluch über dieses Staatsanwaltschaftsgeseire hätte Franz Karl Moor formuliert, und zwar sofort, ohne Zaudern und Stocken, druckreif eben. In seinem Stil, der alles so faßt, daß es klingt wie von früher. Gespreizt zwar, aber dadurch auch gewichtig und eigentlich unanzweifelbar. Franz Karl Moor will schreiben, wie man jetzt nicht schreibt. Aber er will nicht schreiben, wie man irgendwann einmal geschrieben hat. Altmodischsein ist seine Wonne. Seine Berichte pflegen eine Manier, die vor allem vermitteln soll, Erzählen sei ein Wohlbehagen. Mir fremd. Ich habe keinen Atem für Wohlbehagen. Diese kulturige Gelassenheit nervte mich inzwischen mehr, als ich zugab. Ich lernte Gelassenheit hassen. Einen Freund, den man nicht haßt, liebt man auch nicht. Sagte ich mir. Nichts hat den Abstand zwischen uns so deutlich gemacht wie seine Art zu schreiben. Ich wünschte, ich hätte nie eine Zeile dieser Volutenprosa gelesen. Ich hätte Gelassenheit gern zu den Todsünden gezählt. Bis zur Wut erregte ihn allerdings Rechtsextremismus. Sein Vater lebte in ihm als braune Ikone. Die auszumerzen, lebte er. Wenn ich Franz Karl Moor auch einmal ärgern wollte, mußte ich nach irgendeiner Wahl nur sagen: Und jetzt, was machst du jetzt? Er ahnte sofort, was kommen würde, senkte den schmalen

Kopf, drehte ihn dabei ein wenig. Stierkopfhaltung vor dem Angriff. Ja, rief ich dann, wieder eine Wahl, ohne daß irgend etwas Rechtsextremes ins Parlament gekommen ist. Ich habe einfach Angst, dir und deinesgleichen könnte der Verdächtigungsvorwand ausgehen ... Dann ging's aber los. Krach. Danach war eine Zeit lang Funkstille. Meistens meldete er sich zuerst wieder. Mit solchen Sätzen zum Beispiel: Du willst nicht ernst genommen werden, kannst du haben.

Ich gestehe: Mag ich jemanden, ist mir, was er oder sie für Meinungen hat, ganz unwichtig, und am allerunwichtigsten ist mir dann das Politische.

Ach, wäre er jetzt doch dagewesen und hätte die Staatsanwaltschaftssauce mit seiner Ausdrucksmanier zu nichts und wieder nichts zerstäubt! Seine größte Stärke war ja seine geradezu krasse Rechtschaffenheit. Da sie andauernd meiner Sache zugute kam, störte sie mich nicht. Da er seiner selbst so sicher war, mußte er sich nie anpasserisch auf einen anderen einstellen, sondern sagte immer alles so heraus, wie er es dachte. Ich hätte ohne ihn nicht sein mögen. Im Kollegenpalaver wurde jeder zu der Karikatur, zu der er das Material anbot. Über Franz Karl Moor wurde gewitzelt, selbst wenn man in der Wilhelmstraße nur grüßend an ihm vorbei gehe, beweise er durch die Art, wie er den Gruß erwidere, daß er recht habe. Ich beteiligte mich nie an Witzeleien über Franz Karl Moor. Aber es gab Zeiten, in denen ich ihnen weniger heftig widersprach als in anderen. Ein prinzipiell Vortrefflicher mobilisiert auch Gegenempfindungen. Einmal, beim Jugoslawen, sagte ich ihm einfach so hin: Ich habe die ganze Nacht gehaßt. Er sah mich kopfschief kritisch an und

sagte: Aha! Und das hieß überdeutlich: Formulieren ist meine Sache, laß das, du kannst das nicht. Darauf ich mit Genuß: Bismarck. Er: Oh. Eins zu null für dich. Das war fair. Und fairer als Franz Karl Moor war keiner. Höchsthöchst rechtschaffen eben.
Daß er gerade jetzt wieder auf seiner Insel herumhüpfte, hatte aber doch den Vorteil, daß er mir von seinem Gelassenheitsniveau herab das Anwalts-Referat für die *Neue Richtervereinigung* nicht schon schmähen konnte, bevor es gehalten wurde. Ich mußte die Karwochenniederlage zur Kraftquelle machen für das Referat, an dem ich mitschrieb. Zum ersten Mal konnten wir Frankfurt *in* Frankfurt angreifen. Mitten in Frankfurt. Und wie gut das gelingen würde, hing nur davon ab, wieviel Willen und wieviel Kraft wir aufbringen würden für dieses Referat. Ich würde allen Willen und alle Kraft der Welt aufbringen, das war wohl klar.

14.

Die fünfundfünfzig Seiten, die wir bisher erarbeitet hatten über den Stand der Aufklärung in Hessen, waren, seit die Staatsanwälte mich wieder abgeschmettert hatten, Altpapier. Die Familie hatte ohne mich in die Ostermessen gehen müssen. Dieses leichtfertige Gerede vom Auferstandenen hätte ich jetzt nicht ertragen. Warum nahmen sie diesen Vorgang nicht ein bißchen ernster? Als einen Text aus purer Verzweiflung, zum Beispiel. Als Hoffnungsirrsinn. Nicht bloß als Meßlatte für den alljährlichen Glaubenshochsprung!

Ich mußte den Text für den 3. Mai härten. Härten und noch einmal härten. Weg mit der Rechtsdogmatik. Nichts als die Geschichte erzählen, den Skandal. Aber ganz entpolemisiert. Zeig nicht soviel Wirkung, Mensch! Der Fall ist abgeschlossen, stand in beiden lokalen Zeitungen. Einmal bösartig, einmal erträglich. Und beide Zeitungen gehörten ein und demselben Menschen. Aber als ich den aus der Ägäis zurückgekehrten Franz Karl Moor auf diesen Widerspruch hinwies, sagte er: Täusch dich nicht, beide Artikel sind einmütig. Aber wie denn das? rief ich. Er: Sie stellen fest, es sei vorbei mit deinem Krieg, und vielleicht stimmt's ja.

Der Gegner hat die Macht, also kann er erklären lassen: Es gibt gar keinen Kampf. Es ist alles vorbei.

Wie erschrak ich, als mir Pfarrer Gelter per Telephon mitteilte, der LNDA liege mit Malaria zwischen Leben und Tod, hat sich angesteckt in den armen Ländern, traf sich da mit anderen Oberhirten, jetzt befürchtete man das Schlimmste. Ich mußte sagen: Er wird uns doch nicht wegsterben, bevor er öffentlich erklärt hat, daß mir Unrecht geschah, weil er dem Prälaten nicht erlaubte zu korrigieren, was die Staatsanwaltschaft aus des Prälaten Aussage gemacht hat. Georg Gelter erschrak seinerseits, weil ich auch in diesem Augenblick nur an meine Sache dachte. Aber anders konnte der Beamte Fink mit Glück und Unglück der Welt nicht umgehen, als daß er es in Beziehung setzte zu seinem Krieg. Die Welt ist alles, was mein Fall ist. So zog der Beamte Fink kursierende Allgemeinplätze an sich.

Sobald die Einladung der *Neuen Richtervereinigung* eintraf, rannte ich hinauf in die Etage mit dem besseren Kopiergerät, vergrößerte die Einladung beim Kopieren zweimal auf Plakatgröße und pinnte diese Plakate jeweils auf das Schwarze Brett, im Haus A und im Haus B. Jeden Tag ging ich dann ins Haus A, einen leeren Aktenordner unterm Arm, und schaute, ob mein Plakat noch hing. Es hing noch.

Als ich eine endgültige Fassung des Referats im Computer zu haben glaubte, machte ich mir klar, daß man die Tatsächlichkeit noch steigern und die Bewertungstonart noch weiter zurückdrängen mußte. Entpolemisieren also. Das haßte ich am meisten beim Beamten Fink, daß er sich so gern polemisch gehenließ. Niemand ist dümmer als der Polemiker. Ich wußte das, dem kriegführenden Fink konnte ich es nicht vermitteln.

Plötzlich – und auch noch am Samstag – bemerkte ich, daß die polemischen Schäume, die ich einen Tag vorher herausoperiert hatte, wieder drin waren. Panik. Ich wußte ganz sicher, was alles ich per Markierungs- und Löschbefehl herausoperiert hatte. War der Computer auf der Seite des Beamten Fink, der, obwohl er es durch mich besser wußte, den Polemikschub brauchte wie der Süchtige den Schuß? Es stellte sich heraus, daß ich die ganze Zeit nicht an einer, sondern an drei verschiedenen Fassungen gearbeitet hatte. Wie das? Das weiß wirklich nur der Teufel. Drei Dateien in drei verschiedenen Oberverzeichnissen? Ich hätte meinem Sohn längst gestehen sollen, daß ich dieses amerikanische Deutsch nicht verstand. Auf jeden Fall mußte das aus den drei Fassungen, was stehenbleiben sollte, in einer Fassung zusammengeführt werden. Durch irgendeinen Fehlgriff war dann plötzlich alles unterstrichen. Und ließ sich von der Unterstreichung nicht mehr befreien. Sebastian mußte her. War nicht aufzufinden. Nicht vor Sonntagabend. Als er eintrat, mich anschaute, den Kopf schüttelte, schämte ich mich. Ich sagte: Der 3. Mai wird der Entscheidungstag. Dieses Referat wird mitten in Frankfurt gehalten. Hinter ihm trat Barbara ein. Barbara: Papa, was versprichst du dir davon? Ich: Daß es dann endlich losgeht. Barbara: Ich dachte, daß es endlich aufhört.

Mein Gefühl sagte mir: Jetzt schaffe ich es. Jetzt ist es soweit. Aber ich wußte, dieses Gefühl hatte ich jedesmal, wenn ich einen Angriff vorbereitete. Ohne dieses Gefühl hätte ich doch gar keinen Angriff starten können.

Ach Barbara, sagte ich. Und zum Sohn: Sebastian, komm.

Je näher wir dem 3. Mai kamen, desto nervöser wurde mein Anwalt. Für ihn war diese Art Auftritt auch neu. Ich hielt jedem Manöver des Gegners den Text entgegen, der den augenblicklichen Frontverlauf beschrieb. Der Prälat hat gesagt: Ich habe mich nicht beschwert. Die Staatsanwaltschaft macht daraus eine Beschwerde im weiteren Sinn. Der Prälat korrigiert nicht, darf er nicht, der Anglokavalier und Vorzeigekonservative muß geschützt werden. Der, der alles durch sorglose Machtausübung angerichtet hat. Das ist alles. Das ist der Skandal.

Ich mußte dem Anwalt seine verwaltungsrechtlichen Paraden ausreden. Es geht nicht um Justiz, sondern um das Recht, Herr Anwalt.

Am 2. Mai nachts um elf warf ich meinem Anwalt die letzten Seiten in den Briefkasten, die ich den Abend lang in ständigem Telephonkontakt mit ihm geändert und geändert hatte. Am nächsten Morgen hielt mich ein Kollege aus dem Innenministerium an, ein Kollege, der immer zu mir gehalten hatte; er wollte etwas über den Staatsrechtslehrer Carl Schmitt wissen. Ich beantwortete seine Frage und sagte dann: Sie wohnen doch in Frankfurt? Er: Ja, warum? Ich: Da findet heute ein Vortrag statt, im Kolping-Haus, über den Stand der Aufklärung in Hessen beziehungsweise meinen Fall. Er: Um Gottes willen, geht das denn immer noch! Da konnte ich nur noch nicken und gehen.

15.

Der 3. Mai war vorbei. Ich war nicht hingegangen. Ich wollte zeigen, daß es nicht um mich persönlich gehe, sondern um Tronkenburg beziehungsweise um den Stand der Aufklärung im Land Hessen. Barbara war hingegangen, hatte gezählt, daß außer ihr noch neunundvierzig Zuhörer den kleinen Saal des Kolping-Hauses gefunden hatten. Sie sagte, ihr seien jedesmal, wenn mein Name gefallen sei, die Tränen gekommen. Ich dachte: Immerhin. Mein Leibniz: Dein Anwalt hätte rhetorisch besser sein können. Darauf, sagte der Beamte Fink so eisig wie möglich, kommt es nicht an. Da Leibniz jetzt öfter ätzende Bemerkungen machte, überlegte ich, ob ich ihn nicht besser Voltaire nennen sollte. Inzwischen stand auf meinem Schreibtisch das Bild von Hodler, das den Mann mit einer schwingenden Axt zeigt.

Ach, wenn die gewußt hätten, wie verzagt ich war, wie wenig ich an das, was ich tun mußte, glaubte. Aber wenn

Sebastian mir vorführte, wie man von der Festplatte auf Diskette kopiert, und ich in diesem Augenblick glaubte, daß ich das jetzt konnte, dann glaubte ich, ich sei stärker geworden, also gefährlicher für meine Gegner. Wenn ich dann ohne Sebastian von der Festplatte auf Diskette kopieren wollte, antwortete der Computer: *Falscher Befehl.* Und ich war wieder so ungefährlich wie eh und je. Aber abfinden konnte ich mich damit nicht. Ich mußte gefährlich sein, sonst hatte mein Leben keinen Sinn. Aber sobald ich mich als Wütenden, Drohenden erlebte, merkte ich eine Distanz zu diesem dann meist ganz unflätigen Wüterich. War ich der? Ich war allenfalls sein Gefangener.

Ich fragte meinen Ortsgeistlichen, ob er nicht an den LNDA schreiben könne, daß der dem Prälaten Degen endlich erlaube, deutlich zu sagen, er, der Prälat, habe sich nicht beschwert, alle Interpretationen, die ihm Beschwerdeführung unterstellten, ob umgangssprachlich oder formell genommen, verfälschten seine Äußerung. Anstatt das in zivilisiertem Ton vorzubringen, redete sich der Beamte Fink in einen Anfall hinein, und ich hörte ihn sagen, daß der LNDA, dieser Drecksack, ihn vernichten wolle. Als ich ihn das sagen hörte, wußte ich, daß das nicht stimmte. Aber warum hatte er das sagen müssen? Der Ortsgeistliche hatte dann gesagt: Ich verstehe, daß Sie das so sehen müssen, aber es ist gewiß nicht so. Ich konnte mich vom immer öfter überschwappenden Beamten Fink nicht zurückziehen wie die Kollegen, die Verwandten, die Freunde.

Er belegte seine Gegner jetzt mit Wörtern, die man früher von ihm einfach nicht gehört hatte. Eben Wörter wie

Drecksack und Arschloch. Er kam aus mit ein paar Wörtern. Eigentlich genügten ihm Drecksack und Arschloch für alle. Ich genierte mich für ihn. Ich ließ ihn spüren, wie traurig es mich machte, ihn so hemmungslos wie gewöhnlich drauflosschimpfen zu sehen. Aber er sorgte dafür, daß ich nichts mehr zu melden hatte. Er führte das Wort. Hätten wir am 3. Mai im Kolping-Haus gesagt, wie uns zumute ist, rief er, hätten wir die Frankfurter Arschlöcher Arschlöcher, das Scheißsystem ein Scheißsystem genannt, stünden wir heute in allen Zeitungen.

Tatsächlich hatte keine Zeitung Notiz genommen von dieser Veranstaltung. Ach, hätte ich doch das Referat nicht so entpolemisiert! Ich entschuldigte mich beim Beamten Fink. Daß die Frankfurter Luft ein einziges Mal geritzt worden wäre vom Stachel der Wahrheit! Dieser Edelmief! Dieser Erfolgsgestank! Der Beamte Fink lachte. Ja, rief er, das sag' ich doch die ganze Zeit! In die Fresse, rief er, dem System in die Fresse! Ist doch egal, ob du eine komische Figur wirst! Wird doch jeder!

Ich schüttelte den Kopf, er hörte nicht mehr auf mich, sperrte mich ein, ins Innerste, bis auf weiteres oder für immer. Ich sagte den Satz des makellosen Kirchenintellektuellen Böckenförde auf: Wenn es denn anständig nicht geht, geht es eben nicht. Aber der Beamte Fink brüllte: Können wir uns nicht leisten!

16.

An dem Tag, als der Direktor der Geschwister Scholl-Schule mit einem Orden ausgezeichnet wurde, hatte mein Vater zu Hause bleiben können. Mein Vater hatte sich nach dem Krieg geweigert, diesem Kollegen, der von 1933 an zur NSDAP gehört hatte, bei der Entnazifizierung zu helfen. Ich konnte bei der Verabschiedung des Kirchenrats, die durch eine Ordensverleihung gekrönt sein würde, nicht fehlen. Selbst wenn ich vierzig Grad Fieber hätte, müßte ich hin. Zuhausebleiben würde von einhundertsechzig Festgästen als Kneifen gewertet werden. Oder gar als eine Art Geständnis. Jede Ehre, die den Gegnern erwiesen wurde, kränkte meine Rehabilitierung. Daß der schwadronierende Schmetternich an irgend einem kalten Büfett dem Kirchenrat die Verdienstmedaille versprach, war nicht zu verhindern gewesen. Das Ordensreferat gehört zwar zu meiner Gruppe, aber als die Ordensakte Kirchenrat auf meinen Tisch kam, konnte ich sie lediglich mit dem Vermerk, ich sei befangen, an meinen Ordensmitarbeiter Kralle weiterleiten. Wie die Duft-Ehrung überstehen? Der Ministerpräsident würde dem Kirchenrat den Orden umhängen, alle würden klatschen, und ich? Hände in den Taschen? Arme verschränken? Lauter klatschen als alle anderen? Daß alle zu mir her sähen? Ja, ja, meine Herrschaften, ihr ehrt einen Denunzianten! Zumindest einen, der sich, im Auftrag seiner Kirche, dazu hat gebrauchen lassen! Auf *Pflasterstrand*-Witze über einen Ministerpräsidenten habe der Beamte Fink die Herren Duft und Degen wiederholt hingewiesen! Und daß der Kirchenrat erst denunziert hat, nachdem Tronkenburg das Denunzierte schon an Eides Statt versichert hatte, hat den Kirchenrat dann nicht mehr gestört. Und sonst auch keinen! Warum soll denn das Motiv immer älter sein als die Tat! Man kann doch, wenn man die Tat schon vollbracht hat, das Motiv viel genauer produzieren, ein maßgeschneidertes Motiv, nicht eins von der Stange, wie es sich eben gehört für feinere Leute.

Der Tag soli Duft gloria präsentierte sich als ein Tag, der die schlimmsten Möglichkeiten des Wiesbadener Klimas kraß vereinigte: tief hängende Wolken, die Luft eine schwüle Last. Das Tatütataa der Krankenwagen hallte die Wilhelmstraße auf und ab, und das hatte kein einziges Mal mit Autos zu tun, das war der pure Klimaeffekt. Ich dachte hinter jedem Krankenwagen her, ob einer drinliege, der vielleicht zu Kirchenrats Verabschiedung hatte gehen wollen. Um halb sieben war ich im Hotel Oranien. Im Saal herrschte eine historische Version des Wiesbadener Dunstes. Die Redner hatten sich auf alles vorbereitet, nicht aber auf das Klima. Einhundertundsechzig Hehre standen und schwitzten und taten, als hörten sie zu. Von meiner Taktik, bei solchen Veranstaltungen jede Kontaktaufnahme durch immer zielbewußt wirkendes Herumkreisen zu verhindern, sah ich heute ab. Ich wählte einen Standort so abseits, wie es der Saal erlaubte. Wenn jemand zu mir her grüßte, tat ich, um nicht zurückgrüßen zu müssen, so, als sei einer der neben mir Stehenden gemeint. Als der Orden umgehängt wurde, klatschte ich nicht. Der Kirchenrat lachte so glücklich, daß sein Kindergesicht endlich den ihm liebsten Ausdruck fand.

Ich reihte mich ein in die Schlange der Gratulanten. Als ich dran war, sagte ich: Leben Sie wohl, Herr Kirchenrat. Da ging ein richtiger Schmerzensmannriß durch sein schicksalloses Gesicht. Zu seiner Frau sagte ich: Auf Wiedersehn, Frau Kirchenrat. In den Garten, in dem man dann Platz nahm, um sich an *Gestovtem Bornheimer Kalbfleisch* und *Kirschenmichel* zu verlustieren, ging ich gar nicht erst. Ich bin geflohen beziehungsweise abgehauen. Um halb neun war ich wieder in meinem Büro. Zu Hause mußte ich die Veranstaltung immer wieder ablaufen lassen. Ein inneres Zwangsvideo. Ob alles richtig gewesen sei. Das Stehenbleiben auf einem Punkt, das tonlose Lebensiewohl, das entgleisende Lächeln im Jesusknabengesicht, wie Duft und Degen einander umarmten, der immer distanzierte Ästhet Degen und das gealterte Knäblein lagen sich in den Armen und sahen dabei nicht sehr lebendig aus, und ich, der Beobachter, fühlte mich andauernd beobachtet, wie in einem Scheinwerferkegel fühlte ich mich. Aber vielleicht wurde meine Anwesenheit dort überhaupt nicht bemerkt. In den Reden kam ich nicht vor. Auch nicht in der Danksagung des Kirchenrats. Natürlich nicht. Und weh getan hat es doch.

Man braucht eben alles, den Kampf gegen den Gegner, und daß der einen streichelt. Denn letzten Endes meint man es doch gar nicht so. Man würde lieber nicht kämpfen. Man wird dazu gezwungen. Es sei denn, man läßt sich von den Herrschaften alles gefallen. Die meinen es ja auch nicht so. Aber es wirkt, als meinten sie es so. Und wenn man sich wehrt, dann meinen sie es so, wie es wirkt. Dann bleibt nur der Kampf gegen die Puddingtypen im Systempanzer. Und wie der endet, hatte der unerschrockene Pfarrer Gelter gesagt, steht bei Paulus, Hebräer 9, 22: … ohne daß Blut vergossen wird, gibt es keine Vergebung.

17.

Mein ränkeloser Seelsorger brachte mich auf die Idee, den Sekretär des LNDA anzurufen. Dazu gab's Grund. Nach schweißtreibenden Telephon- und Briefmühen war es gelungen, den Fachbereich, der sein Dasein an der Universität Frankfurt ein bißchen auch meinem Fleiß verdankte, zu einer Solidaritätserklärung zu bewegen. Der kämpferische Pfarrer Gelter und ein unbeirrbarer Moraltheologe, beide dort lehrend, führten an dieser Front meine Sache. Im Uni-Report wollte der Präsident die Erklärung, aus Angst, außerhalb der Universität aufzufallen, nicht erscheinen lassen. Aber die Katholische Nachrichtenagentur nahm die Professoren-Erklärung zum Anlaß, mich zu maßregeln. Auf einmal stand da wieder, der LNDA habe sich wegen Illoyalität über mich beschwert. Das hatte ich doch schon einmal abgewehrt gehabt.
Das war wie irgendwann vor Verdun. Grabenkämpfe. Unter äußerster Überanstrengung aller Kräfte kommt man zehn Meter voran und wird dann zwanzig Meter zurückgeworfen. Mein Prophet Willner hatte es mir vorhergesagt. Jede Aktion meinerseits wurde vom Gegner mit einer Gegenaktion beantwortet, die meine Lage schlechter machte, als sie vor der Aktion gewesen war. So

warf ich mich durch lauter zähe, unendlich anstrengende Angriffe immer weiter zurück. Franz Karl Moor: Im Kultusministerium heiße es inzwischen, der Beamte Fink habe das Geschäft der Selbstzerstörung übernommen. Diese Fügung klang nach Kleist. Kohlhaas, der das Geschäft der Rache übernommen hatte. Und da das nach Kleist klang, klang es nach Franz Karl Moor. Der wollte mich wohl warnen. Aber warnen konnte ich mich selbst. Es nützte bloß nichts.
Nachts, in den Schlafpausen, wurde der Anruf entwikkelt, geprobt, notiert. An dem Morgen, als die KNA-Meldung zehn Tag alt war, wählte ich um 8 Uhr 05 die Nummer. Eine Frauenstimme meldete sich. Ich sagte meinen Namen. Den kannte sie. So etwas merkt man. Zehn Minuten später rief der Sekretär zurück. Ich war gefaßt. Ich hatte das Gefühl, vollkommen Herr aller Geistes- und Nervenkräfte zu sein. Ich fragte, ob der Bischof die KNA-Falschmeldung, durch die ich erneut belastet werde, zu korrigieren gedenke. Eine Rechtspflicht bestehe natürlich nicht, aber – und jetzt gelang mir fast ein Hauch Heiterkeit – die Zehn Gebote gebe es ja auch noch. Dann pokerte ich. Dem Prälaten habe man, wie ich wisse, verboten zu korrigieren, was die Staatsanwaltschaft aus seiner Aussage gemacht habe. Vergleichbares könne dem Bischof wohl nicht passieren. Wenn der Sekretär mich gefragt hätte, woher ich wisse, was man dem Prälaten verboten habe, hätte ich stottern müssen, weil Böckenförde mir ja nicht erlaubt hatte, diese Information zu verwenden. Der Sekretär fragte nicht, blieb freundlich, versprach zurückzurufen. Zwei Tage später rief er an. Glaubhaft freundlich. Nächste Woche werde der Bi-

schof eine Erklärung abgeben. Ich, in all meiner imponiersüchtigen Schwäche, sagte: Die nächste Woche beginnt mit dem 5. Juli und endet mit dem zwölften. Ich muß bitten, daß, was Sie ankündigen, in dieser Zeit auch wirklich stattfindet, da ich ja meine nächsten Schritte darauf einstellen muß.

Ich konnte mich nicht mehr wehren gegen das Aufkeimen einer Hoffnung. Jeden Tag wartete ich. Wohlgemut. Er hat es in der Hand jetzt. Er kann den elenden Knoten durchhauen und sagen: Ich habe mich nie über Illoyalität beschwert. In den Wartetagen kopierte ich das Referat meines Anwalts. Fünfundachtzig Seiten jetzt. Der Anwalt sollte es dem Ministerpräsidenten zuschicken, dem Generalstaatsanwalt und Schmetternich auch. Gegen Ende des Jahres hatte ich die fünfundachtzig Seiten zweihundertmal kopiert, gelegt, geheftet, verschickt. Unter meinem Namen oder dem des Anwalts. Ich schickte die fünfundachtzig Seiten auch an Leute, von denen ich wußte, sie würden sie nicht lesen. Zum Beispiel an den mir wahrscheinlich immer noch wohlgesonnenen Journalisten Jahnke, der bei jedem Anruf mehr Zeit darauf verwendete, mir zu schildern, warum er gerade keine Zeit habe, als auf den Grund des Anrufs. Solche Empfänger wollte ich durch die Zusendung dieser fünfundachtzig Seiten beschämen. Weil sie die nicht lesen würden, sollten sie sich schämen. Franz Karl Moor schickte ich sie auch. Ohne Kommentar. Er wußte ja, daß dieser Text erst dann gedruckt werden würde, wenn der von ihm versprochene Aufsatz über Ämterpatronage vorläge. Den Organisationen, die den Druck finanzieren wollten, war mitgeteilt worden: das Anwalts-Referat *und* ein Franz

Karl Moor-Essay über Ämterpatronage. Nur daß er's nicht vergesse, der Herr Schriftsteller, der ja immer noch lieber über die überlebensgroße Aiaia schrieb als über den Überlebenskampf seines Freundes Fink. Er hätte mir mein Recht erschreiben können. Er hätte doch längst sagen können: Was das Recht nicht vermag, die Wissenschaft nicht kann, die Journalisten nicht wollen – der Schriftsteller schafft's. Aber sagen konnte ich das nicht. Nur warten darauf, daß er es endlich selber merkte. Ich hoffte auf die NACH-Aiaia-Zeit. Bis dahin mußte ich kämpfen mit Hilfe von Kopiergeräten.
Die zwei Kopiergeräte, das im Stock über mir und das noch einen Stock höher, spuckten nicht auf Knopfdruck eine erwünschte Anzahl Kopien aus, sondern ließen sich jede einzelne Kopie mit einem Extra-Knopfdruck abbetteln. Auch wenn ich morgens um sechs mit Kopieren begann oder am Samstag und Sonntag kopierte – ich verbrachte ja seit November 88 jeden Samstag und jeden Sonntag im Büro bei meinen stetig anwachsenden Akten, mein Arbeitsplatz war schließlich mein Kampfplatz –, auch am Wochenende mußte ich andauernd damit rechnen, daß irgend jemand vorbeikam und mißtrauisch wurde. Ein Leitender Ministerialrat kopiert erstens nicht selber, weil er eine Sekretärin hat oder einen Sachbearbeiter, und wenn er kopiert, dann nicht zu so ungewöhnlichen Zeiten, und wenn schon zu so ungewöhnlichen Zeiten, dann nicht in solchen Mengen. Am Samstag und Sonntag war es unheimlich still im Haus, die alten Dielen knarrten. Ja, Dostojewski hatte, als er in Wiesbaden spielte, in diesem Haus gewohnt. Das Kopiergerät war für diese Wochenendstille einfach zu laut. Da mußte

doch jemand kommen und fragen: Was geht hier vor? Warum können die keine Kopiergeräte machen, deren Betriebsgeräusch weniger kontrastiert zu der Stille eines historischen Hauses! Und wenn am Werktag um acht, halbneun die Boten kamen und dann die Sachbearbeiter, und der einzige Tisch neben dem Gerät war mit meinen Papieren überlagert, dann mußte ich schnellstens alles zusammenraffen, denn die durften ja nicht sehen, was ich da kopierte. Natürlich blieb der Kopierer dann genau in dem Augenblick stehen, als er den Brief kopieren sollte, den ich im Stil und im Namen meines Anwalts an den Ministerpräsidenten geschrieben hatte, als Begleitbrief zum Referat. Mit Gewalt würgte ich den zerknautschten Bogen aus der Maschine, die Papierstau meldete, und sagte dem nervös lächelnden Sachbearbeiter, der darauf wartete, dranzukommen, daß ich gegen die Tücken der Technik zwar ohnmächtig sei, sie aber trotzdem den Tücken der Menschen vorziehe. Das war typisch für den Beamten Fink. Er konnte keine Gelegenheit ungenutzt lassen. In ihm herrschte als unbezweifelbare Einsicht der Satz: Wenn du eine einzige Gelegenheit nicht nutzt, wirst du die nächste Gelegenheit schon gar nicht mehr als solche erkennen. Das ratlos höfliche Gesicht des Sachbearbeiters ließ vermuten, daß er gar nicht wußte, wer dieser rotgesichtige, schon am frühen Vormittag schwitzende Mann am Kopierer war. Eine der Kopien des Briefes an den Ministerpräsidenten mußte, zusammen mit den Kopien der Briefe an den Unipräsidenten, vor drei Uhr im Roncallihaus an Pfarrer Gelter übergeben werden. Aber dann war natürlich Stadtfest, kein Durchkommen, aber man boxt sich doch durch, liefert die Kopien gerade noch rechtzeitig ab, daß Gelter sie an der Front, nämlich bei der Fachbereichssitzung, verwende, und muß sich wieder durch das sogenannte Theatriumfest durchboxen und drückt dann vor lauter Hektik und Hast am Zeiterfassungsgerät eine Botschaft, die das Gerät mit der Aufforderung beanwortet: Bitte melden! Dazu hatte ich keine Kraft mehr. Dann natürlich der Anruf von der Zeiterfassungsbeauftragten: Bei Ihnen stand doch Bitte melden! Ich: Was habe ich denn jetzt schon wieder falsch gemacht? Mir wurde erklärt, daß ich drei verschiedene Konten bewegt habe, das Geh-Konto und das Komm-Konto und das Arzt-Konto, ich dürfe nur einmal draufdrücken, sie komme, es mir noch einmal zu erklären.

Am schlimmsten war es, wenn einer der braungebrannten Kollegen am Kopierer vorbeikam – inzwischen waren ja immer mehr Beamte immer häufiger braungebrannt – und einfach laut lachte, wenn er mich am Kopierer schwitzen sah. Tatsächlich war ich jedesmal völlig durchgeschwitzt, wenn ich wieder in meinem Büro drunten ankam. Das Zusammenlegen der Seiten besorgte ich immer erst in meinem Büro. Da war aber die Gefahr groß, daß ein Kollege hereinkam und sich demonstrativ wunderte über den Leitenden Ministerialrat, der so viele Seiten zusammenlegte. Den Apparat für die Heftklammern mußte ich jedesmal in der Registratur holen und jedesmal mit einem dämlichen Witz kaschieren, was da vorging. Meine Sekretärin, die ich, um sie nicht in Gewissenskonflikte zu bringen, nie mit solchen Arbeiten behelligte, durchschaute längst alles und lächelte loyal. Sobald ich auf einer Treppe einem Kollegen begegnete, fluchte ich, bevor der fragen konnte, was ich denn da für ein Papierbaby an meine Brust presse, auf die immer schlechter werdende Qualität der Kopien aus unseren Kopiergeräten. Und hörte dann, das liege daran, daß die Geräte, weil wir sparen müßten, seltener gewartet wurden. Ach, das machte schon müde, dieses Kopieren in Feindesland. Und immer immer wieder zum Leiter der Poststelle im Nachbarhaus: Können Sie mir das mal wiegen? Und das mußte ich sagen, obwohl noch eine Zehntelsekunde davor Herr Luft aufgetaucht war, der Abgeordnete, der einmal für mich eingetreten war, aber nur einmal, dann nie wieder, und jetzt hatte er noch den Wahlsieg unserer Partei in Niedersachsen in den Augen und erwartete von mir Entsprechendes, und ich, anstatt etwas glücklich Genossenhaftes zu sagen, unterbrach meine Bewegung nicht und sagte: Können Sie mir das mal wiegen, und danach nicke ich und gehe. Nicht souverän eben. Dann das Frankieren. Einhundertundfünfzig für Porto pro Monat. Die am Postschalter wunderten sich über diesen Briefmarkenkäufer, der nie eine Quittung wollte. Dann das riskante Einwerfen der Briefe und Botschaften und Kampfmaterialien in der Stadt. *Imprimatur* zum Beispiel warf ich nur in Mainz ein. Die Herren im Haus und in anderen Ämtern sollten glauben, jemand von der Redaktion in Trier besorge den Versand von Mainz aus. In Wiesbaden hatte ich eine immer gleichbleibende Strecke: Heraus aus der Parkabgelegenheit der beiden Staatskanzlei-Villen, zurücklassend die Spielbank, in der Dostojewski verloren, Richard Wagner gewonnen hat (mit Plein-Einsätzen auf 11 und 27 übrigens), hinüber über die Wilhelmstraße und gleich zum

Rathaus, da gibt es einen großen unverfänglichen Briefkasten; dann zum Landtag, um den Journalisten Jahnke mit dem Neuesten zu versorgen; da durfte ich immer nur einen Brief in der Hand haben und stets eine launige Antwort parat, falls der Westeifel-Pförtner mich, nur um die Zeit totzuschlagen, fragte, was der Herr Bischof denn hier wolle; auch konnte einem da plötzlich der Ministerpräsident entgegenkommen, also locker sein, bitte; dann einhundert Meter weiter zum Verwaltungsgericht, für Richter Uschkurat einwerfen, ohne dabei gesehen zu werden; zweihundert Meter weiter, Kirchgasse, mein Anwalt; dann zum Kultusministerium, Einwurf für Franz Karl Moor; nach dreißig Minuten saß ich wieder an meinem Schreibtisch. Verschwitzt. Vor Aufregung.
Natürlich hatte ich alle Mitstreiter über das Acht-Tage-Ultimatum, das ich in Limburg gelandet hatte, informiert. Und natürlich stellte ich die Aussichten jedem anders dar. Aber ich konnte nicht verbergen, daß ich von Tag zu Tag hoffnungsfroher wurde. Der haut den Knoten jetzt durch! Das war meine Stimmung. Der aufrechte Westfale. Bäuerlich. Ränkelos. Echt franziskanisch. Und war bei uns zum Abendessen. Und wir hatten seinetwegen eben kein Tischgebet inszeniert! Und er hatte mir durch seinen persönlichen Referenten sagen lassen, daß er mich durch den Besuch ehren wolle. Und das war 1986 gewesen. Und schon seit 1982 führte ich im Auftrag des Kultusministers den Prozeß gegen ihn, den Bischof von Limburg. Und den hatte ja er begonnen, beginnen müssen, weil die Kirche ihren Nachwuchs nicht in Universitäten ausbilden lassen wollte. Aber er war doch zu uns

gekommen! Saß auf unserer Veranda. Also, dem mußte ich noch eine Chance geben. Und dann kam sie, seine Presseerklärung. An einem Donnerstag. Ich las. Meine erste Reaktion: Er verhält sich wie ein Politiker. Die Wahrheit wird scheibchenweise zugelassen, aber das Gegenteil kommt auch vor, der alte Vorwurf gegen mich, ich hätte den Diplomstudiengang eingerichtet, obwohl das zum Prozeß führen mußte. Jetzt erlebte ich, daß ich etwas ganz anderes erwartet hatte. Ich hatte von ihm etwas Elternhaftes erwartet. Und er benahm sich wie ein Politiker. Wieder einmal erlebte ich meine Unfähigkeit, etwas dazuzulernen. Ich war von allen Menschen, die ich kannte, der unbelehrbarste. Dieser LNDA spielte seine abgewetzte Platte noch einmal ab. Ich, einen Prozeß in Kauf genommen! Kennt er immer noch nicht die Akten: Der Kultusminister hat mich doch beauftragt, das zu tun, was die Kirche mit dem Prozeß beantwortete! Mein Gott! Aber mit den Wahrheitsscheibchen konnte ich etwas anfangen. Die zwei, die sich, Tronkenburg zuliebe, auf den LNDA beriefen und behaupteten, der habe mich illoyal gefunden, die sind durch diese neue Erklärung als Lügner überführt. Illoyalität und Eigenmächtigkeit habe er mir nie vorgeworfen. Dieser Passus wurde von mir vielfach kopiert, kommentiert, verschickt. Ich rief Jahnke an, den Journalisten, der nur Zeit hatte zu erklären, daß er keine Zeit habe. Ja, er hat die Erklärung des LNDA, er hat auch etwas geschrieben darüber. Aber sobald er mit meiner Sache anrücke, begegne er massiven Vorbehalten; nicht gegen mich, sondern so: Das ist doch so schwierig darzustellen, da sieht doch längst keiner mehr durch. Aber er wolle dranbleiben.

Am Samstag nach diesem Donnerstag war ich so ... erledigt, daß ich nicht mehr widersprechen konnte, als die Familie einen Ausflug auf die Burg Hohenstein an der oberen Aar beschloß. Dort spielen Laien im Sommer Zuckmayers »Fröhlichen Weinberg«. Ich wurde mitgenommen, saß da mit den Meinen in der grünsten Pracht und im historischsten Gemäuer und konnte nicht zuhören. In mir herrschte die peinliche Doppeldeutigkeit der LNDA-Erklärung. Mich beherrschte das Gefühl: der hat dich abgebürstet nach Strich und Faden. Eine weitere Niederlage hatte ich errungen. Eine Rose mehr für meinen Kranz. Oder waren's Distelblüten? Es waren Distelblüten.

18.

Am Montag darauf ging ich die Wilhelmstraße entlang, kaum Leute, gleich würde es regnen, da sah ich auf der Höhe des Kronprinzenpalais den immergrünen Herrn Joseph Fischer, den die Welt Joschka nennt, auf mich zukommen. Diesmal hatten wir beide keine Sonnenbrillen auf. Auch lenkte kein Staatssekretär ab. Dieses Mal wollte ich es ihm nicht so leicht machen. Ich würde nicht von Anfang an wegsehen, daß er sich gar nicht erst anstrengen mußte, mich zu übersehen. Diesmal sah ich ihm voll entgegen. Dieses Mal hielte ich den Blick durch. Ich merkte natürlich, daß er sich schon von weitem auf Geradeaussehen einstellte. Geradeaus und leicht in die Höhe ging sein Blick. Also da, wo der hinschaute, war ich wirklich nicht, würde ich nie sein. Der war ganz Staatsmann.

Dem ging's um seine ökologische Mission beziehungsweise um die Vizekanzlerschaft in der nächsten Epoche deutscher Politik. Daß er sich da um meine Kacke kümmern sollte, durfte ich nicht erwarten. Sogar in dem Augenblick, als er mit hochweitem Blick an mir vorbeiging, wußte ich, daß ich an seiner Stelle mich kein bißchen anders benehmen würde, als er es gerade tat. Gesehen hatte er mich. Und vor vielleicht drei Jahren waren wir uns einmal zwei Stunden lang gegenübergesessen. Und er hatte in der Landtagsdebatte über meinen Fall den Ministerpräsidenten aufgefordert, den Staatssekretär, der das Parlament belogen hatte, zu entlassen. Aber inzwischen war ich unwichtig für ihn. Das lernen die Unwichtigen am schwersten, daß sie unwichtig sind. Nicht nur für den und jenen, sondern an sich und überhaupt. Klar, der Immergrüne und Berufspolitiker wußte genau, daß ich, wenn er mich gegrüßt hätte, mehr erwartet hätte. Händedruck. Wortgeplänkel. Von mir geführt mit der unerbittlichen Tendenz, ihn für meine Sache zu interessieren, zu engagieren, daß er, als Wunderwaffe, mir über Nacht zu einem Sieg verhülfe, zum Endsieg natürlich. Daß also der Immergrüne und Profi hochweit an mir vorbeischritt, war wirklich das Beste, was er tun konnte. Daß ich ihm trotzdem in Gedanken nachmaulte: Grüßen hätten Sie mich schon können! zeigt nur, wie unersättlich man wird, wenn man die eigene Unwichtigkeit erlebt.

Ich beschloß, nicht ins Karstadt zu gehen, ich brauchte jetzt dringend meine Leberknödelsuppe, also ins *Suppenparadies*. Und – Zufälle gibt es nicht – das *Suppenparadies* war weg. Nicht nur geschlossen. Weg. Keine Fünfmarksuppe mehr. Ein Italiener jetzt. *Intermezzo*. Und das habe ich immer gewußt. Nein, geahnt. Als bei Karstadt die Leber von der Karte verschwand und kurz darauf auch die Nierchen, da spürte ich die Tendenz! Da würden die Knödel wohl auch bald drankommen. Und warum? Weil ich sie brauchte. Aber ja. Da machte mir keiner was weis. Wenn ich überall, auch bei Arbeitsessen mit Spitzen des Staates und der Kirchen, Leberknödel bestellte, fielen Bemerkungen über die Zusammensetzung der Knödel. Als ob es mir nicht völlig egal wäre, was da drin ist. Ich mag den Geschmack! Und außerdem war ich, Knödel mit Sauerkraut essend, in jedem Augenblick aktionsfähig, weil Sauerkraut viel leichter in den Mund zu bringen ist als Salatblätter. Natürlich konnten diese Herrschaften, die zu solchen Arbeitsessen Mineralwasser trinken, nicht übersehen, wie das das Bild abrundete, das Bild von mir: ein Mann, der zwei große Bier trinkt, der ißt natürlich Leberknödel mit Sauerkraut.

19.

Vom Gang herein drang Geschrei. Kralle, mein Mitarbeiter für Protokoll und Orden, wehrte sich schreiend gegen geschriene Vorwürfe eines Kollegen aus dem zweiten Stock: Kralle habe den Kollegen mutwillig von der Einladungsliste zum soundsovielten Geburtstag eines früheren Ministerpräsidenten gestrichen. Der Kollege ließ Kralle stehen, stürmte in mein Zimmer und beschwerte sich weiter. Das Erstaunliche: daß ich nicht eingeladen war, wußte er, das akzeptierte er kommentarlos. Aber daß er, der viel weniger mit diesem Ministerpräsidenten zu tun gehabt hatte als ich, nicht eingeladen war, wollte er, konnte er nicht hinnehmen. Nicht eingeladen zu werden, tut weh. Auch dem, der, wäre er eingeladen worden, nicht hingegangen wäre. Der Beamte Fink hatte ja ein Verzeichnis angelegt von allen Veranstaltungen, zu denen er früher eingeladen worden war und jetzt nicht mehr. Dieses Verzeichnis hatte er in dem DGG-Ordner unter dem Stichwort Unperson untergebracht.

Man liest's in der Zeitung, ein kleiner heftiger Schmerz in der linken Brusthälfte, dann bucht man's als Freiheitszuwachs. Jede Nichteinladung ist ein Freiheitszuwachs. Sogar die Nichteinladung zur Einweihung der Farbfenster von Meistermann im Limburger Dom, Festrede: Werner Böckenförde. Da wäre ich hingegangen. Die rechte Würze kriegte das Nichteingeladensein erst, wenn man dann las, wer eingeladen war.

Der Staatssekretär hat am Montag Geburtstag. Anrief die Vorzimmerdame des Abteilungsleiters, der sonst alles über den Aktenbock laufen läßt. Sie lud mich ein zu einem Empfang. Ich dankte, wußte aber sofort, daß ich da nicht hingehen würde. Herr Schmetternich sollte ohne mich schwadronieren. Zwischen uns verlief ja eine ganz neue Front. In einem Achtseitenschriftsatz hatte ich gerade durch meinen Anwalt beim Ministerpräsidenten Kostenersatz verlangt und disziplinarrechtliche Schritte gegen Tronkenburg. Und daran erinnert, daß Schmetternich öffentlich überlegt habe, ob er meine Rehabilitierung mit disziplinarrechtlichen Schritten gegen mich würde einschränken müssen.

Darüber brüteten die noch. Hoffentlich. Mich unter solchen Umständen zum Geburtstag einzuladen war doch ein Zeichen der Geringschätzung. So wenig kam ich als Gegner in Frage, daß man mich bei währendem Kampf zum Feiern einladen konnte! Und dem sollte ich durch Hingehen auch noch zustimmen! Hingehen wäre souveräner, klar. Oder an diesem Tag Urlaub nehmen. Andererseits müßte ich das doch schaffen, ganz ruhig dort aufzutreten. Aber so ruhig zu sein beziehungsweise zu scheinen kostet mehr Kraft, als ich habe. Da stehen vierzig, sechzig Leute herum und demonstrieren meine Isolierung. Selbst die, die mir noch manchmal im Vorbeigehen einen Satz zurufen, werden mich dort, in der Staatssekretärshöhle, demonstrativ meiden. Also nahm ich an diesem Tag Urlaub. Unter solchen Umständen ist Eingeladensein unangenehmer als Nichteingeladensein.

20.

Daß es mir nicht gelang, so erwachsen zu werden wie andere, merkte ich zum Beispiel daran, daß ich unter Urlaub nur eine vom Militär eingeräumte Freizeit verstand. Was die meisten Urlaub nannten, hieß bei mir Ferien. Als Kind hatte ich Ferien, die Soldaten hatten Urlaub. Erst als ich mich wehren mußte gegen Tronkenburg und seinesgleichen, konnte ich, wenn wir in Ferien fuhren, das Wort Urlaub gebrauchen. Ich durfte es niemandem sagen, daß ich unsere Nordseetage als Urlaub von der Front empfand. Empfinden wollte. Es gelang ja gar nicht. Ich wäre doch viel lieber am Kampfplatz geblieben. Ich

würde von der Nordsee täglich Karten an meine Mitstreiter schreiben. Auf diesen Karten würden nicht blöde Feriengrüße stehen, sondern Einfälle für neue Aktionen. Wie bringen wir den Justitiar des Bischofs dazu, daß er gestünde, er habe dem Prälaten verboten, das zu korrigieren, was die Staatsanwälte aus den Aussagen des Prälaten gemacht hatten! Wie den Prälaten dazu, daß er sich endlich zu gut wäre, den feinen Tronkenburg vor einem Ermittlungsverfahren zu schützen! Und wie, bitte, stellt man dar, daß die Welt begreift, wie bösartig diese Groteske läuft: Der Dienstherr verbündet sich mit seinem Prozeßgegner auf dem Rücken des Beamten, den er beauftragt hat, diesen Prozeß zu führen! Und keiner schreit auf. Ja, murmeln tun sie, einige. Aber wenn man genauer hinhört, heißt das Gemurmel: Der Klügere gibt nach. Ich aber wartete auf die Antwort des Ministerpräsidenten. Was, wenn er auf meinen Achtseitenschriftsatz mit einem Zweizeilenbrief reagierte und in diesen zwei Zeilen unfaßbar wenig drinstand? Und dann war ich im Urlaub! Konnte diese zwei Zeilen nicht sofort kopieren, kommentieren, versenden, in der Hoffnung, es empöre sich jemand! Aber die Familie. Die gab es. Unbestreitbar.
In der Nacht, bevor wir fuhren, lag ich wach und zählte die im Augenblick laufenden Aktionen. Es waren acht. Aber diese Zählung machte mich nicht froh. Es sind immer die unglückseligsten Gedanken, die nachts in einem zur Herrschaft kommen. Zum Glück rief kurz vor Mitternacht noch Etna Tuchler an. Auf dem Weg von Tel Aviv nach Boston würde sie im September nach Bad Kissingen kommen. Die Anweisungen, die sie mir, ihrem hiesigen Bankmanager, zu geben hatte, waren so delikat,

daß sie die nur in einer chiffrierten Sprache geben konnte. Wenn ich nicht alles sofort verstand, wurde sie nervös. Sie war fünfundachtzig. Ich würde sie am Flugplatz abholen, nach Bad Kissingen fahren, alles erledigt haben, sie von Kissingen nach acht Tagen wieder zum Flugplatz bringen. Durch den Anruf dieser lebensvollen Frau, deren Mann 1958/59 in Tel Aviv mein juristischer Ausbilder gewesen war, wurde meine ebenso düstere wie elende wie lächerliche Nacht-Heerschau unterbrochen. Danach ging sie weiter, bis gegen vier Uhr morgens. Im Schlaf hatte ich dann noch einen Traum zu bestehen. Ich sah einen tot daliegen, einen Toten in Unterhosen, auf einer Bahre, zwei Männer bei ihm. Der eine schnitt dem Toten den Bauch auf. Ich schaute weg wie bei entsprechenden Szenen vom Fernsehschirm. Der zweite Mann hob den Toten auf. Der Tote streckte die Arme aus. Ich wollte sagen, daß der nicht tot sei, aber ich hatte keine Stimme. Dann rülpste der Tote, entleerte sich ein ums andere Mal. Als ich aufwachte, hatte ich nicht die geringste Lust, diesen Traum zu verstehen. Ich wollte ihn nur im Kopf behalten, so genau wie möglich. Er gehörte zum augenblicklichen Stand der Schlacht.
Um sechs standen wir auf und fuhren an die Nordsee. Ans Wattenmeer. Nach Dornumersiel. Was anderes war nicht mehr zu kriegen gewesen. Ich hatte Teile meiner Dokumentation dabei. Ich wollte im Urlaub den Fußnotenapparat bearbeiten. Wenigstens ein, zwei Stunden täglich. Der Fußnotenapparat der Dokumentation war das wichtigste überhaupt. Die Verweisungen. Daß ich in jedem Augenblick die Widersprüche aufspüren konnte, die falschen Aussagen, Vertuschungen.

Da wir auch ans offene Meer fahren mußten, nach Baltrum und Spiekeroog, mußte ich an manchen Tagen auf alles verzichten. Auf Spiekeroog verbrachte der LNDA jedes Jahr seinen Urlaub. Das behielt ich für mich. Ich war bereit, ihm zu begegnen. Auf einer Insel. Das wäre der richtige Ort. Wir begegneten ihm nicht.
Sobald ich am weißen Strand lag, fing ich an, das Meer draußen nach U-Booten abzusuchen! Seekriegsgeschichten waren in Knabenzeiten meine Lieblingslektüre gewesen. Ich wußte, welche englischen und welche deutschen Schiffe im ersten Weltkrieg wie viele Drillingstürme hatten. Eine Zeit lang hatte ich, geboren am 14. Jahrestag der Skagerrak-Schlacht, in Kriegsgeschichten gelebt.
Lesen konnte ich immer noch nicht. Das heißt, ich konnte überall lesen, wo es keine Akten oder andere Kampfpapiere gab. Zu Arztbesuchen nahm ich Puschkinnovellen mit, in denen Rechtshändel vorkamen, oder eben den *Kohlhaas* von Kleist oder Dostojewskis *Idiot*. Das Dostojewski-Buch konnte ich jetzt nur anlesen. Richtig lesen würde ich es erst, wenn der Kampf hinter mir läge. Egal, wie er ausgehen würde. Er würde ja gut ausgehen. Trotz Hebräer 9, 22. Und dann in den Ruhestand. Dann freier Mitarbeiter meines Anwalts, meine Erfahrungen zu nutzen für andere. Viel kosten würde ich nicht. Und dann ganze Tage mit Dostojewski. Und ein Quartier an einem Bach, der so breit sein müßte, daß ein Paddelboot sich darauf drehen ließe. Und das Wasser sollte durchsichtig sein bis zum Grund. Und unterm Paddelboot sollten Forellen stehen. Angeln wollte ich nicht.
Am meisten hat mich dort oben der Mann beeindruckt,

der mit einem LKW neben unserem Ferienhäuschen hielt und die Garage, die er geladen hatte, mit einem Kran, den er auch auf seinem Fahrzeug hatte, genau da absetzte, wo sie hingehörte. Das machte er alles ganz allein von seinem Schaltbrett aus. So genau, so zielsicher, so wirkungssicher handeln zu können, das wär's. Ich mußte hin zu ihm, ihm meine Bewunderung ausdrücken. Er glich übrigens einem kürzlich gestorbenen Kollegen, der sich auch von mir abgewandt hatte. Diese Erfahrung machte ich nicht zum ersten Mal, daß Leute, die gegen mich waren, wenn sie gestorben sind, bald wieder als andere auftauchen. Das Gespräch mit dem Präzisionsvirtuosen war enttäuschend. Er glaubte fest daran, daß alles besser werden könnte, wenn nur die oben weg wären und andere hinkämen. Ich widersprach nicht. Aber ich dachte: Mann oh Mann, du hättest den Immergrünen auf der Wilhelmstraße, Höhe Kronprinzenpalais, erleben müssen! Wenn der erst Vizekanzler ist, agiert der kein bißchen anders als die, die vor ihm oben waren. Manchmal verstand ich, daß man Terrorist werden konnte. Und Trotzki verstand ich auch. Manchmal. Machthaben muß eine Säure produzieren, die die Empfindungsfähigkeit zerfrißt. Ohne zerstörte Empfindungsfähigkeit könnte einer mit Macht nichts anfangen. Und eine Macht, die man nicht ausübt, hat man nicht. Also muß man sie, schon um zu prüfen, ob man sie noch hat, ausüben.

21.

Zurück am Kampfplatz, und sofort konfrontiert mit der Antwort des Ministerpräsidenten. Er ließ schreiben. Durch Schmetternich, klar. Zwar nicht zwei Zeilen, sondern zehnmal soviel, aber genau so wenig drin. Und was drin war, war ungehörig. Oder parodistisch. Er berief sich auf das, was im März 92 vereinbart worden sei; wir, mein Anwalt und ich, hätten darauf bestanden, daß er das damals Vereinbarte einhalte; jetzt beanspruche er aber auch, daß wir uns an das damals Vereinbarte hielten. Aber daß er sich nicht daran gehalten hatte, das hatte ich doch gerade auf den acht Seiten dargestellt. Weil er sich nicht an das Vereinbarte gehalten hatte, deshalb hatte ich ihm überhaupt geschrieben. Und er, wie in einem sadistischen Reigen, dreht mich juristisch im Kreis, daß es mir schwindlig werde. Zum Kotzen eben.

Die Wirklichkeit ist immer gemeiner, als man's befürchten kann. Ich schluckte und schluckte. Konnte zu Hause mit niemandem darüber sprechen. Die sollten das nicht erleben müssen, wie man mit mir inzwischen umsprang. Aber sprechen mußte ich mit jemandem. Der vehemente Gelter kletterte noch im Ötztal. Der Richter ohne Furcht und Tadel war auch in den Alpen. Der Engel von den Freireligiösen war auf einem Kongreß in Tibet. Der aufrechte Trauberg war für christlich-jüdische Verständigung weit fort, Böckenförde, den Makellosen, durfte und konnte ich nicht anrufen. Die Zeit, da ich in der Not Böckenförde anrufen konnte, war vorbei.

Der sonst immer zur Schilderung seiner Zeitknappheit aufgelegte Journalist Jahnke hatte, als ich ihn endlich an den Apparat kriegte, nicht einmal die Zeit, seine Zeitnot zu schildern, so beschäftigte ihn der hessische Lotto-Skandal. Und das war immer noch ein fabelhaftes Benehmen, verglichen mit dem, was sich der Kollege Voxpop hatte einfallen lassen, als man einander, vom Urlaub zurück, zum ersten Mal im Gang begegnet war: Ich habe keine Zeit! rief der von weitem, der einen sonst rücksichtslos ins Gespräch zieht. Und ich hatte nichts anderes vor, als möglichst rasch, das heißt unangesprochen, an dem vorbeizukommen. Das gab mir gleich einen Begriff davon, wie es um meine Sache im Haus jetzt bestellt war. Ich galt offenbar schon als Nachfolger von Ha-Ha alias Haben-Sie-zwei-Minuten-Zeit-für-mich.

Franz Karl Moor sagte sofort, ohne zu bedenken, wie das auf mich wirken mußte, daß er üppige zwei Minuten Zeit habe. Gut, er gab sofort die Gründe an. Eine Ministerin sei, weil sie sich den Umzug bezahlen ließ, gestürzt, und am Nachmittag habe er eine vierhundert Jahre alte Kapelle in der Wetterau zu translozieren, um sie vor dem Abriß zu schützen. In zwei Minuten ließ es sich nicht sagen. Ich dankte und wünschte gutes Gelingen. Aber der Genetiker war auf Deck. Der war fast immer da. Aber jetzt war er nicht ansprechbar, gerade aus dem Krankenhaus zurückgekommen, noch erschüttert vom Anblick seines Vaters, der dort lag mit vier Bypässen.

Einen Angerufenen im Stande der Unansprechbarkeit anzutreffen war mir immer noch lieber, als mit der Anrufbeantworterstimme konfrontiert zu werden. Der Anrufbeantworter ist der genaueste Ausdruck der durch die Technik geschaffenen Kommunikationsmöglichkeit. Ich habe nie auf dieses Sprechkommando reagiert. Um die Brutalität der Abweisung zu mildern, werden die Sprechkommandos oft noch lustig verkleidet. Wie menschlich war das, als man es lange klingeln lassen konnte und sich dabei vorstellte, wie das Klingeln in der Stille der leeren Wohnung tönte. Allmählich war man dann bereit zu akzeptieren, daß der Angerufene nicht da war, und legte friedlich auf. Das Telephon hielt mich, auch wenn der Angerufene da war und sich ansprechbar gab, in ständiger Angst vor einem jähen, immer unvorhersehbaren Ende des Gesprächs. Der Angerufene konnte ja in jeder Sekunde sagen: Jetzt kommen gerade unsere Gäste. Und es war aus. Vielleicht kamen dort ja wirklich gerade Gäste. Oder im Hintergrund nahm der Kinderlärm zu. Kinderstimmen riefen, daß der Vater endlich zurückkomme zu ihnen. Ich sah direkt, wie der Angerufene seine Kinder zu diesem Geschrei durch Gesten aufforderte und es dann auch noch mit der freien Hand richtig dirigierte. Dann war das Gespräch auch aus. Aber es war schon vorgekommen, daß ich, weil der Angerufene wegen des Kinderlärms nichts verstanden hatte, einen Satz wiederholen mußte. Dafür war ich gelegentlich dankbar gewesen, weil ich den Satz beim zweiten Mal besser hingekriegt hatte. Jetzt blieb also nur noch Pylades, der Blinde, der Herzkranke, der immer Erreichbare und immer Ansprechbare. Was machst du denn so, fragte er. Ich: Akzente setzen. Dann lachten wir. Ich gratulierte ihm. Ostern längst vorbei, und du lebst noch! Aber wie, sagte er. Er fragte nach seinem Orest, Franz Karl Moor. Der rief ihn nämlich nicht mehr an. Und einer, der blind und herzleidend zu Hause sitzt, ruft keinen zuerst an, klar. Ich sagte, Franz Karl Moor habe eben

zwei Berufe, also nur halb soviel Zeit wie unsereiner. Er schreibe inzwischen ja nicht mehr über das Landgrafenschloß in Eschwege, sondern über die Ehen der Inselgriechin Aiaia in zweitausend Jahren. Um Pylades zu demonstrieren, daß er nicht der einzige sei, der von Franz Karl Moor vernachlässigt werde, tat ich, als sei auch mein Kontakt zu unserem Orest recht brüchig geworden.
Ich erzählte ihm von mir nur so viel, daß er sich nicht ausgenützt vorkommen konnte. Und ich bot das Meine grobkörnig dar. Drastisch, übertrieben, zum Lachen. Hatte doch der Kollege Voxpop neulich auf einen Satz von mir geradezu schrill ausgerufen: Herr Fink nennt unsere Vorgesetzten Kerle! Das war das Sprachgut, das ich dem blinden Pylades anbieten konnte. So, daß es nur noch zum Lachen war. Für einen Zuhörer. Für mich nicht. Aber daß jemand meiner Darstellung hemmungslos zustimmte, tat mir gut. Ich brauchte dann für die nächste Nacht eine Schlaftablette weniger. Daß uns nur die herzkranken Blinden nicht ausgehen!

22.

Als der Beamte Fink in der Justiz unterlegen war und in der Verwaltung unterlegen war, glaubte er, er müsse die in diesen Niederlagen ausgedrückten Unwerturteile über sich und seine Arbeit in einer großen, nichts auslassenden Dokumentation widerlegen. Und weil er sich nachts oft kaum noch zurückhalten konnte, sofort nach Wiesbaden hinunterzufahren, um sich davon zu überzeugen, daß die Staatskanzlei nicht brenne, begann er, seine Dokumente zu kopieren. Sie füllten inzwischen vierundachtzig Leitzordner. Sein Leibniz hatte einmal erwähnt, er habe in der Wetterau ein altes Bauernhaus gekauft und aus- und umgebaut. Ihn fragte der Beamte Fink, ob er dort Kopien seiner Papiere unterbringen könnte. Sein Leibniz: Das sei hochwillkommen. Der ehemalige Stall sei ganz und gar aus Stein. Weil er fertig sein wollte, bevor die schreckliche Weihnachtszeit alles unter Zucker und Lametta begrub, fuhr der Beamte Fink jetzt jeden Morgen, auch am Samstag und am Sonntag, um sechs Uhr hinunter und kopierte und kopierte. Die Kraft dazu lieferte die Erfahrung, daß alle Aktionen, wenn er sie auf ihre Wirkung hin prüfte, nachträglich aussahen wie Leerlauf oder wie Aktionen um der Aktionen willen; damit etwas geschehe, weil es, ohne die Illusion, es geschehe etwas, überhaupt nicht auszuhalten gewesen wäre. Aber die wichtigsten Dokumente bewahren, das versprach Sinn. Alle anderen Aktionen verliefen oft recht kreisförmig. Er entwarf für Herrn Satter, den Engel von den Freireligiösen, einen Brief an den Fachbereich, in dem sich die Freireligiösen freuten, weil sie gehört hätten, der Fachbereich sei auch daran interessiert, daß die Anwaltsrede vom 3. Mai gedruckt werde, und zwar in der erweiterten Form, die Freireligiösen würden das finanziell unterstützen, weil Franz Karl Moor einen Aufsatz über Ämterpatronage beisteuern wolle. Sobald der Fachbereich diesen Brief hatte, entwarf der Beamte Fink einen Brief für den Fachbereich an die *Neue Richtervereinigung*. Dann schrieb die *Neue Richtervereinigung* an den Anwalt. Der kam zum Beamten Fink und sagte: Ob Sie's glauben oder nicht, die *Neue Richtervereinigung* will die

Rede vom 3. Mai jetzt wirklich drucken, und zwar in der erweiterten Fassung, wie weit sind Sie damit? Und der Beamte Fink lächelte freudig überrascht und sagte: So gut wie fertig. Es war absehbar, daß nach einhundert Telephonaten die Finanzierung der NRV-Broschüre jetzt bald als gesichert gelten konnte – eine Spenderfront, die von Pax Christi bis zu den Freireligiösen reichte –, aber weil allen spendebereiten Gruppen und Personen gesagt worden war, daß außer der Anwaltsrede auch der Franz Karl Moor-Aufsatz über Ämterpatronage enthalten sein werde, konnte die Broschüre erst produziert werden, wenn dieser Aufsatz wirklich vorlag. Oder man mußte in weiteren hundert Telephongesprächen eine Spendebereitschaft für ein neues Konzept erkämpfen. Franz Karl Moors Fehlen würde als Abspringen gewertet werden. Er war durch seine Berichte über Aiaia und durch seine auf humorvolle Art klugen Aufsätze in der *Frankfurter Allgemeinen* schon bekannt geworden. In den Feuilletons wurden die wie Schulhefte, also auf eine auffallende Art zurückhaltend aufgemachten Broschüren, in denen Franz Karl Moor über die Probleme und die Fortschritte und sogar über die Rückschritte bei seiner Aiaia-Arbeit berichtete, immer lebhaft und mit Sympathie besprochen. Einmal hatte es sogar geheißen, selbst wenn dieses Aiaia-Werk gar nie erschiene, hätten wir doch diese Berichte, die geschrieben seien auf einem messerscharfen Grat zwischen Vergangenheit und Gegenwart, weder hierhin noch dorthin gehörend, also wirklich ein Prosasinnbild der menschlichen Existenz. Gerade war der elfte Aiaia-Bericht erschienen. Da hieß sie Gailanaia und war die Frau des Frankenherzogs Gozbert. Ihr erster Mann, der Bruder des Herzogs, war gestorben, also heiratete, wie es Brauch war, der ledige jüngere Bruder die Witwe. Das gefiel aber den drei Mönchen nicht, die, aus Irland gekommen, gerade dabei waren, dem Herzog und seinen Franken Wotan, Thor und Berchta auszureden und ihnen dafür den helleren Christus und die Seinen anzubieten. Sobald Kilian, Totnam und Kolonat den Herzog zum Christen gemacht hatten – und damit alle in der Würzburg und darum herum auch –, verlangten sie von ihm, daß er sich von seiner Gailanaia trenne, eine Ehe mit einer vom Bruder hinterlassenen Witwe sei als Blutschande anzusehen. Und konnten sich auf den Täuferjohannes berufen, der sich, als er dem Herodes dergleichen verbot, auf Moses berufen konnte. Der Herzog, nicht bloß ein Lippen-Christ, wollte nicht in Blutschande leben. Gailanaia, zwar Christin, hörte aber unabweisbar Stimmen, die ihr die Auflösung der Ehe untersagten. Furchtbare Folgen sagten die Stimmen voraus, falls Gailanaia die Ehe, die für immer und ewig geschlossen war, enden lasse. Stimmen, fragte man sie, was für Stimmen denn? Die Stimme ihres Vaters, ihrer Mutter, die Stimme Thors, des Beschützers der Ehe, mit dessen heiligem Hammer Gailanaia am Hochzeitstag berührt worden sei, um dessen Beistand sie gefleht habe, als sie mit Gozbert den Becher leerte. Die drei Mönche und Herzog Gozbert gaben sich redlich Mühe mit der Begriffsstutzigen, aber sie wollte nicht einsehen, daß sie, christlich gesprochen, in Blutschande lebte und froh sein konnte, jetzt ganz schnell davon erlöst zu werden. Herzog Gozbert wurde von seinem Kaiser Pippin nach Westen zum Kriegsdienst gerufen. Gailanaia disputierte weiter, jede Nacht, mit den drei Mönchen, im Betsaal, der im Schloßparterre eingerichtet worden war. Mit Totnam und Kolonat hätte sie klarkommen können, die nickten meistens um Mitternacht herum ein, aber Kilian, ein Ire, für den die Formel von der edlen Abkunft und der noch edleren Gesinnung (nobilis genere, virtute nobilior) erfunden worden sein könnte, Kilian war von Kind an zur Nachfolge Christi erzogen worden, das heißt, zum Sieg durch Tod, das heißt, er war so unbeugsam, wie man, will man Märtyrer werden, sein muß. In einer Nacht sagte Gailanaia es ihm auf den Kopf zu, daß er nichts als konfliktsüchtig sei, ja sogar todessüchtig. Kilian gab zu, daß er schon als Kind eine unbeherrschbare Liebe zu Johannes dem Täufer empfunden habe. Zu sterben wie der – könne etwas schöner sein! Gailanaia fragte Kilian, ob sie wohl ausersehen sei, ihm und den zwei anderen zur Märtyrerkrone zu verhelfen. Anders könne er seine Reise von Irland zu ihr an den Main nicht verstehen, sagte Kilian. Sie sei ihm, als sie ihm zum ersten Mal die Hand gab, sofort als Herodias erschienen. Gailanaia sagte, sie werde tun, was von ihr verlangt werde. Und ließ alle drei umbringen und samt frommem Zubehör im Boden des Betsaals verscharren und aus dem Betsaal einen Pferdestall machen. Franz Karl Moor stellte die fränkische Aiaia als lernunfähig dar, zivilisationsfeindlich, chancenlos. Ihr Mann Gozbert dagegen begriff, was das Christentum bot, in welch erhabenen Kontext man da aufgenommen wurde, wie groß die Welt plötzlich war, in welch universaler Geschichte man da figurierte. Und wie günstig: *ein* Gott, *ein* Herrscher, der Rest Volk. Die Frau, von Natur aus konservativ. Sie selber hält's für Liebe. Gozberts Bruder hatte sie auch

schon so geliebt. Und könnte, wenn's der Brauch wollte, noch sieben weitere Brüder so lieben. Ihrem vom Krieg heimkehrenden Mann sagte sie, die drei Iren seien weitergezogen. Zum Glück hatte Gozbert einen Geistlichen mitgebracht. Der war sogar, für höhere Weihen, schon in Rom gewesen, war ein Bischof, hieß Burkhard und war darauf spezialisiert, den Heiden im Norden zum richtigen Glauben zu verhelfen. Gozbert mußte Gailanaia wirklich hinauswerfen lassen. Sie erlebte noch den Triumph des Christentums. Wo sie etwas Christliches verscharrt hatte, sprießten die Wunder. Sogar die Pferde, die jetzt im ehemaligen Betsaal standen, legten Zeugnis ab für Kilian, Christus und Konsorten. Gailanaia verfiel in Krämpfe. Verrenkten Gebeins kroch sie zu Kreuze. Gozbert aber wurde mit Pippins Tochter Gertrude vermählt, und beider vom Bischof gesegnete Ehe gedieh köstlich.
Wie sollte ich diesen auf historischer Walstatt Agierenden daran erinnern, daß er erst neulich – wenn man's in Aiaia-Zeiträumen sieht – ungedrängt versprochen hatte, über Ämterpatronage zu schreiben. Wo blieb da der Genauigkeitsfanatiker? Gehörte das nicht auch zur Genauigkeit, eine Zusage einzuhalten? Abgesehen davon, daß ich allmählich auf das Frauen-Stück reagierte wie Gundula. Nur in Gedanken.
Der tägliche Kampf wurde nicht härter, aber der Beamte Fink schwächer. Beim wöchentlichen Routinetreffen mit den beiden Kirchenvertretern – auf Herrn Duft war ein Herr Deutlich gefolgt – mußte der Beamte Fink alle Kraft darauf verwenden, dem Prälaten, sobald der eintrat, keinen Schritt entgegenzugehen, sondern stehenzubleiben, wo er stand, daß der Prälat die volle Raum-

strecke zu ihm hin zurücklegen mußte, um ihm die Hand zu geben. Das merkte der natürlich und kam dann seinerseits nur so weit her, daß er seine Hand und der Beamte Fink seine Hand, daß beide ihre Hände ganz ausstrecken mußten, damit überhaupt ein Händedruck möglich wurde. Als flösse ein reißender Bach, in den keiner hineinfallen wollte, zwischen ihnen. Danach war der Beamte Fink immer ganz durchgeschwitzt und konnte nur noch murmeln: Das überstehst du nicht. Sogar der Kämpfer Gelter schrieb auf die Karte aus dem Ötztal inzwischen, der Mensch sei mehr als seine Erfolge. Da wußte der Beamte Fink, Gelter werde sich, in dessen Berglersprache ausgedrückt, abseilen. Es waren lauter Prachtexemplare gewesen, die der Beamte Fink als Mitstreiter hatte gewinnen können, aber irgendwann ermüdete jeder. Die Evangelischen schrieben auf ihre Postkarten: Alle eure Sorgen werft auf den Herrn, denn er sorgt für euch. Und selbst in einem Couvert des früher so unermüdlichen Trauberg war plötzlich nichts mehr, was den Kampf betraf, sondern ein Referat über Christentum und Judentum, das Trauberg in Warschau oder in Genf gehalten hatte oder in Warschau und in Genf. Den Beamten Fink interessierte das gar nicht. Und Franz Karl Moor fragte, wenn er anrief, nur noch unernst, was es Neues in der Staatskanzlei gebe, er sei ja nachgeordnete Behörde. Auch Franz Karl Moor seilte sich ab. Bei ihm wurde das deutlicher als bei allen anderen, weil er bisher auf jede Kopie irgendwann doch reagiert und den Freund nie ohne eine Empfehlung oder einen Rat oder eine Warnung gelassen hatte. Zum Glück folgten auf die Tage, in denen der Beamte Fink den Freund Moor aufgab, wieder Tage, in denen er ihn zurückgewann. Franz Karl Moor mußte nur anrufen und sagen: morgen beim Jugoslawen! und Fink war beschämt. Seine größte Schwäche, diese Kleinmütigkeit! Er mußte alles tun, daß in ihm sich nicht der Eindruck verfestigte, er sei, was sein Selbstwertgefühl angehe, nur noch von anderen abhängig. Darum die Arbeit an der Dokumentation.

III. DISTELBLÜTEN

1.

Schon nach dem ersten Treffen im Rathauskeller taufte der Beamte Fink diesen Mann Wenck, ernannte ihn zum Befehlshaber seiner 12. Armee. Der Beamte Fink sah sich jetzt im Spätwinter und Frühjahr 1945. Sah sich in Berlin. Sah die Feinde stärker und sich schwächer werden. Aber wenn sich endlich die 9. mit der 12. Armee nördlich und nordöstlich von Berlin vereinigen und eine Front von Eberswalde bis Stettin bilden würde, dann war Berlin noch zu retten. Ich wies den Beamten Fink darauf hin, daß er sich so mit Hitler identifiziere. Kein bißchen, meinte er. Nur mit Berlin! Aber wenn er einen, der ihm Hilfe anbot, zur 12. Armee mache, entscheide er doch auch schon, daß die Hilfe keine sei, die 12. Armee unter General Wenck habe Berlin im Frühjahr 45 nicht vor der Eroberung durch die Rote Armee bewahren können. Das gab er zu und gestand, daß er nach der ersten ausführlichen Lagebesprechung mit diesem Abgeordneten diese Operation am liebsten seine Ardennenoffensive genannt hätte. Die hatte, obwohl sie dann auch verblutete, eine andere Wucht gehabt als die verzweifelten Kampfgesten der 12. Armee.
Es kam dem Beamten Fink weniger auf Logik an als auf einen militärischen Wortschatz. Und daß er seinen Kampf nicht gewinnen konnte, sagte er sich immer öfter. Ich werde, sagte er, diesen Kampf nicht gewinnen, aber ich muß ihn gewinnen. Ein Mensch muß siegen. Sonst steht er punkhaft rotgefärbt im Park und predigt Alkohol. Dann schon lieber vor den Zug.
Zuerst sah er den gar nicht, dann hörte er plötzlich die

Stimme von hinten: Herr Fink, ich habe den Hintereingang benutzt. Und war der erste Protestant, der bei einem dienstlichen Essen Bier trank. Und beide aßen Steinpilze mit Serviettenknödeln. Und Fink durfte nicht zahlen. Am Telephon hatte der Abgeordnete sich gewundert, warum der Beamte Fink sich nicht mit ihm am Rande des Plenums, also im Landtag treffen wollte. Fink haßte Verabredungen am Rande des Plenums. Also im Rathauskeller.

Was ist die Ursache Ihres Konflikts? Der Beamte Fink: Die Belohnung eines verdienten Fraktionsassistenten mit einem Posten, den ich seit achtzehn Jahren innehatte. Daß es des Abgeordneten Parteifreunde waren, die den Beamten Fink so behandelt hatten, störte den Abgeordneten nicht. Die Garnitur, die das angerichtet hatte, war nicht mehr im Landtag, die war in den Ewigen Ferien oder, wohl versorgt, in den Neuen Ländern. Den Abgeordneten interessierte das, was der Gegner, die rotgrüne Garnitur, inzwischen angerichtet hatte. Der Beamte Fink: Die Aussage des Kirchenrats wird von der Staatsanwaltschaft als Grund für die eidesstattlichen Versicherungen Tronkenburgs gewertet, obwohl sie erst nach diesen Versicherungen gemacht wurde, und der jetzige Dienstherr des Beamten Fink, der rotgrüne, weigert sich, gegen den eideslustigen Staatssekretär disziplinarrechtlich vorzugehen, ja, er erstattet dem Kosten, während er dem Beamten Fink Kostenerstattung inzwischen verweigert und lieber öffentlich darüber nachdenkt, ob er nicht disziplinarrechtlich gegen den Beamten Fink vorgehen soll! Also, die Rehabilitierung wird mutwillig beschädigt, wo's nur geht. Ich könnte Ihnen eine kleine Exper-

tise machen, die meinen jetzigen Dienstherrn ins rechte Licht setzen würde. Etwa des Inhalts: Warum kommt mein Fall im Maneck-Schirrmacher, das ist der Kommentar zum hessischen Beamtenrecht, nicht vor? Kommentiert werden nur Zweifelsfälle, wo man fragen kann, hat der Dienstherr seine Rechtspflicht gegenüber dem Beamten verletzt oder nicht. Mich zu bedrohen, mir die Verteidigung abzuschneiden, mir kein rechtliches Gehör zu geben, das ist eklatanter Rechtsbruch, das bedarf keines Kommentars.
So würzte der Beamte Fink das Oppositionsfutter. Und warum kam gerade dieser Oppositionsvertreter? Er war selber Ziel eines Rufmordversuchs gewesen. Nach sechs fürchterlichen Wochen – so drückte er sich aus, und ich dachte: bei mir sind es bald sechs Jahre – sah er jetzt seiner vollen Rehabilitierung entgegen.
Und weil man wieder auf eine Wahl zutrieb, meldete sich aus einem Ministerium, verschwörerisch verbrämt, ein Liberaler, der weitersagte, ein Abgeordneter der Liberalen wolle den Beamten Fink sprechen. Ort: beim Chinesen. Also auch noch die FDP! Der Beamte Fink: Und wenn es die PDS wäre! Diesen Mitstreiter ernannte er, als er ihn beim Chinesen sah, zum Reitergeneral Zieten, dem zwischen 1756 und 63 in einem Krieg, der auch verloren wurde, ein paar fabelhafte Reiterattacken eingefallen waren und der deshalb Zieten aus dem Busch geheißen wurde. Jetzt hatte er also einen eher stämmigen, umsichtig disponierenden Protestanten als General Wenck und einen flinken, fast übereifrig zupackenden Husarengeneral Zieten. Er brauchte Militärs. War es seine Schuld, daß man in Deutschland Militärs nur aus verlorenen Kriegen

rekrutieren konnte? Drückte sich in dieser Angewiesenheit auf Besiegte schon sein eigenes Kriegsschicksal aus? Ich gab's zu bedenken. Der Beamte Fink grinste. Mit Verlierern siegen, das sei sein Fall. Noch mehr als auf die Generäle komme es auf die Sache an, für die gekämpft werde.

2.

Den aus dem Finanzministerium, der den Kontakt mit Zieten, dem schneidigen Liberalen, hergestellt hatte, nannte der Beamte Fink nach der berühmtesten Spionin des Jahrhunderts Mata Hari. Angerufen hatte der den Beamten Fink zu Hause, und von zu Hause. Und sprach nie einen Namen aus, weder seinen noch den des Beamten Fink. Er sagte nur, er habe vor sieben Tagen um 21 Uhr 40 angerufen, um für einen Gleichgesinnten einen Kontakt beim Chinesen zu verabreden. Am Tag davor stehe er selbst um 12 Uhr 15 oben an der Rolltreppe zu dem Lokal, dessen erste Namenshälfte eine heilige Woche bezeichne, der Rest das Gegenteil von Land. Der Beamte Fink betrat um 12 Uhr 15 die Karstadt-Rolltreppe, droben drehte sich Mata Hari um, ging weg. Vom Sehen kannte man einander. An verschiedenen Kassen bezahlten sie Verschiedenes, holten das Bezahlte ab, setzten sich nacheinander zufällig an den hintersten Tisch. Mata Haris erster Satz: Der Beamte Fink müsse damit rechnen, abgehört zu werden. Die Sache sei heiß genug. Dann teilte er mit, mehr zu sich als zu seinem Gegenüber sprechend, wie man bei Zieten, den er X nannte, zu den besten Ergebnissen komme. X sei unkompliziert, lese diagonal ... Das tun alle Politiker, sagte der Beamte Fink. Ja, aber X sei noch sprunghafter und unberechenbarer als andere Politiker. Sein Hauptthema zur Zeit: Das Toleranzpotential aus allen Religionen zusammenzuführen, um ein globales Toleranzniveau zu schaffen. Überall den Religionsunterricht zur Religionskunde zu entwickeln. X plant eine Anfrage im Landtag ... Da stand ich auf und ging und ließ in einem Flüstersatz zurück, ich hätte gerade seinen Abteilungsleiter gesehen. Ich wollte mich lernfähig zeigen.

Nach dem Treffen beim Chinesen rief der Beamte Fink Mata Hari an, nannte keinen Namen, sagte aber, X habe auf ihn gewirkt wie Zieten, ob er ihn so nennen dürfe. Mata Hari freute sich darüber. Daß er selber Mata Hari hieß, behielt der Beamte Fink für sich. Immerhin erkundigte er sich im Haus bei den Sicherheitsgewährern, wie ein Abhörauftrag zustande komme. Fünf verschiedene Stellen müßten eingeschaltet werden und zustimmen. Da wußte er ganz sicher, daß Mata Hari sich täusche. Oder war er auch in dieser Hinsicht unbelehrbar? Ein Kind? Er hatte sich im Selbstgespräch öfter vorgeworfen, er sei zu autoritätsgläubig; ihm sei das alles nur passiert, weil er es nicht für möglich gehalten hatte.

Jetzt also eine neue Schlachtordnung. Die neuen Oppositionsparteien hatten endlich entdeckt, daß mit dem Fall Fink der Regierung noch vor der nächsten Wahl ein Schlag versetzt werden konnte. Je schlechter es den Liberalen ging, desto mehr würden sie seinen Kampf unterstützen. Und vielleicht zog jetzt die Christenpartei seinen Karren aus dem Dreck, in den sie ihn gefahren hatte.

3.

Zieten sollte die schwächste Frontstelle des Gegners überfallartig angreifen. Das war eben jene immer noch nicht revidierte Position Tronkenburgs: die Kirchenvertreter zur Offenlegung ihrer Beschwerden zu veranlassen hieße das Wohl des Landes Hessen gefährden. Das schmiedete ich ihm zu einer *Kleinen Anfrage*. Hart, spitz, schmerzlich. Wenck dagegen sollte auf breiter Front angreifen. Er war Vorsitzender des Petitionsausschusses. Und so wollte ich meine Petition eröffnen: Mein Dienstherr hat mich im März 92 rehabilitiert, hat die Rehabilitierung nachher ohne Rechtsgrund in Frage gestellt. Ich bitte im Rahmen des Petitionsrechts um Beistand.

Während Tronkenburg in den Kolonien den feinen Mann spielte, der er war, mußte der Beamte Fink hier den Kampf inzwischen nur noch gegen die Hilfstruppen Tronkenburgs führen, die dazu da waren, Tronkenburg straflos davonkommen zu lassen.

Die Herbstoffensive lief an. Das heißt, sie liefe an, sobald ich die Petition auf dem Papier hätte. Und eine Stunde später meldete sich Wenck und redete davon, daß der Petitionsausschuß ja dazu da sei, Frieden zu stiften. Die 12. Armee wollte also nicht kämpfen, sondern Frieden stiften. Mein Wenck wollte einen Streit schlichten, den bis jetzt keiner schlichten konnte. Oh je. Ich sollte auf dem Altar eines Friedensstifters geopfert werden. Er würde Schmetternich anrufen, um eine Unterredung bitten und dann dem sagen, daß es für ihn besser wäre, das Fink-Problem zu lösen, bevor es als Petition wieder landtagsöffentlich würde. Aber ich setzte noch durch, was bei diesem Gespräch erreicht werden mußte: 1) Meine von Schmetternich angeknackste Rehabilitierung gilt wieder einschränkungslos. 2) Die Landesregierung bestätigt, daß ich beim Diplomstudiengang nicht eigenmächtig, sondern im Staatsauftrag gehandelt habe. 3) Was die Staatsanwaltschaft aus den Aussagen der Kirchenvertreter gemacht hat, ist inhaltlich nicht haltbar. 4) Die Kosten.

Der Beamte Fink sah sich im Bunker, konnte nur telephonieren, stimulieren, betteln. Und nur heimlich. Er mußte an der Petition arbeiten, als gebe es den Versuch, ohne sie Frieden zu schließen, nicht. Der Genetiker ließ wissen, daß die sympathisierende Studentengruppe fürs neue Semester ein neues Flugblatt wünschte. Das entwarf ich sofort und legte es diesmal mit einem Namen vor: Stud. theol. Bert W. Schallmann. Das wirkte wirklicher. Den Namen bildete ich aus den Namen meiner Gegner. Mein 5. Flugblatt. Das letzte sei, fand der Richter ohne Furcht und Tadel, der nicht wußte, daß ich der Flugblattautor war, eindeutig unter der Gürtellinie plaziert gewesen. Uschkurat versicherte mir zwar bei jedem Kontakt, daß er voll und ganz hinter mir stehe, aber seine Biographie lief jetzt doch in eine andere Richtung. Er hatte sich um einen Kammervorsitz in Frankfurt beworben, er durfte momentan nicht auffallen und er war, wegen des Großen Prozesses, in Verbindung mit Böckenförde. Falls das Land in Kassel diesen Prozeß verlor, ging's in die Revision nach Berlin. Darüber berieten die zwei ausgiebig. Und ich hatte sie, auf Böckenfördes Wunsch, zusammengebracht. Seitdem entdeckte ich in mancher Uschkurat-Reaktion den Makellosigkeitsglanz Böckenfördes, jenen

Glanz, den ich mir, solange ich kämpfen mußte, nicht leisten konnte. Immer noch hatte ich nicht gewagt, Böckenförde zu bitten, er möge mir weiterzusagen erlauben, daß dem Prälaten die Korrektur der staatsanwaltschaftlichen Interpretation seiner Aussage verboten worden war. Aber das erste Bert W. Schallmann-Flugblatt entwarf ich dann doch wie unter den Augen von Uschkurat. Ich skizzierte streng sachlich, welche Herren mit welchen Mitteln gegen welchen Beamten vorgegangen waren und wie sie dabei den Diplomstudiengang auch noch hatten erledigen wollen. Der Diplomstudiengang Theologie, das war ja das, warum die Studenten mit dem Beamten Fink sympathisierten.

Während ich noch dem Beamten Fink, ihm den Tadellosigkeitsglanz Uschkurats und Böckenfördes vorhaltend, beibringen wollte, wie lebendig und sogar bannend man durch Genauigkeit, also Sachlichkeit wirken könne, nannte einer – ein Kollege natürlich – in der *Frankfurter Rundschau* meinen Verteidigungskrieg eine heuchlerische Kampagne gegen meinen damaligen Chef, der mir lediglich und beamtenrechtlich korrekt ein anderes Aufgabengebiet übertragen habe. Und dieser Kollege hißte in seinem Schreiben alle Kompetenz, deren er mächtig war: ehemaliger Justitiar in der Staatskanzlei, Sozialdemokrat. Was ich betrieben hätte, sei so ziemlich die schlimmste Hetzjagd, die jemals gegen eine Einzelperson betrieben worden sei, besonders erbärmlich und so weiter. Ich kopierte die Zeitungsseite dreißigmal und verschickte sie an die, die ich noch für erreichbar hielt. Und gab sie, für die Dokumentation, meinem Computer ein. Immer beim Abtippen bösartiger Schriften ging mir deren Bösartigkeit so recht auf. Und stärkte mich. 1981 war ich Leitender Ministerialrat geworden, jener Briefschreiber nicht. Damals hatte er mich noch direkt angepöbelt, dann zwölf Jahre kein Wort mehr und kein Gruß, jetzt hielt er offenbar die Stunde für gekommen, in der mir der Stoß versetzt werden konnte, der alles entschied. Und wer antwortete dem Totschlagversuch: Uschkurat! Oh, wie ich mich dafür schämte, daß ich an seiner Loyalität gezweifelt hatte! Und Artemis antwortete auch! Sie bosselte sich, weil sie in acht Tagen ihre Klausuren schreiben mußte, aus ihrem Namen ein Pseudonym. Und weil sie Sinn für Taktik hat, wurde aus Lena Franke Lea Frankl! Und beide Antworten waren frei von der Totschlägerstimmung, auf die sie reagierten. Im Pressespiegel des Hauses wurde der Totschlagbrief des Kollegen herumgereicht und in jedem Büro als gelesen abgezeichnet; die Nummern mit den Briefen, die mich verteidigten, wurden nicht herumgereicht. Ich zu Franz Karl Moor: Geschafft! Wir stehen kurz vor der entscheidenden Schlacht, der Gegner zeigt endlich Nerven; in der *Rundschau* toben sie, weil sie, wahrscheinlich von der Promientenkanzlei alarmiert, herausgebracht haben, daß es die Leserbriefschreiberin gar nicht gibt. Wie ich das erfahren habe, wollte Franz Karl Moor wissen. Ich: Der Genetiker, der im Frontabschnitt Universität für mich den Namen Bert W. Schallmann einsetzt, hat die Redaktion angerufen und gesagt, er, als stud. theol. Schallmann, würde gern mit einem Leserbrief in dieser Auseinandersetzung den Standpunkt der hier Theologie Studierenden vertreten. Weiter kam er nicht. Nie wieder werde in dieser Sache etwas im Blatt erscheinen. Einem schmutzigen

Schwindel seien sie aufgesessen. Zum Glück habe er dann, sagte der Genetiker, das Gespräch auf die Rechtsextremisten bringen können, da hätten sie einträchtig geschimpft und sich friedlich getrennt. Ich mußte natürlich Franz Karl Moor fragen, wie er den Effekt des Leserbriefgeplänkels beurteile. Reißt keinen vom Stuhl, sagte er. Dann fühlte er sich bemüßigt, mir den IQ dieses oder jenes Mitkämpfers vorzuhalten. Ich sagte hilflos empört, auf den IQ komme es nicht an. Das mußte Franz Karl Moor doch wissen. Aber ihm fiel auch nicht auf, daß er jedesmal, wenn wir uns telephonisch verabredeten, uns am Freitag um zwölf beim Jugoslawen zu treffen, dazu sagte: Wenn nichts dazwischenkommt. Es konnte immer etwas dazwischenkommen, dann mußte man anrufen, absagen, klar. Aber man mußte nicht jede Verabredung schon mit diesem aufweichenden Zusatz versehen. Andererseits war Franz Karl Moor stolz auf seine Genauigkeit. Nichts, was dazugehörte, durfte fehlen. Und zu einer Verabredung gehörte bei einem Virtuosen der höheren Pedanterie die Möglichkeit, daß etwas dazwischenkommen könne. Es war ja noch nie etwas dazwischengekommen. Es würde nie etwas dazwischenkommen. Aber wenn einer den Ruf, vollkommen zuverlässig zu sein, mehr pflegt als jede andere Nuance seines Charakterbilds, dann kann man sich, ist man sein Freund, darüber nur freuen. Wenn jemand unverbrüchlich zu mir hielt, dann Franz Karl Moor. Unsere Bindung und Verbindung war aus einem anderen Stoff als alle anderen Beziehungen. Wenn wir neben einander die Wilhelmstraße runtergingen, fingen wir beide im selben Moment an zu lachen. Und zwar über einen Hut, der gerade an uns vorbeigegangen war. Unter dem ein Kollege ging, ein pensionierter. Ein Hut wie ein Topf. Der Ruheständler hob zum Gruß den Huttopf ein wenig. Und es bedurfte keines Blicktausches zwischen uns. Wir waren gleichgestimmt. Es war dann allerdings Franz Karl Moors Part, nach dem Gelächter noch zu formulieren, was wir angesichts dieses gelifteten Huttopfs empfunden hatten. Ich hatte erwartet, da fällt gleich allerhand raus, sagte Franz Karl Moor dann, und wir lachten noch einmal. Aber daß ich mich andauernd mehr nach ihm richtete als er sich nach mir, ärgerte mich schon. Manchmal. Andererseits machte das seine Urteile wichtig. Sie waren frei von Anpassung. Aber manchmal dachte ich doch: Er benimmt sich wie eine Instanz. Daß er an dem, was er sagte, auch zweifeln könnte, war nicht vorstellbar. Aber da seine Aussagen meiner Sache immer nützlich waren und von ihm aus auch so gedacht waren und da in allem, was er zu mir sagte, ein ebenso heftiger wie herzlicher Hilfswille spürbar war, konnte ich mich, auch wenn seine kritische Genauigkeit wieder einmal weh tat, ganz und gar wohl fühlen, ja, mich geradezu räkeln in unserer alles durchströmenden Grundübereinstimmung. Daß ein wirklicher Freund kein widerstandsloses Sitzmöbel ist, weiß man ja. Er hatte den Aufsatz über Ämterpatronage sicher nicht vergessen. Daß er ihn nicht mehr erwähnte, hieß: Denk einmal nach, ob du das von mir verlangen solltest. Ganz sicher hieß es das. Meinen anderen Mitstreitern lieferte ich ja für gar alles Entwürfe, kriegte die, mit Anmerkungen versehen, zurück, erarbeitete eine zweite und, wenn nötig, eine dritte und vierte Fassung. Unvorstellbar, daß Franz Karl Moor sich von mir einen Entwurf liefern lassen würde. Der Mann aus zwei vollkommenen Ovalen. Dem Gesichtsoval und dem Oval seiner Haarlosigkeit. Weil er andauernd gleich braun war, war sein blankes Schädeloval eine immer glänzende Krönung seines Gesichtsovals. Mir war seine kritische Schärfe unentbehrlich. Ich hatte nie Zeit, das, was ich hinauszugeben hatte, so lange liegenzulassen, daß ich selber Distanz dazu bekommen hätte. Wenn ich in einem Flugblatt, um das Staatskirchenverhältnis zu geißeln, nicht ohne Franco auskam, mußte Franz Karl Moor nur sagen: Ohne Franco besser. Daß ich der Polemikverfallenheit des Beamten Fink, wenn schon nicht gänzlich Herr, so doch halbwegs bewußt wurde, verdanke ich ihm. Aber vornehmen mußte ich mir doch, ihm jetzt, solange der Angriff lief, nur noch mitzuteilen, was er nicht durch Kritik kaputtmachen konnte. Zum Beispiel, daß der Sekretär des LNDA einen Brief geschrieben hatte an meinen Bert W. Schallmann! Der Bischof habe nie behauptet, daß der Beamte Fink ohne Auftrag des Staates gehandelt habe. Der Genetiker, der für die Studenten die Verbindungsperson zu Bert W. Schallmann war, las mir den Brief vor, ich: Sofort faxen! Ich hinauf, um das Faxgerät zu überwachen. Wahrscheinlich hochrot im Gesicht. Wenn dieser Brief in Feindeshand fiel, war ich erledigt. Aber ich wollte ihn, ich mußte ihn sofort in den Händen haben. Neben dem Faxgerät ein Kollege, im Raum noch zwei Frauen, die hier arbeiteten. Ich stellte mich direkt vors Gerät, sagte, daß ich dringend ein Fax erwarte, Inhalt: Beerdigungskosten. Es sei mir gerade telephonisch angekündigt worden. Aber es kam und kam nicht. Ich improvisierte etwas über Beerdigungskosten. Auf einmal die zwei Frauen gleichzeitig: Es kommt. Ich sofort die Hände hin und drüber. Und hinaus. Es war eine Wucht. Der LNDA korrigiert sich! Noch abends, als ich den Brief zum zehnten Mal las, mußte ich laut lachen. Sofort rannte Barbara ins Zimmer und rief: Papa, du lachst ja! Eigentlich hatte ich nichts zu lachen, bevor nicht mein General Wenck von der Unterredung mit Schmetternich zurückkam und alle vier Positionen als durchgesetzt meldete! Aus der Uni wurde berichtet, die Professoren des Fachbereichs wunderten sich, daß keiner von ihnen Bert W. Schallmann kannte. Die sympathisierenden Studenten gaben die Verwunderung weiter an den Genetiker. Ich riet, Bert W. Schallmann sei Theologiestudent, der aus Angst vor Repression nicht persönlich gekannt sein wolle. Entdeckten die, unter Einsatz von Computerfahndung, wer Bert W. Schallmann wirklich war, konnte man das als Datenschutzskandal brandmarken. Alle Unterschriften für Bert W. Schallmann leistete eine junge Frau, Universitätsmittelbau, die zu Hause ihren kranken Vater und fünf jüngere Geschwister zu versorgen hatte.

Als Mata Hari das Maireferat des Anwalts gelesen hatte, sagte er: Das ist Palermo. Jedesmal, wenn wir uns trafen, mahnte er zur Vorsicht. Wir lebten zwar nicht in Italien, aber auch hier könne inzwischen manch Italienisches passieren. Daran dachte ich jedesmal, wenn ich wieder eine Schallmann-Unterschrift von dieser jungen Frau brauchte, die ich durch den Genetiker kennengelernt hatte. Wenn der Präsident der Universität entdeckte, daß sie ihre Hand und Adresse Bert W. Schallmann lieh, war ihre Karriere vor einem Knick nicht sicher.

Mit siebzehn Initiativen eröffnete ich die Herbst-Winterschlacht. Im Zentrum: die 12. Armee, Wenck, die Petition. Da konnte alles noch einmal in einer bisher noch nicht erreichten Klarheit, Schärfe und Gelassenheit gesagt werden. Der Ministerpräsident würde vor dem Petitionsausschuß erscheinen müssen. Schmetternich sowieso. Wenn der nicht alles vorher unter vier Augen, hinter geschlossenen Türen, durch sein bramarbasierendes Horrido- und Kumpeltemperament zum Verschwinden brachte. Würde mein Wenck hart bleiben? Oder wollte er als Friedensstifter in die Geschichte eingehen? In der Zeitung, und zwar serviert vom Pressespiegel des Hauses, las ich an einem Tag zwei schlimme Nachrichten: Die Vorwürfe gegen meinen Wenck, betreffend Luxusleben, Schulden, Urlaubsaufenthalte, Immobilienprobleme, seien immer noch nicht widerlegt. Und, die *Giraffen*, meine Uni-Truppe, hätten sich auf Kosten der Uni bereichert. Das waren die von der FAZ gegen mich geschossenen Pfeile. Wer sich für den Beamten Fink einsetzte, mußte damit rechnen, vom Edelmistblatt erledigt zu werden. Also aufhören? Aufhören, das war doch genau das, was die Gegner mit solchen Meldungen wollten. Aber die wußten nicht, konnten nicht wissen, daß jemand, der um sein Leben kämpft, nicht aufhören kann, um sein Leben zu kämpfen.
Mit wem auch immer der Beamte Fink zusammentraf, niemand verstand, daß er seinen Kampf nicht beenden konnte, solange er nicht gesiegt hatte. Am Anfang waren die Helfer immer hoch entrüstet über das Unrecht, das dem Beamten Fink geschah, und entsprechend einsatzfreudig, kampfbereit. Aber es war nur eine Frage der

Zeit, bis einer absprang. Deshalb brauchte er immer neue Mitkämpfer. Das Goldstück Trauberg, zum Beispiel! Zuerst hatte Trauberg lachend gesagt, das habe er sich nicht träumen lassen, daß er seine nebenamtliche Bürgerrechtsarbeit, die bis jetzt gegen Rassismus, Antisemitismus und Fremdenfeindlichkeit gerichtet gewesen sei, am Ende für einen Leitenden Ministerialrat tun müsse. Inzwischen brachte Trauberg keinen Artikel mehr unter, verlangte also auch keinen mehr. Neue Redakteure überall, jüngere, die ließen sich nicht dreinreden, vom Beamten Fink nie gehört. Dann der Dauerregen der Kollegensätze: Man kann nicht alle Kriege gewinnen. Einmal muß Schluß sein ... Schwenk zu Wenck. Der mußte selber um seine Ehre kämpfen. Der einzige Mitstreiter, der wußte, wie das ist, wenn man keine Wahl hat. Tag und Nacht keine Wahl. Alle anderen: Spaziergänger, moralische Flaneure. Wenck war Kämpfer wie der Beamte Fink. Als ich las, wie die FAZ ihn mir wegschießen wollte, erinnerte ich mich an sein Gesicht. Ich hatte nicht gleich erfaßt, daß dieser Gesichtsausdruck bestimmt war von Leidenserfahrung. Zerquält wirkte dieses Gesicht. Als habe etwas Unangenehmes unzählige Male wiederholt werden müssen. Und – ich erschrak, als ich das dachte, nichts dagegen tun konnte, als das zu denken – der krasseste Gegensatz zu diesem Gesicht war das von Franz Karl Moor. Diese andauernd braungebrannte, heidnische Zufriedenheit. Zwei Tage davor hatte er mir beim Jugoslawen das letzte Schallmann-Flugblatt madig gemacht.
Er hatte gesagt: Nichts Neues. Dafür schwächer. Spricht für dich.
Und dazu die sonnenverwöhnte, prospektreife Heiter-

keit des Inselgriechen. Ich flüchtete mich geradezu stürmisch zu meinem Wenck, in Gedanken, versteht sich. Und entschuldigte mich, auch in Gedanken, bei Franz Karl Moor, dessen einziger Freund ich war, den ich aber, weil er für mich offenbar zu gutgroßtadellos war, nicht immer gleich gut vertrug. Wie Böckenförde. Wie neuerdings Richter Uschkurat. Hörsturz, dachte ich, warum krieg ich keinen Hörsturz. Ringsum kriegen sie Hörstürze. Die Besten kriegen einen Hörsturz. Darum krieg ich keinen, klar. So zu denken, tat dem Beamten Fink gut. Der Beamte Fink glaubte ja nicht an die Besten. Er war ausgetreten aus dem eingetragenen Verein derer, die zu den Besten und Allerbesten gehören wollten. Er war durch seinen Kampf genau so schwach wie stark geworden. Er fühlte sich imstande, ohne alle anderen Menschen auszukommen. Eine Welt für sich zu gründen, dazu fühlte er sich stark genug. Wenn sein Körper durchhielt. Gerade jetzt, im Auftakt zur letzten Schlacht. Dieser Körper, ihm so fremd wie die Antarktis. Der sollte funktionieren, daß gekämpft werden konnte. Basta. Danach würde er ihn belohnen. Danach konnte sich sein Körper wünschen, was er wollte. Danach ... Unvorstellbar jetzt. An den Computer jetzt! Die Petition für Wenck! Das ausgefeilteste Schriftstück! Eine Darstellung der herrschaftlich vollbrachten Gemeinheit in meisterhafter Kürze und Klarheit! Daß aufleuchtet der Staatsanwaltstrick: Sie mußten nur feststellen, daß die eidesstattlichen Versicherungen Tronkenburgs nicht falsch waren, ob sie berechtigt waren oder nicht, das festzustellen sei ihre Aufgabe nicht gewesen. Dann stand sie aber, die Petition.

4.

Sechzehn Seiten, mit Zwischenüberschriften, die fortlaufend gelesen werden konnten. Politiker lesen diagonal. Ich überreichte die Petition weit draußen in der Ebene, wo Wenck wohnte. Aber vorher mußte ich noch eine Prüfung bestehen. Die Katze, seit zwölf Jahren Lieblingstier, war in dieser stillen 30-km-Straße gerade überfahren worden, lag jetzt reglos, aber nicht leblos und nicht blutend auf dem Rasenstück vor dem Haus. Konnte man sie retten? Durfte man sie berühren? Ich war im allerungünstigsten Augenblick gekommen. Der Referent, der die Verbindungsstelle zu den Kirchen seit zwanzig Jahren leitete, wußte nicht, ob man eine vom Schock getroffene Katze berühren durfte oder sollte oder nicht. Ihm fiel natürlich der Neutestamentler ein, der für einen Freund ein vatikanisches Dokument besorgt hatte, das auf den Namen der Katze des Freundes lautete und sagte, diese Katze sei *Inhaberin des päpstlichen Segens.* Und mir fiel ein, daß ich einmal, als ein Mitstreiter mir die Beerdigung seiner Mutter gar nicht ausführlich genug erzählen konnte, nicht ganz hatte verbergen können, wie wenig mich Beerdigungen von Müttern von Mitstreitern interessierten. Das hatte sich schädlich ausgewirkt. Jemand, der darauf angewiesen ist, daß Leute etwas für ihn tun, darf die gewöhnliche Unmenschlichkeit nicht zum Vorschein kommen lassen. Ich machte also, mich tief zur Katze hinabbeugend, das verhältnismäßigste Gesicht. Sie tat mir ja leid. Aber es ist eben immer dieser Unterschied zwischen einer Empfindung und der Notwendigkeit, sie der Umwelt auch deutlich genug vorzuspielen. Durch

das Vorspielenmüssen dessen, was man empfindet, wird das Empfinden beschädigt. Man hat dann das Gefühl, man spiele nur noch.
Mein Wenck handelte. Unendlich langsam zog er eine dünne Decke unter der Schockgelähmten durch, die Frau brachte das Körbchen, in das legten sie die Apathische, dann fuhr die Frau ab, zum Arzt.
Drinnen, in der behaglichen Sitzlandschaft des Wohnzimmers, fing mein Wenck, zum Glück, selbst an von den sogenannten Vorwürfen gegen ihn. »Politiker stolpert über Schuldenberg«! Er lachte. Aber nicht froh. Strafantrag hatte er gestellt wegen Verleumdung. Er war ganz sicher, daß er im Handumdrehen voll rehabilitiert sein werde und daß die Verleumder dann als die ekelerregenden Intriganten dastehen würden, die sie doch waren. Jetzt überreichte ich also die Petition. Zuerst las ich sie vor. Eigentlich wie ein Gedicht. Mein General fand, sie sei *eine Wucht*. Als ich ging, war die Frau noch nicht zurück. Ich sagte: Hoffentlich erholt sich das Kätzchen bald. Das war ein bißchen zuviel. Erkennbar daran, daß diese Katze wirklich kein Kätzchen mehr war. Ich wollte eben so teilnehmend erscheinen, wie ich war. Auf der Heimfahrt tobte sich der Beamte Fink wieder aus. Er knurrte, fluchte, dröhnte. Ich brauchte alle Kraft, ihn am Zuschnellfahren zu hindern. Ihn durchströmte einfach das Jetztschaffstdusgefühl.

5.

Als ich am nächsten Tag morgens über den Sattel der Eisernen Hand und zwischen tropfenden Wäldern nach Wiesbaden hinunterfuhr, brauchte ich schon Licht. Das produzierte eine Erinnerungsfeierlichkeit. Es ging auf den fünften Jahrestag zu. Außer mir dürfte der 23. November wohl keinem ein Jahrestag sein. Arschlöcher, rief der Beamte Fink. Drecksäcke! Schweinehunde! In die Fresse! Und er konnte jetzt keinem und keiner von denen, die von links oder rechts einbiegen wollten, höflichkeitshalber den Vortritt lassen. Im Gegenteil. Der Beamte Fink trat aufs Gaspedal, um möglichst viele vom Einbiegen abzuschrecken, sie zurückzuscheuchen in ihre Seitensträßchen, in die sie gehörten, in denen sie verrekken sollten. Er war so nervös, weil er das Gefühl hatte, der Petitionstext sei schon im Haus. Ich konnte ihm zwar vorrechnen, daß das unmöglich war, aber die Rechnung vermochte nichts über sein Gefühl. Im Augenblick konnte die Petition höchstens den Landtag erreicht haben, das Präsidentenbüro, dort würde man sie gleich kopieren, bestenfalls war der Bote gerade auf dem Weg hierher. Ich konnte vorerst nichts tun als mir vorstellen, wo die Petition gerade angekommen sein konnte. Vor mir lag die Geschäftsordnung des Landtags, gegelbt die Stelle, die sich mit der Behandlung von Petitionen beschäftigt: *Wenn dem Petitum zu folgen ist, heißt das, die Petition der Landesregierung zur Berücksichtigung zu überweisen.* Dann kam die richtige Antwort auf mein unruhiges Phantasieren: Das Organigramm, das ich kürzlich routinemäßig abgezeichnet hatte, weil sich bei P 1 (das war ich) nichts ändern würde, kam jetzt zurück, plus Hauserlaß. Die Gruppe, deren Leiter ich war, hatte ohnehin nur aus meinem Referat, also der Verbindungsstelle zu den Kirchen, und dem Referat Lebenslängliche und Protokoll und Orden bestanden. In dem geänderten Organigramm führte jetzt von Protokoll und Orden ein kleiner Strich direkt zum Abteilungsleiter. An mir vorbei. Ich rief Franz Karl Moor an. Seine Sekretärin sagte, sie wisse nicht, wo er gerade stecke, sie werde ihm sagen, daß ich ihn hätte sprechen wollen. Ihr Ton verriet Überdruß. Na ja, jahrelang einen Niederlagensammler weiterverbinden zu müssen ist sicher kein Vergnügen. Aber Franz Karl Moor rief zurück, ich berichtete, er: Das ist der dickste Hund bisher. Wehr dich, rief er. Das tat mir gut, gut, gut. Ach, mein Franz Karl Moor, wie könnte ich ohne dich bestehen! Für Beförderungsgemeinheiten hat er einen Sinn, das wußte ich. Sobald er Ministerialdirigent sei, hatte er einmal gesagt, gehe er in Pension, um nur noch zu schreiben. Die mobben dich ganz schön, sagte Franz Karl Moor. Das verstand ich nicht. Kommt von mobbing, sagte er. Ich kann doch kein Englisch, sagte ich. Wahrscheinlich ist das der Grund von allem, sagte er. Was ist das, mobbing, fragte ich. Wenn sie's mit einem so treiben wie mit dir, sagte er.

6.

Der Anruf Wencks. Und wie es sich für einen General, zu dessen Armee auch Panzerdivisionen gehören, ziemt und wie es der Dringlichkeit der Meldung entsprach, rief er aus dem Auto an. Wenck stand im Stau, am Darmstädter Kreuz, würde versuchen, so bald wie möglich von der Autobahn runter- und so schneller heimzukommen. Er dürfe Schmetternichs Antwort nicht aus der Hand geben, vorlesen schon. Ich rannte mit dem Telephon an langer Schnur aus dem Zimmer. Sollte ich ein Tonband laufen lassen? Unanständig! Tu's nicht! Tu's! Tu's nicht! Zwischendurch sagte aber Wenck: Sie können ja ein Tonband laufen lassen. Ich: Um Gottes willen. Das klang, als wäre ich auf so etwas nie gekommen. Also, fünfundsiebzig Minuten hat es gedauert, unter vier Augen, in einem Separat-Zimmer im Landtag. Schmetternich erschrak, als er hörte, worüber gesprochen werden solle. Wencks Eindruck: Dem Gegner liege an einer Bereinigung. Den Petitionsausschuß erübrigen, das sei die deutliche Tendenz. Kurzum, Schmetternich war mit meinem Wenck Schlitten gefahren. Statt einer Winterschlacht hatte eine Schlittenpartie stattgefunden. Meine vier Punkte: angeknackste Rehabilitierung kriegt wieder Hochglanz; Regierung bestätigt, daß ich nicht eigenmächtig gehandelt habe; Staatsanwaltschaftsinterpretation nicht haltbar; und die Kosten: kein Punkt war durchgesetzt worden. Ich sagte das sehr laut. So würde ich das nicht sehen, sagte mein General im Stau. Mir gehe es doch vor allem um die Rehabilitierung, sagte er. Aha, der will das Kostengefecht verloren geben! Alle Punkte sind gleichwertig, brüllte ich

in seinen Stau hinein. Am liebsten hätte ich meinen Wenck angebrüllt, wie Friedrich II. den General angebrüllt hatte, dem er die Schuld für die verpatzte Bataille bei Marxen zuschob: Er weiß, daß ich die Diffikultäten nicht leiden kann, mache er, daß er fortkömmt. Aber wenn mein Wenck zufällig ein Kenner war, wußte er, daß dieser angebrüllte erfolglose General Finck geheißen hatte. Also beherrschte ich mich.
Dann kam Barbara herein und fragte: Und, was ist herausgekommen? Ich konnte ihr nicht antworten. Mein Kopf glühte. Ich rannte hinauf, an den Computer, vertraute ihm die miese Chose an und ging dann über zu Rotwein und Tabletten. Ja, einen Anruf schaffte ich noch. Weil es der 8. Dezember war, Marias unbefleckte Empfängnis – da wurden in Limburg immer die Priester geweiht –, rief ich meinen Ortsgeistlichen an. Er sei doch auch dabeigewesen, als Böckenförde erklärte, dem Prälaten sei verboten worden, die Interpretation der Staatsanwaltschaft zu korrigieren. Wenn Böckenförde *mir* das zur Verwendung nicht freigebe, so könne doch er, der Ortsgeistliche, dem Böckenförde nichts untersagt habe, mir diese Aussage zur Verwendung freigeben. Er: Wenn ich jetzt komme und das so formuliere, kommen die anderen und sagen, da haben Sie subjektiv etwas anderes wahrgenommen als wir, es waren ja mehrere dabei.
Nächstes Jahr schaffen wir es, sagte er zum Schluß. *Wir*, sagte er, der ränkelose Mann. Und ich war schon seit fast zwei Jahren nicht mehr bei der Kommunion gewesen. Wenn er mir jetzt die hohe Speise drauflegte, bräche mir, fürchtete ich, die Zunge ab.

7.

Zum Glück gab es Mata Hari und Zieten. Und die Gerüchte. Vielleicht mußte der Ministerpräsident gehen. Wegen des Lottoskandals. Vielleicht Schmetternich auch. Ich nahm schon längst nicht mehr teil an dem Treppen- und Flurpalaver, in dem ununterbrochen das Steigen und Sinken der Mächtigen herbei- und weggeredet wurde. Aber jetzt, wo die Petition auf dem Spiel stand, also die Schlußschlacht geschlagen werden konnte, jetzt hörte ich doch hin. Den flankierenden Angriff in der Winter- und Schlußschlacht würde Zieten führen. Seine Waffe: die Kleine Anfrage. Als Verbindungsoffizier Mata Hari. Wenn ich den anrief, sagte ich dem Anrufbeantworter: Hier ist der vom Chinesen. Und er rief zurück und sagte: Hier ist derjenige, den Sie zu erreichen suchten. Während Wenck sich nicht scheute, mit mir gesehen zu werden, wollte der Zietenflügel geheim bleiben. Wahrscheinlich, um dann im Augenblick des Angriffs das Moment der Überraschung für sich zu haben. Zieten aus dem Busch! Die Kleine Anfrage sollte spitz und hart sein, also böse. Wie kommt eine Staatskanzlei dazu, einem Beschuldigten seine Verteidigung zu verwehren, indem sie sagt, es würde das Wohl des Landes Hessen tangieren, wenn die Beschuldiger ihre Beschuldigungen vertreten müßten. Diesen Text sollte ich Mata Hari in einer Zweit- oder Drittwohnung im 5. Stock eines Hauses übergeben, in dem hauptsächlich Ausländer campierten. Aus den Briefkästen quoll grell das Reklamezeug. Er hieß mich mich setzen, servierte Kaffee mit feinsten Süßigkeiten frisch aus der Schweiz und erzählte gebildet von einem irischen Sergeanten Sullivan, der 1917 als Spion im Tower hingerichtet worden war, weil seine Tagebücher ganz und gar falsch gedeutet wurden, da er seine Homosexualität verschwiegen hatte. Seine Sätze waren Filigranwerke der Gerechtigkeit und Humanität. Er erzählte so vollkommen ruhig, weil er wußte, was er darstellte, war die längst fällige Korrektur einer Justiztragödie. Das mußte einmal gesagt werden. Aber in mir und an mir zuckte und juckte es. Wie sollte ich verbergen, daß ich nur darauf wartete, den Text der Kleinen Anfrage vorlesen zu können, daß er den kopiere und schnellstens an Zieten durchfaxe! Aber er mußte auch noch von einer Kommission in Brüssel berichten, in der er neuerdings Zeit und Nerven kostende Sitzungen zu absolvieren hatte. Dann, dann endlich durfte ich meinen Text vorlesen. Gar nicht so leicht, zuerst so zurückgedämmt zu werden, dann so vorzulesen, als seist du noch frisch und froh, wie du hereingekommen bist. Ich wollte wirken wie der Anwalt einer Weltfirma, die gerade mitten im Angriff ist. Zum Glück fand er den Text *brillant*. Der Beamte Fink fuhr, laut und böse und schmutzig vor sich hin redend, zurück. Wie aus den Stalinorgeln die Geschosse, so flogen ihm aus dem Mund die Arschlöcher und Drecksäcke und sollten einschlagen im feinsten Rhein-Main-Taunus-Namensfeld. Er war im Angriff. Nachts träumte ich dann vom Prälaten. Endlich, endlich hatte ich den Prälaten an der Gurgel packen können. Das Furchtbare aber: der wehrte sich nicht. Offenbar war es der Traumwunsch gewesen, einen Kampf führen und gewinnen zu können. Weil das ausblieb, wurde ein Alptraum daraus. Die Hände an der Gurgel wurden zuerst fühllos, dann

schmerzten sie entsetzlich. Ich wachte auf und wollte dann, um dergleichen nicht noch einmal erleben zu müssen, lieber nicht mehr einschlafen.
Aber wie immer, wenn ich nachts wach bleiben mußte, gebar ich auch in dieser Nacht einen Entschluß, zu dem ich, wenn ich bei Tageslicht gegrübelt hätte, nicht fähig gewesen wäre. Ich würde nach Limburg fahren, in den Dom, zur Jahresmesse für Wilhelm Kempf, den Bischof aller Bischöfe. Auch wenn es nicht in der Kirchenzeitung gestanden hätte, an diesen Termin hätte ich gedacht. Aber daran denken und hinfahren – das war eben der Unterschied zwischen Sein und Schein. Wer kämpft, kommt ohne den Schein nicht aus. Ich mußte mich zeigen. Ich würde rechtzeitig dort sein, etwas zu lesen dabeihaben, mußte nicht unbedingt aussehen wie ein Gebetbuch, *Tonio Kröger* vielleicht, das gefiel mir neuerdings wegen des Solistenhumors. Vielleicht marschierte der LNDA durch die ganze Kirche auf mich zu, gab mir, wie jetzt üblich, den Friedensgruß, ich würde standhalten, endlich souverän, daß sie sähen, wie stark ich bin! Als ich im Gespräch mit meinem Ortsgeistlichen wieder kurz und anfallhaft gegen den LNDA loszog, sagte der, der Bischof habe gerade eine nichts als großartige Erklärung zum Asylrecht veröffentlicht. Ich, noch ganz im Anfallschub, dachte: Jeder hat seine Autobahnen gebaut. Aber das sagte ich nicht.
Um 10 Uhr 15 begann das Amt. Ich war schon vor neun auf dem Parkplatz. Fünfundzwanzig Jahre lang hatte ich auf dem Ordinariatsparkplatz geparkt. Ich, von Stauffenberg, hatte die Aktentasche dabei. Hoffentlich glaubte keiner, ich käme mit einer Bombe. Ich ließ die Tasche im

Auto. Ruhigen Schritts den Berg rauf zum Dom. Noch völlig leer. Neues Gestühl. Wie in Frankreich. Man holt die Kniebänke unterm Vordersitz heraus. Zum ersten Mal sah ich im Chor die Meistermann-Fenster, zu deren Einweihung Böckenförde gesprochen, mich aber nicht eingeladen hatte. Ich sah Böckenförde durch den Mittelgang kommen, in Richtung Sakristei gehen. Er mußte mich sehen. Ich saß, weil ich mich nicht als erster ins Schiff hatte setzen wollen, im Seitenschiff, in der Nähe des Stiftergrabs. Und er sah mich, kam her, lachte, grüßte, saß plötzlich neben mir, in Schwarz, den Hemdkragen über dem Collar, erklärte mir die Meistermann-Bilder, Epiphanie, Kreuzigung, Gottvater mit dem Buch des Lebens. Ich hielt seinem Blick stand. Von Gesicht zu Gesicht höchstens fünfzehn Zentimeter. Er habe gestern mit Uschkurat gesprochen. Und auf und weg. Das Schiff füllte sich. Der LNDA marschierte ein. Die Domsingknaben ließen den Raum leben. Der LNDA predigte. Über das ewige Leben. Ich dachte, daß ich diesem Prediger und seinem Text gegenüber in hohem Maße befangen sei. Ob er mich sah? Ich hatte den hellen Trenchcoat an, hob mich ab von den vielen Dunklen. Bei der Wandlung kriegte ich die Kniebank nicht unterm Vordersitz raus, mußte stehenbleiben, stand dann als einziger, das konnte mißverstanden werden, ich sah nicht zum Altar. Jetzt kommunizieren? Das hieße, dem LNDA in die Arme laufen. Lieber nicht. Ich war gesehen worden, ich war sogar aufgefallen, ohne es zu wollen, das sollte für diesmal genügen. Zum Schluß hatte ich, ohne ins Gebetbuch schauen zu müssen wie die um mich herum, das Salve regina, mater misericor-

diae gesungen und war dabei in den innigsten Schwung geraten.
Ich fuhr zurück, ging zu Karstadt und aß Rotbarschfilet, gebraten, mit Salzkartoffeln und Remouladensauce. Als ich Franz Karl Moor einmal gesagt hatte, das sei eines meiner Lieblingsgerichte, Rotbarschfilet bei Karstadt, gebraten, mit Salzkartoffeln und Remouladensauce, da hatte er mich vergnügt kritisch angeschaut und gesagt: Mutig! Und hatte damit genau das gesagt, was ich hören wollte. Ich wußte ja, daß Rotbarschfilet mit Salzkartoffeln und Remouladensauce, und auch noch in der Karstadtversion, für Menschen mit Geschmack eine degradierende Wahl war. Ich glaube, deshalb habe ich es ihm auch ins Gesicht gesagt. Freundschaften müssen geprüft werden. Diese Prüfung hatte Franz Karl Moor bestanden. Mit SEHR GUT. Andererseits hatte ich, als er das MUTIG fand, gedacht: Du bist eben, warst eben nie ein Christ. Nie etwas gehört vom großen Dänen, von der Dialektik der Verächtlichkeit.

8.

Dieses Jahr ging's zu den Aidskranken. Letztes Jahr waren die tauben Blinden dran, droben in der Rhön, Nähe Wasserkuppe. Ich hatte die Weihnachtsbesuche des Ministerpräsidenten vorzubereiten, zuerst alleine hin, dann mit ihm. Als die Franziskanerin mich von einem ausgemergelt weißen Gesicht zum anderen führte, sagte sie: Im Augenblick stirbt wieder jemand. Der Sterbende habe Angst vor dem Ersticken gehabt. Sie hätten ihn sediert.

Sie zeigte mir auch das Gästebuch. Da tragen sich, nach den Beerdigungen, die Angehörigen ein. Die Bewohner, so nannte sie ihre Pfleglinge, seien aus sozial niederen Schichten. Viele Ausländer. Viele von der Polizei Gesuchte. Die Verweildauer fünf Tage bis fünf Monate. Der Ministerpräsident sagte, als er den Gang so hinter sich gebracht hatte, wie wir ihn programmiert hatten: Ein Jammer, daß die Menschen heute nicht mehr zu Hause sterben können. Das sagte er zum Leibwächter. Der nickte. Als wir zurückfuhren, las er im SPIEGEL etwas über Thomas Mann. Ich hatte meinen *Tonio Kröger* dabei. Ich blätterte in angemessenen Abständen um, aber ich las nicht. Ich zwang den Beamten Fink zu einem Vergleich: Was wiegt dein Kampf, verglichen mit dem der Aidskranken. An die fünfzig Leute arbeiteten freiwillig und ohne Bezahlung bei den Franziskanerinnen. Das ist das peinliche. Du tust nichts Gutes. Deshalb wiegt dein Leiden gering. Mein Gott, dann wiegt es eben gering, sagte grinsend der Beamte Fink. Er lege keinen Wert auf Schwergewichtsleiden oder Leidensschwergewicht. Siegen müsse er, siegen, sonst nichts. Ich krich dich, Kerl, dachte ich.

9.

Immer häufiger hörte ich am Telephon, wenn ich mich meldete, die Frage, ob mir etwas fehle, meine Stimme sei so schwach. Wenn es ein Mitstreiter war, sagte ich: Zehn Meter vor dem Ziel! Mehr sei nicht mehr übrig von mir. Meine Stimme wurde schwächer und höher, sie klang keifend. Und vor zehn Jahren hatte ich unter der Dusche Gregorianik intoniert, die Nachbarin wollte von meiner Frau wissen, in welchem Sender das gerade komme. Und meines nie bespielten Tennisarms wegen holte ich mir regelmäßig Spritzen. Und wenn der Hexenschuß mich lähmte, fuhr Sebastian mich hin, ich wurde aufs Wärmebett gelegt, Münzen raus, daß sie nicht glühen, kriegte die Spritze, die nicht immer half. Und sobald es warm wurde, war ich eine Pilzplantage. Von den Zehen bis zu den Achselhöhlen, wo Haut an Haut lag, juckte es. Und als die athletische Zahnärztin sagte: Der muß raus, Abszeßgefahr! war mir das auch egal. Daß ich, wenn ich in meinem Büro auf dem Teppich Kreise zog, nicht mehr pfeifen konnte, störte mich schon. Die Lippen waren nicht mehr weich genug, nicht mehr voll genug, es kam kein Ton mehr zustande. Und in der Fußgängerzone wurde ich von Umfrage-Agenten nicht mehr angesprochen, nicht mehr gefragt. Das war auffällig, weil ich lange Zeit eine besonders häufig angesprochene Zielperson gewesen war. Ich hatte offenbar sowohl zugänglich wie vielversprechend gewirkt. Und jetzt gar nichts mehr. Die gingen mit ihren Blättern an mir vorbei, als gäbe es mich nicht. Na ja, damit konnte ich leben. Aber als die Augen anfingen zu schmerzen, wurde ich unruhig. Jetzt mitten im Angriff, im letzten Angriff! Nicht so ängstlich, sagte begütigend die Ärztin beim Einträpfeln. Bin ich ängstlich, fragte ich unterwürfig. Sehr, sagte sie und wickelte mich mit diesem einen Wort förmlich ein. Ich traute mich nicht, ihr vorzuhalten, daß es vielleicht empfindliche und weniger empfindliche Augen gebe. Ich hätte ihr am liebsten erzählt, wie der Heil-Hitler-Turnlehrer damals von mir verlangt hatte, die Augen unter Wasser zu öffnen. Dazu war ich nicht bereit gewesen. Nicht fähig. Das konnte ich nicht. Ich war ein fast unschlagbarer Schwimmer, aber ich wäre lieber gestorben, als meine Augen unter Wasser zu öffnen. Aber das wollte die mich in diesem Augenblick ganz beherrschende Ärztin sicher nicht wissen. Eine bakterielle Entzündung also. Von der Augenärztin ging ich direkt zum Friseur. Das konnte ich nachher der Gleitzeituhr nicht vermitteln. Ohnehin mußte man alle paar Wochen für dieselbe Botschaft wieder andere Knöpfe drücken. Ich würde den Korrekturbogen ausfüllen und die Rubrizierung der Gleitzeitbeauftragten überlassen.

Als ich einen Tag später durch Breithart fuhr, bog der Beamte Fink unversehens zu einer kleinen Ford-Werkstatt ab und fragte den Meister, ob er ihm sagen könne, warum er, der Beamte Fink, bei ihm ein Auto kaufen wolle. Der Meister sagte dem Beamten Fink auf den Kopf zu, daß er unzufrieden sei, als Nummer in der Großfirma abgefertigt zu werden, er suche, sagte der Meister, die persönliche Beziehung. Stimmt, sagte der Beamte Fink. Auch wenn's ein wenig teurer ist, sagte der Meister. Stimmt, sagten wir. Sie fahren ja nicht mehr soviel, sagte der Meister. Wieso das, fragte ich. Sie sind doch Rentner, sagte der Meister. Das stach mich. Aber weil ich das nicht merken lassen wollte, bestellte ich gleich das neue Modell *Turnier*. Aber an dem Tag, an dem ich das neue Auto abholen wollte, fehlte der Führerschein. War nicht mehr zu finden. Also einen neuen beantragen. Gleich mit dem neuen Auto hin. Selbst in diesem provinziellen Landratsamt mußten die Wartenden eine Nummer ziehen. Und

ich hatte *Tonio Kröger* nicht dabei. Ich war also eine ganze Wartezeit lang auf mich angewiesen. Aber weil da noch mehrere Leute warteten und sich miteinander unterhielten, hörte ich unwillkürlich denen, die am lautesten sprachen, zu. Eine junge Frau und ein junger Mann unterhielten sich über einen Film, in dessen Titel gebratene Tomaten vorkamen. Der junge Mann war ganz und gar begeistert, auch der jungen Frau hatte der Film sehr gefallen, obwohl sie die story nicht so gut fand. Dem Wort story war ich an diesem Vormittag schon einmal begegnet. Der Genetiker hatte mir den Brief geschickt, mit dem Ignatz Bubis auf das Schreiben reagiert hatte, in dem mein Bert W. Schallmann Bubis gefragt hatte, wie er zu dem Fall stehe. In Schallmanns Brief war der Name des Witiko-Bund-Mitglieds Moosbrugger vorgekommen. Und Bubis hatte geantwortet, er wolle keine Stellungnahme abgeben, obwohl ihm die *story* nicht ganz unbekannt sei. Und diesen Brief hatte ich offen auf dem Aktenbock liegen lassen, wollte ihn nachher vierzehnmal kopieren und archivieren und verschicken. Zentralrat der Juden in Deutschland, stand groß über dem Brieftext. Wenn ein Bote kam, diesen Brief sah und glaubte, das sei ein irrtümlich mir zugestellter Brief, den er über die Poststelle zurückgehen lassen sollte ...
Das konnte scheußliche Folgen haben. Mancher im Hause würde sagen: Natürlich! Das haben wir doch immer geahnt, wer dieser stud. theol. Bert W. Schallmann ist.
Als ich drankam, hörte ich: Das ist die Zulassungsstelle, Sie müssen zur Führerscheinstelle. Wo ist die, bittebitte?! Eine Etage höher. 35 Mark, ich hatte den Führerschein.

Aber mein glanzvoll neues Auto war inzwischen zugeparkt. Ich rannte zurück, hinauf. Aber der Beamte war dafür nicht zuständig. Der Zuständige: Das Kennzeichen? Hatte ich mir nicht gemerkt. Also wieder runter, wieder rauf. Rufen Sie diese Nummer, bitte, sofort aus! Der Beamte war nur zur Aushilfe hier, wußte nicht, wie man das machte. Rufen Sie Ihren Chef! Der rief den Chef an. Der war unabkömmlich. Geben Sie mir den Chef. Hatte schon wieder aufgelegt. Ich: Geben Sie mir den Chef! Rief noch einmal an. Ich: Bitte, kommen Sie, ich bin zugeparkt. Der wollte das Kennzeichen. Kriegte es. Ich runter. Endlich dröhnte die Durchsage. Aber keiner kam. Aber ein lockerer Bediensteter stand plötzlich vor mir. Wir kommen auch so raus, sagte der. Ich helfe Ihnen. Und zweimal hin und zweimal her, und ich war entronnen. Beschämt. Das zeigte ich dem Helfer übermäßig. Erst als ich auf der Straße dahinschwamm, fluchte ich. Verfluchte den Beamten Fink. Nannte ihn so, wie er sonst die anderen nannte. Wenn man schon nicht autofahren kann, muß man sich doch nicht auch noch so hannibalisch aufführen, oder! Blamiert, blamiert, blamiert. Stürmte ins Büro. Der Brief lag immer noch auf dem Bock. Um der Sekretärin meine Panik verständlich zu machen, mußte ich fragen: Hat jemand angerufen? Nein. Also rief ich, um die Panik zu rechtfertigen, Mata Hari an, sagte – das war mein alter Trick –, ich hätte gerade über eine Stunde lang telephoniert, falls er in dieser Zeit mich angerufen habe, um mir mitzuteilen, was inzwischen geschehen sei, jetzt stünde ich zur Verfügung. Es sei, sagte er, nichts geschehen. Weihnachten werfe seine Schatten voraus. Das, sagte ich, könne man schon sagen.

Dann ging ich mit dem Bubis-Brief in die erste Etage und kopierte ihn vierzehnmal.

10.

Anruf Wenck, wieder aus dem Auto, ich sofort: Ist das Wunder geschehen? Er: Ja. Ich: Bin gespannt. Schmetternich wolle die Sache aus der Welt schaffen, es sei doch nichts dran an all dem. Darauf er, Wenck: Dann muß der Mann freigestellt werden von allem, was in der Zeitung steht. Schmetternich habe eine schriftliche Erklärung versprochen, nicht mehr vor Weihnachten natürlich, aber gleich danach. Wenck: Wenn wir uns über diese Erklärung nicht einigen können, steht die Petition am 8. Februar auf der Tagesordnung.
Offenbar hatte ich Wenck durch mein Gebrüll beim letzten Telephonat beeindruckt. Diesmal war er hart geblieben. Zum Schluß, Schmetternich: Sie sind also ganz auf Finks Seite. Wenck: Ich habe einen guten Kontakt mit ihm. Schmetternich: Merkt man an Ihrer Argumentation. Aber dann habe er, Wenck, dem Staatssekretär klargemacht, daß ein Vorsitzender des Petitionsausschusses sich von keiner Privatmeinung leiten lasse, sondern allein von dem, was das Gesetz meine. Und habe den Satz jenes angesehenen, wenn auch geradezu verrufen konservativen Rechtslehrers zitiert, den er mir ja auch schon zweimal aufgesagt habe: Ich habe nie meine Meinung vertreten, sondern immer die Meinung des Gesetzes. Wünschte mir ruhige Feiertage und sagte noch, er sei jetzt übrigens voll und ganz rehabilitiert und müsse sich nur noch Ge-

danken machen, wie er mit den Verleumdern verfahre. Ich gratulierte ihm. Nachher dachte ich: Soweit bin ich noch nicht, aber gleich. Die hatten Angst vor der Petition. Die ganze Chose noch einmal in aller Landtagsöffentlichkeit! Und bald wurde wieder gewählt im Lande. Und im Lottoskandal war man fast von Deck gespült worden, war gerade noch davongekommen. Jetzt wollte man ruhige See.

Der Sieg, ich war ihm so nah wie nie.

Dazu paßte, daß mein Wenck ganz zum Schluß noch gesagt hatte: Sie können mich auch an Weihnachten jederzeit anrufen. Das war die Moral, die der Beamte Fink schätzte. Jederzeit! Auch wenn die Kerzen brennen.

Als die Familie den Beamten Fink in dieser Fastschonsiegesstimmung erlebte, wurde beschlossen, gemeinsam das Weihnachtsoratorium zu besuchen. Der Beamte Fink mußte ablehnen. Er konnte den Kampfplatz jetzt nicht mehr verlassen. Entweder zu Hause am Telephon oder drunten im Amt. Am liebsten drunten im Amt, bei seinen neunzig Ordnern, beim Computer, den er drunten jetzt auch hatte und mit Diskette benutzte. Sebastian hatte ihn gelehrt, wie er an diesem Computer arbeiten konnte, ohne daß die Festplatte etwas mitkriegte und auch keine Sicherheitskopie entstand. Der Genetiker war extra einmal abends ins Amt gekommen und hatte, an den Leitungen entlangkriechend, festgestellt, daß dieser Computer nicht zentral vernetzt sei. Also ein Arbeits- beziehungsweise Kampfplatz, der selbst Mata Haris Anforderungen genügte. Der PC-Beauftragte des Hauses, ein promovierter Physiker, hatte Komplimente gemacht. Der Beamte Fink sei der einzige Referent über fünfzig, der mit dem PC arbeite. Bloß was, hatte der Beamte Fink gedacht. Dem war es am wohlsten, wenn er lautlos pfeifend auf dem Teppich kreiste, dann und wann vor seinen neunzig Ordnern Stellung bezog, um sie, wie er das nannte, auf Vordermann zu bringen. Dann seine 5-Mark-Amaryllis gießen, an Hodlers Mann mit der schwingenden Axt nicht genug kriegen können, stehenbleiben vor dem gerahmten und verglasten Verweis, den sein Vater vom Oberpräsidenten 1933 für sein Nichtmitmachen erhalten hatte. Die Hauptbeschäftigung blieb Kopieren. 90 Ordner. Er war gerade am siebenundzwanzigsten. Zum Glück stand im ersten Stock der neue Kopierapparat, zehn Knöpfe mehr und fünfmal so schnell. Einmal mußte er, am Tag vor dem Fest, das Kopieren unterbrechen, rasch hinunterfliehen ins Büro, weil die Weihnachtsliedersinger hörbar wurden. Das sind Leute, für die das von Bläsern begleitete Absingen von Weihnachtsliedern in den Gängen der Höhepunkt ihres beruflichen Jahres ist. Denen fühlte er sich nicht gewachsen.

Am vierundzwanzigsten rief ich, bevor ich heimfuhr, doch noch Franz Karl Moor an, um zu fragen, ob man sich zwischen den Jahren kurz zum Freitagstermin beim Jugoslawen treffen wolle. Ich probte solche Anrufe sorgfältig. Es gehe jetzt, würde ich sagen, direkt auf den Sieg zu, und den wolle ich, könne ich ja nicht ganz ohne Franz Karl Moor feiern, das Feiern aber müsse vorbesprochen werden. Franz Karl Moor war tatsächlich im Land. Ich hatte damit gerechnet, meine Siegeszuversicht nur Gundula offenbaren zu können. NUR Gundula, weil sie kaum reagierte, wenn ich ihr etwas mitteilte. So machte sie deutlich, daß man ja nicht sie, sondern Franz Karl

Moor angerufen hatte. Das stimmte. Aber ich hätte mich doch, wenn der Mann auf der Insel war, gern mit ihr unterhalten. Sie war auffallend hellhäutig, ohne daß sie so blaß gewirkt hätte wie ich. Leuchtend hellhäutig war sie. Ihre Haare gingen ins Rötliche. Große, hochentwickelte Hände. Sie hatte Musik studiert, Harfe. Ein schwerer Mund, dessen Lippen immer ein kleines bißchen auseinanderhingen.

Nun war Franz Karl Moor aber da. Er wisse nicht genau, warum er diesmal die Insel versäume, aber er versäume sie. Also gut, dann am Freitag beim Jugoslawen. Und ich, schnell, ihm also parodistisch zuvorkommend: Wenn nichts dazwischenkommt. Richtig, sagte er, ohne meinen Ton aufzunehmen.

Drunten auf dem leeren Parkplatz sagte jemand Guten Abend, ich sagte auch Guten Abend, dann der: Sind Sie noch im Dienst? Jetzt erkannte ich ihn. Ein Genosse, der, auch durch politische Beziehungen, ganz schnell aufgestiegen war, schon bei B6 angekommen, im Kultusministerium.

Ich sagte: Ja. Aber bist du denn noch nicht pensioniert?

So erinnerte ich ihn daran, daß wir zwanzig Jahre Genossen-Du hinter uns hatten. Er: Nein. Ich: Warum soll dann ich pensioniert sein? Er: Ich habe nur gefragt, ob du heute noch im Dienst bist, am Heiligen Abend.

Noch als ich zu Hause ankam und mich auf Kerzenschimmer umstellen sollte und wollte, kaute ich auf diesem unglücklichen Dialog herum. Der würde natürlich überall erzählen, der Fink leidet an Verfolgungswahn.

Dann entfaltete die Familie ihre Zauberkraft. Aber als ich

an den jedes Jahr fabelhaft guten Plätzchen knabberte, mußte ich doch denken: Bis einundneunzig stand da immer auch ein Teller des Prälaten, mit Plätzchen, die gebacken wurden von den Schwestern des Prälaten, den Armen Dienstmägden Jesu Christi. Und an die drei Flaschen Bubis-Champagner mußte ich auch denken. Der Bubisbrief, obwohl wirklich nichts drinstand, war mir immer willkommener gewesen als der Champagner. Ich würde am Freitag mit Franz Karl Moor, dem ich ihn doch immer geschenkt hatte, ausgiebig über diesen Champagner reden.

Mindestens ebenso wichtig wie der 24. Dezember war mir von Kindheit an der sechsundzwanzigste. Stefanstag! Das war der Hauptfeiertag von Anfang an. Der Vater hatte Stefan geheißen, der Großvater auch. Ein rotbackiger, ebenso sauber wie ordinär wirkender Kaplan in Opladen hatte uns das richtige Namenstagsgefühl beigebracht. Von der Kanzel herunter rief er: Wir Katholiken feiern den Namenstag, die Protestanten den Geburtstag. Geburtstag hat jedes Schwein, Namenstag dagegen nur der Katholik.

Ich gebe zu, daß ich immer gern Stefan geheißen habe. Wenn ich die von meinem Großvater geerbte Sterbebildchensammlung durchsah, erfüllte mich die über die Mitte des 19. Jahrhunderts zurückreichende Stefanfolge mit Stolz. In der Apostelgeschichte braucht Lukas für Stefans Tod fast zwei Seiten. Stefan wird erst gesteinigt, nachdem er seinen Peinigern die ganze jüdische Geschichte erzählt hat, so erzählt, als sei sie nichts als eine Vorgeschichte für das Erscheinen Christi. Ein Historiker wird gesteinigt. Von Christus redet er nur kurz, am

Schluß. Und wie der ruft er, bevor er stirbt, noch besonders laut, Gott möge seinen Mördern nichts nachtragen. Da extra erwähnt wird, daß er das laut schrie, glaubte ich als Kind immer, er sei der Meinung gewesen, Gott hätte ihn sonst nicht gehört. Später wechselte ich zu der Auffassung, er habe Angst gehabt, die Welt bemerke sonst nicht, daß er, der erste Märtyrer des Christentums, schon fähig sei, genauso zu sterben wie der Meister. Dieses Vergebenkönnen! Jedes Jahr am Stefanstag fragte ich mich, ob ich das noch lernen würde. Oder war es dazu schon zu spät? Ich, Tronkenburg vergeben? Und denen, die ihn glorios davonkommen lassen wollten? LNDA! Prälat! Kirchenrat!

Zwei Tage nach dem Namenstag das Fest der Unschuldigen Kinder, der Tag des sogenannten Terrorangriffs der amerikanischen Bomber. Gemeint war das Reichsbahnausbesserungswerk, getroffen wurde die Kirche, die Beichtstühle zerfetzt. Im von den Einschlägen bebenden Keller schwor Stefan, dreizehn, er werde, falls er überlebe, sich nie mehr selbst befriedigen. Fünfzig Jahre alt war der Schwur jetzt. Und für einen, dem sein Körper inzwischen fremd war wie die Antarktis, nicht mehr recht verständlich.

Wie wichtig mir Franz Karl Moor war, merkte ich, als ich beim Jugoslawen eintrat und keinen Franz Karl Moor sah. Und er war doch bis jetzt immer vor mir dagewesen. Saß immer schon, die Zeitung lesend, an unserem Tisch und spielte einen Herrn, der sich, wenn einer Platz nehmen will, gestört gibt. Und heute war ich vor ihm da. Aber um halbeins war er immer noch nicht da. Ein einziges Mal war er gar nicht gekommen. Da war es ihm plötzlich so schwindlig geworden, daß man ihn in eine Klinik hatte fahren müssen. Aber das war Jahre her. Gesünder und braungebrannter als Franz Karl Moor konnte man gar nicht sein. Seinen Kreislauf, zum Beispiel, pflegte er jeden Morgen von sieben bis viertelvoracht in einem Frankfurter Schwimmbad. Ich konnte nicht bestellen, solange er nicht da war. Um viertelvoreins rief ich im Amt an, seine Sekretärin sagte, er sei nach Weihnachten nicht mehr erschienen, sei krank, zu Hause, wohl wieder der Kreislauf. Das sagte sie nicht in dem Ton des Überdrusses, den sie sich mir gegenüber angewöhnt hatte; sie klang eher leidend oder mitleidend oder wie jemand, der verlassen wurde. Ich ging sofort zurück in den Dienst, nahm von einem Stand ein Lachsbrötchen mit, aß das an meinem Schreibtisch, dann wählte ich Franz Karl Moors Nummer. Gundulas Stimme war frei von jeder Stimmung. Sie teilte mit, daß ihr Mann im Bett liege und die BILD-Zeitung lese. Telephonieren strenge ihn noch zu sehr an. Er habe an Weihnachten eine kleine Attacke gehabt. Ich bat sie, ihn zu grüßen, ich hoffte, er sei bald wieder auf den Beinen. Das hoffe er, glaube sie, auch, sagte sie. Hätte sie doch gesagt: Telephonieren kann er nicht, aber besuchen läßt er sich schon! Hat sie nicht gesagt. Also blieb nichts übrig als das fade Grüßen und Wünschen. Weil ich nie viele Freunde hatte, hing ich an ihnen. Und mußte mich hüten, merken zu lassen, wie sehr. Franz Karl Moor war der einzige Freund, den ich noch hatte. Würden wir NUR über seine Frau von einander hören, wären Mißverständnisse nicht auszuschließen. Warum hatte Gundula nicht länger mit mir gesprochen? Wenn ich sie zusammen mit Franz Karl Moor traf,

versuchte ich, sie begeistert anzuschauen. Ich verehrte sie doch. Natürlich lenkte Franz Karl Moor immer alle Aufmerksamkeit auf sich. Er hatte eine Präsenzbegabung. Wenn er da war, war er das wichtigste. Das erreichte er nicht durch Lautstärke oder Gesten, durch nichts Theatralisches, sondern durch ... ja, durch was denn? Eigentlich durch Zurückhaltung. Durch eine geradezu brutale Zurückhaltung. Brutal durch ihre Selbstsicherheit. Also gut, jetzt lag er im Bett! Dann eben im Januar. Beim Jugoslawen. Wenn nichts dazwischenkommt.
Obwohl ich mir nicht vorstellen konnte, daß es einen Ort, eine Lokalität gebe, wo der LNDA und Schmetternich gemeinsam Sylvester feierten – es war sogar nichts sicherer, als daß sie Sylvester in absolut von einander getrennten Sphären feierten –, saß ich trotzdem an Sylvester in der lebhaften Familie und war davon überzeugt, daß in diesem Augenblick der LNDA zu Schmetternich sagte: Es stimmt ja, daß ihm Unrecht geschehen ist, aber was er daraus macht, ist unsittlich. Und Schmetternich: Unmenschlich sogar! Wie der sich aufführt im Hause! Beleidigt die Leute, vernachlässigt den Dienst. Ich müßte längst disziplinarisch gegen ihn vorgehen. Tue ich alles nicht. Ich will ihm doch helfen. Und der LNDA: Ich bete ja auch für ihn, besonders um diese Zeit.
Soweit erdachte der Beamte Fink zwanghaft das Gespräch, um dann dazudenken zu können: Scheißdreck. Dann erschrak er, weil er nicht ganz sicher war, ob er Scheißdreck nicht nur gedacht, sondern gesagt hatte. Aber die rundum plaudernde Familie hatte, falls er es gesagt haben sollte, zum Glück nichts gehört.

Wenn ich am Computer Probleme hatte und Sebastian anrief, sagte der: Drück F 5, dann bist du sie los. Leider war das mit Gedanken schwieriger.

11.

Obwohl ich im und ums Haus herum nichts mehr tat, weder Holz schlug im Wald noch Holz hackte, um es unterm Vordach als schöne Mauer anzulegen, die leeren Flaschen fuhr ich zum Container. Die meisten davon hatte ich doch auch leer getrunken. Es war längst dunkel. Ich beleuchtete den Container so, daß ich jede Flasche nach ihrer Farbe einwerfen konnte. Plötzlich schrie einer aus dem Dunkel, ob ich nicht lesen könne. Dann stand er schon am Auto, notierte die Nummer. Er werde mich anzeigen. Am Ende käme ich noch nachts um zwölf, um ihn zu stören. Und ging. Ich fuhr heim, inzwischen war Sebastian da. Das kommt davon, sagte er, wenn man die Zeitung nur durchblättert, um zu sehen, ob was über einen selber drinstehe. Du liest ja sonst nichts mehr, sagte er. Ich: Du weißt, womit das zusammenhängt. Das sei keine Entschuldigung. Ich konnte nicht antworten. Um eine Art Schuldbewußtsein zu zeigen, nahm ich die Zeitung und ging hinauf. Droben saß ich lange, bis ich fähig war, die Zeitung, die ich, sobald ich allein im Zimmer war, weggelegt hatte, wieder in die Hand zu nehmen. Ich spürte einen deutlichen Ekel gegen alles, was in einer Zeitung stehen konnte. Selbst über meinen Fall hätte ich jetzt nichts lesen können. Der Mann, der mich angebrüllt hatte, hatte mich erleben lassen, wie elend ich mich fühlte. Es ging auf den Sieg zu. Die nächste Station meines Weges hieß TRIUMPH. Aber ich war offenbar so schwach inzwischen, daß nicht einmal der greifbar nahe Sieg mich noch beleben konnte. Ich drehte die Zeitung um. Todesanzeigen. Das war das einzige, was ich lesen konnte. Gleich die erste Anzeige war überschrieben: *Wir haben unser Liebstes verloren.* Wenigstens diesen Verlust, dachte ich, würde ich niemandem zufügen. Ich trank meinen täglichen Rotwein und wußte, daß jetzt jede Flasche Rotwein, die ich öffnete, von dem Gebrüll dieses Mannes begleitet sein würde. Und wie immer erfuhr ich im Traum, was mich am meisten beschäftigte. Ein Spitzengespräch träumte ich, alle waren da, vom LNDA bis zum alten Jesusknaben, ich trete auf Schmetternich zu, bereite mich vor, ihm die Hand zu geben, sehe aber sofort, daß er mir seine Hand demonstrativ nicht geben würde, also sage ich laut, daß es ja alle hören: Sie kommen mir zuvor, Herr Staatssekretär!

12.

So muß ein neues Jahr, das diese Bezeichnung verdient, beginnen: die angesagte Bereitschaft Schmetternichs, den Fall endlich aus der Welt zu schaffen, das angesagte Wunder, der schriftliche Vollzug dieser angesagten Bereitschaft, der Sieg, der Endsieg, der Triumph, das endgültige Auf- und Ausatmen, und das zum Greifen nah. Dem Beamten Fink fiel am Morgen des entscheidenden Tages die Schale mit dem Milch-und-Haferflocken-Frühstück aus den Händen, als er, um rascher fortzukommen, die Schale noch ganz austrinken wollte. Jetzt mußte er zuerst Tisch und Boden säubern. Aber wie? Wo war der Wischer? Thea, die wieder ihrem früheren Beruf nachging, aber nach mir herunterkam, sollte nicht noch meine Sauerei aufwischen müssen. Und die Jacke war auch hin. Ich kam später weg, als ich wollte. Also mußte gnadenlos gefahren werden. Keinem von denen, die einbiegen wollten, konnte der Beamte Fink höflich das Einbiegen gestatten. Er sang mit mehr Stimme, als er im letzten Jahr gehabt hatte: Le jour de gloire est arrivé. Wie hatte vor Weihnachten der ränkelose Ortsgeistliche gesagt? Nächstes Jahr schaffen wir es!

Natürlich würde die Meldung nicht am frühen Vormittag eintreffen. Am mittleren Nachmittag vielleicht. Wenn Wenck heimwärts fuhr, im Stau steckte, auf Höhe Worms die Schmetternich-Post las, gelesen hatte, dann anrief.

Es dauerte noch zwei quälende Tage lang, aber dann traf die Schmetternichsche Antwort gleich schriftlich ein, als Kopie des Schmetternich-Briefes. Wenck hatte offenbar diese acht Seiten lange Antwort nicht vorlesen wollen. Der Beamte Fink konnte diese acht Seiten nicht nach einander lesen. Zuerst das einleitende, bezugnehmende Blabla. Nach dem ersten Abschnitt von Punkt I konnte der Beamte Fink nicht weiterlesen. Übersprang Seite um Seite, konnte nicht verhindern, daß er solche Satzfetzen mitkriegte: Unrichtig ist ferner Ihre Behauptung ... las den letzten Satz: Die mit der Petition verfolgten Ziele halte ich aus den dargelegten Gründen auch weiterhin für nicht gerechtfertigt. Dann sprang er wieder zurück, las kreuz und quer, fand überhaupt nichts Erträgliches, las

endlich Zeile um Zeile durch und versuchte, seinen Atem kommen und gehen zu lassen.
Thea darf das nicht erfahren: das war seine erste Empfindung. Er konnte jetzt nichts durchdenken, nur reagieren. So wie man auf Schläge reagiert, um sie weniger zu spüren, um ihnen zu entgehen. Instinktiv wußte er, Thea würde das nicht mehr mitmachen. Sie würde schreien, einen Vorwurf herausschreien, den er wiederum nicht ertrüge. Auf jeden Fall: Thea darf das nicht erfahren. Er hatte doch keine Ahnung, wie weit sie inzwischen von ihm weg war. Mit was für Augen sah sie ihn an? Was dachte sie über ihn?
Obwohl alles dem Kundigen Punkt für Punkt als unwahr zerfiel, mußte diese Antwort auf den weniger Kundigen, auf den Unkundigen gar – und das war Thea doch auch – wie ein Gegenangriff wirken, der vom Angriff des Petenten aber auch kein Pünktchen übrigließ. Auf acht Seiten wurden die sechzehn Seiten der Petition zerbröselt, vernichtet. Nichts von dem gesprächsweise in Aussicht gestellten Wunsch, die Sache aus der Welt zu schaffen! Das genaue Gegenteil des von Wenck angesagten Wunders! Die reine Katastrophe! Hatte Wenck Schmetternich vor Weihnachten vollkommen mißverstanden? Der Beamte Fink mußte Franz Karl Moor anrufen, sich gehenlassen, brüllen, dem Freund diesen nichts als schreienden Umschwung und Widerspruch hinrotzen. Franz Karl Moor war ja wieder im Dienst, ein gutes neues Jahr hatte man einander von Büro zu Büro schon gewünscht, die Kreislaufschwäche war vorbei, Franz Karl Moor schwamm wieder jeden Morgen in Frankfurts geheiztem Wasser. Natürlich konnte der Beamte Fink dem Freund nicht so-

fort und zornbebend die neueste Frontmisere hinsagen, es war eingeführt, daß er zuerst fragte: Was macht Aiaia? Oh, sagte Franz Karl Moor mit einer wahrhaft erbärmlichen Stimme. So schlimm, fragte der Beamte Fink. Viel schlimmer, sagte Franz Karl Moor. Obwohl er wisse, daß seinem Aiaia-Projekt nichts so unangemessen sei wie Beendigung, müsse er, schon weil er neuerdings von Schwächeerlebnissen heimgesucht werde, genau das beabsichtigen: Beendigung, Aufhören, Schluß. Er sei gerade dabei, Aiaia zu einer letzten Runde aufzufordern. Aglaia heißt sie da. Und ihrem Mann, einem russisch-jüdischen Arzt, gelingt es, nach dem Zusammenbruch der Sowjetunion als Kontingentflüchtling nach Berlin zu kommen. Aglaia wird ins Einwanderer-Kontingent aufgenommen, weil sie mit einem Juden verheiratet ist. In Moskau hätte er, sagt ihr Mann, ohne Aglaia nicht überlebt. Aglaia hatte sich in jedem Zimmer, in das sie getreten waren, einmal ganz langsam um- und umgedreht, dann war sie auf die Stelle zugegangen, wo die Wanze montiert war. In Berlin gründet Aglaia ein Yoga-Zentrum. Aber immer häufiger sitzt sie dann im Lotussitz vor ihren Schülern im Ballsaal des alten Hotels und rührt sich nicht mehr, sagt nichts mehr, stimmt nicht mehr an das alle und alles zusammenführende Mantra OM, sondern starrt die vor ihr sitzenden Schüler an, sieht keinen und keine, ihr Blick ist aus totem Glas. Erloschen. Das könnte buddhistisch als Errungenschaft gewertet werden. Ihre Assistentin erklärt dann immer, daß heute nichts mehr stattfinde. Alle rollen lautlos ihre Matten ein, und ebenso lautlos verlassen sie den Raum. Weil das immer häufiger passiert, bleiben die Interessenten weg, lassen sich das Kursgeld zurückzah-

len. Die Assistentin übernimmt das Yoga-Zentrum und führt es zum Erfolg. Aglaia bleibt in ihrem Zimmer und wird leichter und leichter. Sie behauptet, sie schwebe. Inmitten ihrer Stimmen schwebe sie. Aglaias einzige Aktivität: sie gibt telephonisch Inserate auf, bewirbt sich als Spülerin, immer unter der Bedingung, daß, wo sie arbeite, eine Spülmaschine abgeschaltet werde. Das scheint ihr Lebenssinnziel zu sein: so zu arbeiten, daß eine Spülmaschine weniger laufe. Aglaias Mann zieht einen Facharzt zu Rate. Der Berliner Kollege traktiert Aglaia mit Psychopharmaka. Vorzüglich mit Haldol. Keine Inserate mehr. Aglaia verstummt. Sagt auch nicht mehr, daß sie schwebe.
Jetzt endlich durfte der Beamte Fink seine Schlachtlage hinsagen. Das tat ich. Aber erst, nachdem ich noch einmal den Namen meiner älteren Schwester Maja ausgesprochen hatte. Immer wenn Franz Karl Moor seine Aiaia ins 20. Jahrhundert lenkte, hatte ich so locker, als meinte ich es nicht ernst, gesagt: Maja wäre auch eine Schluß-Aiaia. Er kannte die Geschichte meiner Schwester, der mit neunzehn das linke Bein abgenommen wurde, daß sie dann den Major heiratete, dem auch das linke Bein fehlte. Aber Franz Karl Moor brauchte Tragödien, die mit Komödien schwanger waren. Also sagte ich nur: Maja ist dir ja nicht lustig genug, ist sie ja auch nicht. Und bat ihn, er möge mir doch jetzt noch vormachen, wie der vorweihnachtlich-mündliche und der nachweihnachtlich-schriftliche Schmetternich unter einen Hut zu kriegen seien. Da lachte Franz Karl Moor noch gelassener. Da sei nirgends ein Widerspruch, nur der verständliche Unterschied zwischen einem Politikpraktikus, der

zur Weihnachtszeit gern den Traritraraa-Friedenstrompeter spielt, und seinem Justitiar, der jahraus, jahrein weiterhäkelt am längst begonnenen Muster. Also? rief der Beamte Fink. Sag's dir doch selber, sagte Franz Karl Moor plötzlich ganz schwach. Offenbar litt er. Das werde ich tun, rief der Beamte Fink und legte auf. Und schämte sich. Nicht einmal gefragt hatte er, wie es dem Freund gehe, ob die Besserung anhalte. Franz Karl Moor hatte ja zum Schluß des Gesprächs richtig aufgeschrien, wenn auch nicht laut. Es war ein Ich-kann-nicht-mehr-Ton. Der Beamte Fink war erschrocken, hatte noch seinen wahrhaft blödsinnigen Satz gerufen und aufgelegt, als habe man ihn beleidigt. Nur an sich hatte er gedacht. Wieder einmal nur an sich. Ja, sagte er vor sich hin. Alles andere wäre Lüge. Und dazu war er schon zu schwach. So entzog er sich wieder einmal der Selbstmißachtung mit ihren unabsehbaren Folgen. Ganz von selbst belebte sich jetzt das Thema: Aufsatz über Ämterpatronage. Das war immer brauchbar, wenn er Franz Karl Moor einen Vorwurf machen wollte. Ohne Franz Karl Moors Ämterpatronage-Aufsatz würde das Broschüreprojekt dahinsiechen. Das mußte der Freund doch auch wissen. Ach, Franz Karl Moor, Freund, sei doch ein bißchen parteiischer!

Der Beamte Fink jaulte und fluchte weiter über diese acht Seiten, auf denen er all das wieder aufgetischt bekam, was er schon für zurückgenommen und aus der Welt geschafft hielt. Er kreiste auf dem Teppich. Die ganze Sauce und Chose noch einmal gurgeln? Zum wievielten Male um- und umwenden? Er wurde durch ein ausgangsloses Labyrinth gejagt, das aus elektrisch geladenen Punkten bestand. Dazuzulernen war nichts. Jede Begegnung konnte sowohl zu milden wie zu scheußlichsten Schlägen führen. Also, keine Bewegung mehr. Ach, Herr Willner, Sie haben es gesagt! Aber wie machte man das: Bewegungslos leben? Innerlich bewegungslos. Gefrieren! Ausklammern alles, was noch an diesen Kampf erinnern konnte. Also sich selbst ausklammern? Ja! Bei dir ist es nämlich nicht mehr auszuhalten, Herr Fink! Blende dich aus! Trenn' dich von mir! Ich ertrage dich nicht mehr! Wirf dich endlich vor den Zug! Ich halte dich nicht zurück! Mein Gott, wenn du wüßtest, wie mir dein Gestank zuwider ist auf dem Klo! Los, Schluß jetzt! Mach schon! Gehen wir!

Der Gestank der anderen ist unerträglich, der eigene ist erträglich: das hatte bis jetzt das Weiterleben ermöglicht. Wenn das nicht mehr galt, blieb nur noch der Zug.

Aber der Beamte Fink kniete noch einmal nieder auf seine Papiere und beantwortete Punkt für Punkt, widerlegte alles. Dann rief er Wenck an. Vielleicht wollte der ja gar nicht mehr. Der Beamte Fink übte das Telephongespräch, bevor er wählte. Lachen, lustig, fröhlich, zynisch, hart: Der Herr Staatssekretär als Unterhaltungskünstler, ha, ha, ha. Nehmen wir's ihm nicht übel, er vermag ja nichts gegen seinen Justitiar, und wer den aus dem provinziellen Nichts in eine Staatskanzlei gehievt hat, wissen wir doch. Den hätte sein Protektor wirklich mitnehmen können in die Kolonien. Nein, Kolonien, das durfte er nur denken. Sagen: In die neuen Bundesländer.

Der Beamte Fink mußte hinausfahren zu seinem Wenck. Natürlich fragte er zuerst, wie sich das Kätzchen befinde. Tot. Ich machte das Gesicht, das meinem Gefühl ent-

sprach. Wenn ich dieses Gesicht nicht gemacht hätte, hätte mein Gesicht dieses Gefühl nicht ausgedrückt. Mein Gesicht ist eher undurchlässig und bedarf der Nachhilfe. Die Nachhilfe empfinde ich dann wiederum als Grimasse. Und der auf Teilnahme wartende andere wahrscheinlich auch. Dann mußte, von halbzwei bis halbsechs um den Gegentext gerungen werden. Sie erarbeiteten einen Textvorschlag für eine Erklärung der Staatskanzlei. Die Erklärung enthielt das Wunder, das Wenck und Schmetternich vor Weihnachten mündlich umkreist hatten. In einem Begleitbrief war nicht von Schmetternichs bösen acht Seiten die Rede, sondern nur vom Harmoniebedürfnis im Dezember. Und die Erklärung sagte, daß die Rehabilitierung uneingeschränkt gelte, berechtigte Kritik an Finks Amtsführung gibt es nicht, Kosten werden erstattet. Wenn nicht, bitte, dann soll am 8. Februar der Petitionsausschuß walten.
Meine Frau sagte: Du schläfst praktisch nicht mehr. Ich sagte: Ich weiß nicht, ob ich es schaffe. Es ist jetzt wirklich so weit, es entscheidet sich, aber wie!?
Der 7. Februar, der Tag vor dem Hauptkampftag, war ein Dienstag. Ich ging nicht mehr essen, holte mir nur noch schnell ein Lachsbrötchen vom Stand, rannte zurück, verzehrte das Brötchen, belauerte das Telephon. Heute die Vorprüfungskommission. Morgen der Petitionsausschuß. Wenn Schmetternich nicht noch die Erklärung unterschrieb. Unterschrieb er, gab es keinen Endkampf. Dann würde der Beamte Fink nur noch auf die Pensionierung warten, dann sich seinem Anwalt anbieten als Spezialist für besondere Fälle. Entlarven, das wäre dann seine Lieblingstätigkeit. Zwanzig vor zwei, Wenck ganz

kurz: Schmetternich unterschreibt nicht, kann das nicht unterschreiben, auf keinen Fall. Wenck zu Schmetternich: Gut, dann geht das morgen in die Sitzung.
Und warum kann er nicht?
Hat er nicht gesagt.
Eine Niederlage mehr. Gleich darauf rief Trauberg an, der unbeirrbare, der aufrechte, der gegen jede Sorte Unrecht unvermindert empfindliche Bürgerrechtskämpfer. Nach einer Minute sagte er: An Ihrer Stimme merk' ich, daß es nicht gut steht. Das alarmierte mich. Sofort belebte ich meine Stimme, das heißt, ich richtete mich auf, holte schnell tief Luft und rief: Telephonieren wir morgen, da geht es mir besser. Diese Zuversicht tat Trauberg gut, das spürte ich. Trauberg rief an, weil von uns erwartet wurde, daß wir am 6. März auf der Jahrestagung des International Council in Heppenheim eine Stiftung gründen würden; die Zuschüsse, die der Bund und die Länder zahlten, reichten nicht mehr aus. Aber das ist eben das Goldstück Trauberg: obwohl das christlich-jüdische Auskommen für ihn das schlechthin Wichtigste ist, ein Interesse, dem alle anderen Interessen überhaupt nicht vergleichbar sind, trotzdem fragt er bei einem solchen Gespräch auch noch nach meinem Fall. Und fragt nicht nur, er will wirklich wissen, wie der Kampf gerade steht. Als ich ihm alle Verluste und Gewinne gemeldet hatte, sagte er: Hüten Sie sich vor Eindimensionalität. Wie er das meine. Er: Sie haben jetzt eine Reihe von Mitstreitern zu Abgefallenen erklärt, sogar zu Überläufern. So verlieren Sie alle, die zu fünfzig, sechzig oder siebzig Prozent zu Ihnen stehen. Ich gestand sofort, daß er da recht habe. Ich bedankte mich. Also sollte ich wieder

nachdenken, ob der allzu anspruchsvolle Böckenförde, der allzu vehemente Gelter und der allzu tadellose Uschkurat wirklich abgefallen seien oder nur zu dreißig, vierzig oder fünfzig Prozent! Ein zermürbendes Geschäft.
Kurz vor fünf meldete sich mein Wenck von der Autobahn. Die vorbereitende Sitzung ist gelaufen, die Stimmung war kein bißchen gegen den Beamten Fink, aber als Wenck gesagt hatte, er werde morgen dafür plädieren, daß die *Bitte um Hilfe in einer beamtenrechtlichen Angelegenheit* Berücksichtigung finde, habe der Ausschuß mehrheitlich gemeint, morgen solle noch nichts entschieden werden.
So die Meldung. Der Beamte Fink schrie ins Telephon: Die Macht zeigt ihre Fratze! Und legte auf.
Und so kam es: Über Sieg oder Niederlage würde erst am 15. März entschieden. Und zwar in Anwesenheit des Ministerpräsidenten oder seines Staatssekretärs. Also erst nach der Wahl. Im Beschlußprotokoll und erst recht im gleich danach vorliegenden Wortprotokoll sah der Beamte Fink, daß sich Wenck und Zieten kompromißlos gezeigt hatten und umsichtig und tapfer. Also eine Niederlage konnte man den Aufschub nicht nennen, nur eine Qual.
Der Beamte Fink kopierte weiter. Anfang März hatte er siebenunddreißig Ordner kopiert. An der Wand über dem neuen Kopiergerät hingen die Bilder von drei früheren Ministerpräsidenten. Den einen konnte er, wann immer er kurz hinaufsah, reaktionslos zur Kenntnis nehmen, beim anderen mußte er jedesmal Arschloch denken, beim dritten aber Drecksack. Natürlich mußte er das Protokoll vom 8. Februar dreißigmal kopieren und ver-

schicken. Und dem Computer eingeben mußte er es auch.
Wenn Schmetternichs Vorzimmerdame ihn im Flur freundlicher grüßte, als er es erwartet hatte, mußte er eine Stunde lang überlegen, ob das für seine Sache etwas Gutes oder etwas Schlimmes bedeute. Und welche Tage waren zu überstehen! Rosenmontag. Die Mutter hatte extra eine Kiste gehabt, in der alles für diesen Tag aufbewahrt wurde. Der Vater hatte keinerlei Karnevalszeug an sich geduldet. Die Kiefer vor dem Haus würde beim nächsten Windstoß aufs Hausdach fallen. Aber der Beamte Fink war im Krieg. Barbara sagte: Papa, wir haben Angst um dich. Der Beamte Fink nahm an allem nur zum Schein teil. Beim Aschermittwoch-Muschelessen verzichtete er auf Muscheln, weil es die Muscheln nur provenzalisch gab, er sie aber nur à la Köln essen konnte, also aß er eine Pizza Dynamito. Das wurde von der Familie wenigstens belacht. Konzentriert war er jetzt auf zwei Schriftstücke, mit denen er Wenck und Zieten ausrüsten wollte für den 15. März, den absoluten Schlußkampftag. Wenck würde ja als Ausschußvorsitzender Fragen beantworten müssen. Also mußte er alles, was passiert war, in der griffigsten Form parat haben. Alles so einfach wie noch nie. Zuerst füllte alles, worauf man nicht verzichten konnte, zwölf Seiten. Er traute sich nicht, die Wenck anzubieten. Dann elf, dann zehn. Auf weniger als zehn Seiten ließ es sich einfach nicht sagen. Hoffentlich würde Wenck nicht ausrufen: Zehn Seiten, wo denken Sie hin! Zieten wollte Fragen stellen, harte, schnelle, peinliche, überraschende Fragen an den dann anwesenden Ministerpräsidenten oder seinen Staatssekretär. Einundzwanzig Fragen. Auch

wenn Zieten die nicht alle abschießen würde, besser, er hatte zuviel Munition als zuwenig. Beide wollten mit ihrem Kampfbedarf erst am Tag der Schlußschlacht versehen werden. Um 9 Uhr 30 im Landtag. Beide behielten sich vor, von dieser Ausrüstung Gebrauch oder nicht Gebrauch zu machen, je nachdem, wie die Schlacht verlaufen würde. Ein paar Punkte gelbte der Beamte Fink ein, um sie so als unverzichtbar zu markieren. Zum Beispiel Punkt 7: Ob die Staatskanzlei auch meine, daß die Rechtsverteidigung des Petenten fast unmöglich gemacht worden sei durch die jahrelange Weigerung des Staates und der Kirchen, sich zu den angeblichen Beschwerden zu äußern, und ob dadurch nicht ein Menschenrecht verletzt worden sei.

Noch einmal hätte ich einen gebraucht, dem ich die Entwürfe vorlesen konnte. Franz Karl Moors Urteil über die letzten Fassungen, wie sie Ende Februar vorlagen: der Staatssekretär werde nachgeben. Wenn ich mich auf etwas Überraschendes gefaßt machen müsse, dann darauf, daß der Kampf erstaunlich kurz und klein sein und vom Gegner mit irgend einem höchst konventionellen Schlenker aus der Welt geschafft werde. Dieser Franz Moor! Oder war er immer noch leidend? Wollte seine Ruhe? Er machte jetzt bei jedem Kontakt noch klarer, daß der Kampf gegen jede Form und Farbe eines neuen Faschismus einfach wichtiger sei als der Kampf um die Ehre des Beamten Fink. Das reizte den Beamten Fink. Er mußte den Gegenreiz produzieren, sich weigern, Faschismus überhaupt in die Reihe gegenwärtiger Gefahren aufzunehmen. Wenn Franz Karl Moor fragte, wie es an der Ehrenfront stehe, sagte der Beamte Fink: Und du siehst aus, als hättest du heute schon zwei Faschisten verspeist! Mein Gott! Der Beamte Fink hatte die politische Dummheit und Taktlosigkeit, den Witiko-Bündler Moosbrugger zum Kirchenverbindungsmann zu machen, auch für seinen Kampf ausgenutzt. Er war sich dabei als Opportunist vorgekommen. Wenn Franz Karl Moor den Kampf des Beamten Fink als eine Anekdote bezeichnete, verglichen mit dem Kampf gegen den immer noch aufflackernden Faschismus, fühlte sich der Beamte Fink dazu berechtigt, Franz Karl Moor zu kondolieren, weil bei der Wahl in Niedersachsen die Rechtsextremen keinen Sitz mehr im Landtag errungen hatten. Oh je, da gab's wieder Krach. Mir unverständlichen Krach. Ich hatte doch theatralisch kondoliert, nicht wirklich. Ich habe Franz Karl Moors überwache Bereitschaft, in jedem Kraus- und Knallkopf den immerwährenden Faschisten auferstehen zu sehen, immer verstanden als einen Kampf gegen seinen SS-Offizier-Vater. Er hatte diesen Kampf, als der Vater noch lebte, versäumt – weil er die Mutter schonen wollte – und mußte ihn jetzt nachholen. Verglichen damit war ihm alles Anekdote. Und jetzt, kurz vor der Schlußschlacht, wollte ich mir von Franz Karl Moor keine Bemerkungen einhandeln, in denen mein Kampf ums Überleben als eine eher schrullige Anekdote rangierte. Ich entschied mich dafür, auf jede Äußerung Franz Karl Moors diesmal zu verzichten. Aber wie wiederum das auf mich wirkte, daß ich fürchtete, die Meinung meines einzigen Freundes nicht mehr ertragen zu können!

13.

Dann kam der Anruf von Gundula: Franz Karl Moor liegt im Krankenhaus, Intensivstation. Ich gleich hin, Franz Karl Moor konnte sich nicht mehr rühren. Gefesselt durch Leitungen und Schläuche lag er da. Über ihm ein Bildschirm, auf dem andauernd Linien zuckten. Ich merkte, wie mir Wasser die Augen überschwemmte. Ich mußte dagegen anatmen. Ich wollte nicht heulen. Gundula heulte nicht. Sie hatte wahrscheinlich schon geheult. Obwohl mir einfach elend war, weil Franz Karl Moor so elend dalag, dachte ich doch noch, konnte ich es nicht vermeiden, doch noch zu denken: Wer schreibt mir jetzt den Aufsatz über Ämterpatronage? Wer schreibt mir jetzt die Geschichte meines Kriegs?

Solange wir im Zimmer waren, öffnete Franz Karl Moor die Augen nicht. Gundula drehte sich um und ging. Ich folgte ihr. Ich schaute noch einmal hin zu ihm. Die Bräune war fahl. Das Gesicht sah uralt aus. Das Gesichtsoval rissig, kantig, hart, zerstört. Draußen erzählte Gundula den Vorgang. Sie konnte das, ohne daß man gemerkt hätte, wie sie, was passiert war, empfand. Sie sprach, als hätte sie einen Schnupfen. Wir verabschiedeten uns auf dem Parkplatz. Ich bat sie, mich zu informieren. Als ich zurückfuhr, fragte ich mich, warum Gundula gesagt hatte, es sei passiert, als ihr Mann die BILD-Zeitung gelesen habe. Diese Mitteilung hätte ja noch irgendeinen klischeehaften Sinn ergeben, aber dann fügte sie hinzu, das heiße allerdings nichts, da ihr Mann jede Nacht die BILD-Zeitung gelesen habe. Ja, sagte sie, schau nicht so ungläubig, Franz Karl Moor hat seit mindestens einem

Jahr nichts anderes mehr gelesen als die BILD-Zeitung. Ich hatte den Kopf so energisch geschüttelt, als könne ich dadurch weitere Mitteilungen dieser Art verhindern. Aber sie redete weiter, und zwar so, als sei ihr Mann schon tot und sie sage sich nun Texte vor, die ihr helfen könnten, den Verlust erträglicher zu machen. So kam es mir vor.
Und am nächsten Morgen rief sie an, Franz Karl Moor sei gestorben. Ich rief Nein ins Telephon. Aber sie hängte auf. Lieber Franz Karl Moor, dachte ich und konnte nicht weiterdenken. Mir fiel ein, daß ich, um einen Kollegen vom Faxgerät abzulenken, einfach angefangen hatte, über Beerdigungskosten zu reden. Ersetzt die Krankenversicherung die Beerdigungskosten oder nicht, darüber hatte ich gesprochen. Ich wollte Franz Karl Moor vorwerfen, daß er gerade jetzt gestorben war. Kurz vor der alles entscheidenden Schlacht stirbt er! Mein Schmerz kam vielleicht daher, daß mich Franz Karl Moor um meinen Sieg gebracht hatte. Was ihn anging, stimmte das. Er hatte sich dem jour de la gloire entzogen. Ich wußte, daß er, wenn er meine Gedanken verfolgen könnte, trocken lachen würde. Dieses aus höchstens drei oder vier Silben bestehende Lachen. Er war mir gegenüber immer überheblich gewesen. Gönnerhaft. Ich hatte nie versucht, ihm ein anderes Verhältnis abzuverlangen. Ich war seiner Sympathie sicher. Sollte er mich unterschätzen, bitte. Eines Tages würde er das einsehen. Vielleicht dachte er auch ganz anders über mich, und es war nur seine ungeheure Selbstsicherheit, die auf mich, den ewig mit sich und gegen sich Streitenden, wirkte, als müsse er sich zu mir herablassen. Aber seine Sympathie! Seine Freundschaft, die

er pathetisch beteuerte! Er hat mich doch geliebt. Mehr als ich ihn? Glaube ich nicht. So arm wie durch diesen Tod bin ich noch nie gewesen. Vor ihm durfte ich brüllen, stottern, jammern. Schlechterdings keinen und keine hatte ich jetzt zum Brüllen, Stottern, Jammern. Die Familie war längst erschöpft, litt ratlos. Und sonst? Durfte man das, einen Freund betrauern nur nach dem, was man durch seinen Tod verlor? Betrauerte man da nicht den Schaden, der einem durch diesen Tod entstanden war, nicht aber den Freund?

So kreiste ich auf dem Teppich, bis ich müde war.

Als ich es Thea sagte, sagte sie: Ach. Und dabei berührte sie mich am Oberarm und nahm ihre Hand erst weg, als sie auch noch gesagt hatte: Das tut mir leid. In ihrer immer vollkommen genauen Art zu empfinden, hatte sie so zum Ausdruck gebracht, daß ich etwas verloren hatte, sie nicht. Sie hatte mir kondoliert. Weil ich das in diesem Augenblick so eindeutig nicht ertrug, habe ich sie wohl vorwurfsvoll angesehen. Also sagte sie und berührte mich dabei noch einmal: Er war mit dir befreundet, nicht mit uns. Das war mir neu. So klar war mir das auf jeden Fall nie geworden. Sie könne es nicht begründen, das sei eben, was sie empfinde. Mir fiel ein, daß Franz Karl Moor einmal in seinem heiter gefederten Ton gesagt hatte, er finde den Dialekt, den meine Frau pflege, sehr komisch. Das klang so, als müsse ich den Dialekt meiner Frau auch sehr komisch finden. Vor allem, daß er nicht gesagt hatte, sie spreche einen Dialekt, sondern sie pflege ihn. Ich finde den pfälzischen Dialektklang, der Theas Sprache färbt, anheimelnd. Alle Laute sind ein bißchen gewölbt, nur ein bißchen, und in der Folge ergibt das fast

eine Melodie. Es stimmt, meine Frau singt ein bißchen, wenn sie spricht. Aber erstens hat sie eine geradezu innige Sopranstimme, zweitens ist sie das Gegenteil von laut. Das ist eben nicht nur leise, sondern, ich kann es nicht anders sagen, innig. Als Franz Karl Moor diese kritische Bemerkung gemacht hatte, war es mir heiß und kalt den Rücken hinuntergelaufen. Distanz. Er maß in diesem Augenblick meine Frau wie ein Viehtaxator, fand einen unbehebbaren Mangel und lud mich ein, das zuzugeben, Konsequenzen zu ziehen. Was er, wenn ich nicht sofort aus diesem Thema geflohen wäre, noch zu bemängeln gehabt hätte an meiner Frau, wollte ich nicht wissen. Tatsächlich war er mir zum nächsten Thema nicht gefolgt, ohne noch hinzuzufügen: Ich sage das nur wegen deiner Kinder. Und gemeint hatte er offenbar, daß ich die Kinder vor dem Dialekt meiner Frau schützen sollte. Was einem Freund, der es gut meint mit einem, alles einfallen kann! Er sorgt sich um die Muttersprache unserer Kinder! Gundula und er hatten keine Kinder. Man weiß ja doch nie, von wem sie sind, hatte Franz Karl Moor einmal gesagt. Ach, Franz Karl Moor.
Dann die schwarzgerandete Drucksache. Beerdigung am 3. März. Er war alles, was wir hatten, stand da. Unterschrieben, im Namen der Familie, von Beatrice Moor. Seiner Schwester. Der Prinzessin. Franz Karl Moor hatte von seiner Schwester nie anders als von der Prinzessin gesprochen. Die hatte den toten Bruder offenbar zurückerobert. Gundula hatte verzichtet. Oder sie war vor Schmerz unfähig zu handeln ... Oder ... Aber da rief Gundula schon an. Zum ersten Mal nicht mit dieser ehern ruhigen Gleichmutsstimme; für ihre Verhältnisse

klang sie geradezu aufgewühlt. Ob ich heute noch kommen könne.
Auf dem Weg ins Frankfurter Westend fiel mir, ich wußte nicht warum, Franz Karl Moors Satz ein, er sei zu einer fürchterlichen Diskretion gezwungen.
Das dreistöckige Haus, das Franz Karl Moor gefunden und Herr Allweiler bezahlt hatte, sah aus wie die moderne Version einer mittelmeerischen Villa, die sich zur Straße hin vor allem verschlossen zeigen will. Ein vollkommener Würfel auch. Da, wo man das Parterre vermutet, gar keine Fenster, dafür links und rechts der schwarzen, von einem mäandrischen Eisenband gepanzerten Tür, je fünf Bullaugen. Runde Löcher, verglast und vergittert. Über der Tür wurde jedes Stockwerk durch ein sehr hohes, aber sehr schmales Farbfenster markiert. Die beträchtliche Frontfläche, die so zustande kam, war aber alles andere als langweilig oder öde; sie lebte dadurch, daß sie zeigte, aus welchem Stein dieses Haus gebaut war. Ein zwischen rötlichen und gelblichen Tönen hin- und herspielender Stein. Aber ganz glatt. Keine Spur von Quader. Auf jeden Fall wirkte das Haus elegant, städtisch, antirustikal. Das Dach erinnerte an die Toskana.
Gundula schimmerte in Türkis. Wie eine Trauernde wirkte sie nicht. Aber unruhig, fassungslos, empört, aufbegehrend. Sie ging mir voran. In das Zimmer mit Harfe und Hengst. So hatte es Franz Karl Moor genannt, weil an einer der blaßviolett lackierten Wände das riesige Ölbild eines Arabervollbluts hing. Weil man, wenn man eintrat, vor sich, zwischen den beiden Fenstern zum Garten hin, die Harfe hatte. An der Wand rechts hing ein of-

fenbar vom selben Maler gemaltes Porträt des Vaters. Da war er vielleicht sechzig, schon auf dem Arabientrip, eine Mischung zwischen Kara ben Nemsi und Lawrence. Das hatte Franz Karl Moor nicht erwähnt. Man konnte oder mußte sich entscheiden: geradeaus zur Harfe, links zum Hengst, rechts zu Fritz Allweiler. Unter ihm das Spinett. Und wahrscheinlich haargenau im Schnittpunkt der Raumdiagonalen und Seitenhalbierenden ein quadratisches Tischchen, zwei schmachtend angezogene Sesselchen und ein blaßrosarotes musterloses Kleinsofa.

Ich wandte mich unwillkürlich dem Vollblutbild zu. Hengst Khazzan, sagte Gundula. Schau ihm ruhig in die Augen, sagte sie, es wird dir guttun. Das klang beschwörend oder vielleicht sogar befehlend. Ein Schimmelvollblut. Hengst Khazzan schaute mit schwarzen Augen über seine ebenso schwarzen Nüstern aus dem Bild heraus, aber deutlich am Betrachter vorbei. So weit zur Seite, um diesem Blick zu begegnen, konnte man doch gar nicht gehen! Angeführt wird diese Kopfbewegung von den fast zu großen, zu schwarzen Nüstern. Und über dem Kopf lodern zwei hochschlanke Ohren. Und zwischen diesen Ohren hängt ein Haarschopf bis übers linke Auge. Könnte Khazzan der Hochmütige heißen, dieser Hengst. Durchaus dazu passend, daß das, was auf dem silbern gleißenden Rahmen auf einem Schild über das Pferd mitgeteilt wurde, in arabischer Schrift geschrieben war. Ich neigte mich kurz zu Hengst Khazzan hin, wollte mich umdrehen zu Herrn Allweiler, aber Gundula hielt mich per Text noch vor dem Hengst fest. Ohne Inzucht kein Vollblut, sagte sie. Durfte ich mich jetzt Herrn Allweiler zuwenden? Nein, sie psalmodierte den Beleg für das Inzuchtistgleichvollblutgesetz: Sein Vater ist Kasr El Nil, seine Mutter Nafteta, er läuft wie ein Strauß, sein Hemd fühlt sich weich an, seines Vaters Vater ist Bint El Nil, die Mutter der Mutter ist Bint Kateefa, er hatte immer Gras in Fülle, ebenso Körner und das lebendige Wasser, je enger verwandt die zur Paarung Kommenden, um so wertvoller der Bestand.

Jetzt durfte ich mich zu Herrn Allweiler umdrehen. Der sah nicht an einem vorbei, sondern schaute über einen weg. Man müßte auf eine Leiter steigen, wollte man seinem Blick begegnen. Gundula sagte: Sheik Abdul Fritz Allweiler. Ich verneigte mich und sagte: Sehr erfreut. Gundula sagte in einem seltsam dunklen Ton: Du bist willkommen wie der Schmerz, der vergeht.

Wir nahmen Platz. Gundula auf dem Zartsofa, ich auf einem der beiden Schmachtsesselchen. Eine Wienerin, mit der Gundula unvermindertes Wienerisch redete, die auch eine Freundin hätte sein können, servierte den Tee. Ich dachte an Franz Karl Moors Dialektphobie. Und als Gundula sich mir voll zuwandte, vom Wienerischen wieder zurückgeschaltet hatte ins Allgemeindeutsche, fiel mir, zum ersten Mal, auf, daß sie in ihrer Sprache einen alemannischen Anklang beherbergte. Herr Allweiler stammte ja aus Weil am Rhein, das als ein Vorzimmer Basels gelten kann.

Eigentlich redete Gundula auf mich ein. Diese Aufgeregtheit und Vehemenz mag den Herkunftston mehr als sonst heraufgebracht haben. Sie redete, wie man redet, wenn man fürchtet, der andere wolle, was man sagt, so ausführlich gar nicht wissen, also wird man hastig und bringt alles durcheinander und strapaziert den Zuhörer viel mehr, als wenn man sich Zeit gelassen hätte. Das kannte ich. Gundula war mir nie näher als in diesen drei Stunden, in denen sie nachtrug, was ich als Franz Karl Moors Freund nicht oder nicht genügend zur Kenntnis genommen hatte. Die von Franz Karl Moor immer Prinzessin genannte Schwester und der Verleger haben den Kampf gegen die Witwe eröffnet. Alles, was Franz Karl Moor auf Papier oder Diskette hinterlassen habe, sei am Tag nach seinem Tod von einem Überfallkommando abgeholt worden. Die Männer hätten eine Verfügung vorgezeigt, unterschrieben vom Verstorbenen, besagend, daß jetzt nur noch die Prinzessin und der Verleger über das Werk zu verfügen hätten. Franz Karl Moor habe oft genug gesagt, ein Lebenswerk, das nicht einem wahrhaft besonnenen Verleger anvertraut sei, werde das Opfer schwerreicher Vandalen oder verzweifelter Müßiggänger. Da sie nicht abhängig sei von Honoraren, habe ihr diese Vorsorge eingeleuchtet. Jetzt aber habe der Verleger die Beerdigung organisiert, zusammen mit der Schwägerin, der sie verhaßt sei. In Steinau werde er begraben. Gundula hatte für sich und Franz Karl Moor schon eine Grabstelle in Weil am Rhein gekauft. Neben dem Grab ihrer Mutter, das auch das Grab ihres Vaters sein würde. Ich fing gleich an, Steinau zu loben. Die Brüder Grimm-Stadt, bitte! Für einen Autor nicht die schlechteste Schlußstation, liebe Gundula. Ja, ja, rief sie, sprang auf und ging heftig zwischen Hengst und Sheik hin und her. Der Verleger und die Schwägerin hätten sie, die Frau, ausgeschlossen. Das komme einer posthumen Scheidung gleich. Alles dem erst noch zu veröffentlichenden Le-

benswerk zuliebe, also Aiaia zuliebe. Sie habe Grund zu vermuten, auf diesen Papieren sei so viel Böses gegen sie und ihren Vater enthalten, daß Franz Karl Moor, seine Schwester und der Verleger sie schon vor der Veröffentlichung zur zänkischen Witwe machen wollten, deren Einsprüche dann keinerlei Sittlichkeit oder Rechtswürdigkeit beanspruchen könnten. Täglich werde sie, seit ihr Mann tot sei, mit neuen Gemeinheiten konfrontiert. Der Verleger und die Schwägerin wollten sie so zu Äußerungen, vielleicht sogar Handlungen provozieren, die nachher in der unvermeidlichen gerichtlichen Auseinandersetzung gegen sie verwendet werden könnten. Das Klischee, auf das man sie trimmen wolle: die zänkische Witwe, die keine Ahnung habe, die in all ihrer eifersüchtigen Unbedarftheit ein großes Werk der Literatur durch kleinlichst private Empfindlichkeit am Erscheinen verhindern, wenn nicht gar in empfindungsloser Rachsucht ein für alle Male zerstören wolle.
Gundulas Haut phosphoreszierte geradezu an diesem dunklen Nachmittag in dem hohen Raum mit den blaßvioletten Lacktapeten. Von mir wolle sie Beistand, falls in *Aiaia* der Kunstvorbehalt schamlos dazu ausgenützt werden sollte, sie und ihren Vater als Monstren erscheinen zu lassen. Sie verehre ihren Vater, ja, sie verehre ihn, weil er es vom Zimmermannslehrling zum Schiffsbauer und Reeder gebracht habe. Und ein gottbegnadeter Pferdevater sei er auch. Die Legende von der Brutalität ihres Vaters, der sich jetzt, neunundachtzigjährig, ganz zwischen seine Pferde zurückgezogen habe, sei Franz Karl Moor-Phantasie, der Menschen nur unter sich, nicht neben sich ertrug. Wer sich ihm nicht unterwarf, den ver-

suchte er herunterzumachen. Ihr könne es, nach allem, was sie mit Franz Karl Moor durchgemacht habe, gleichgültig sein, wie er sie in *Aiaia* niedermache – und daß er sie in diesen *Aiaia*-Geschichten niedermache, ahne sie, wisse sie, ohne eine Zeile gelesen zu haben –, also sie nähme das ja hin, sie könne unterscheiden zwischen Wirklichkeit und Dichtung, ihr Mann habe sich nun einmal, ohne andere zu schmähen, in keine Bewegung bringen können, aber ihr Vater würde es, sähe er sich in aller Öffentlichkeit bösartig dargestellt, nicht ertragen. Er würde zugrunde gehen daran. Er sei nämlich, im Gegensatz zu Franz Karl Moor, ein nahezu schutzlos zarter Mensch. Daraus, daß er so ungeheuer viel gearbeitet und geschaffen habe, könne nur ein bornierter Literat den Schluß ziehen, es müsse sich um einen Menschenschinder nach frühkapitalistischem Klischee handeln. Wozu ihr Mann, wenn es um sein Werk ging, imstande war, könne ja jeder an seiner Frankfurter Karriere sehen. Systematisch habe er dieses Terrain erobert. Eine Straße nach der anderen. Einen Namen nach dem anderen. Als sie, weil er es wollte, hierherzogen, kannten sie niemanden, und niemand kannte sie. Jetzt sei Franz Karl Moor eine literarische Größe, ein rundum bekannter Geheimtip, einer, der sich, bevor er auch nur eine Zeile seines Werks preisgegeben habe, auf das schärfste und unmißverständlichste eingeprägt habe als der Eigenwilligste, Kompromißloseste, auf nichts als auf Dichtung Versessene. Zum Beispiel sei er hier jeden Morgen ins Hausener Bad gefahren, um mit den Leuten, auf die es ankomme, hin- und herzuschwimmen, um dazuzugehören. Dieses Dazugehörenwollen habe ihn krank gemacht und umgebracht. Eine seiner Nebensorgen auf diesem Karrierekriegspfad sei gewesen, nicht für einen Parteigänger seines Freundes Stefan Fink gehalten zu werden. Deshalb habe er jedem, der ihn dafür hätte halten können, hektisch hingesagt, daß ihn mit Stefan Fink zwar eine angejahrte Frühfreundschaft verbinde, daß er aber dessen gigantomanen Kleinbürgerkrieg zum Schmunzeln finde. Er gab sogar Finks Gegnern guten Rat, wie man diese lästige Dauerbataille am ehesten beenden könne. Der letzte Ratschlag, den sie mitgekriegt habe, bei einem Telephonat mit dem jetzigen Staatssekretär: Hängt ihm das Leuschner-Blech um, dazu ein Scheck von siebentausendneunhundertneunundneunzig, und ihr habt ein für alle Mal Ruh'. Franz Karl Moor habe den Fall Fink immer als etwas behandelt, wovon man sich den Abend nicht verderben lassen dürfe.

Gundula schlug mir vor, die Beerdigung demonstrativ zu meiden. Das sagte ich jetzt sofort zu. Aber ich dachte auch: Hoffentlich merkt's jemand.

Dann sagte sie: Tschüs. Das schaffte ich wieder einmal nicht. Ich sagte: Auf Wiedersehen, Gundula. Und ich dachte: Adieu, Harfe, Hengst und Sheik Fritz. Und unter der Tür sagte ich: Wir müssen noch viel reden miteinander, Gundula.

Mir war, als habe das ihre weiße Haut noch einmal zum Leuchten gebracht. Näher als ihr konnte ich mich jetzt niemandem fühlen. Zurück in den Dienst. Ins leere Gebäude. Auf dem Teppich kreisen. Jetzt hätte ich gern geraucht. Wenn Pfarrer Gelter im Zimmer gewesen wäre, hätte ich ihn um eines seiner kunstwerkhaft edlen Zigarillos gebeten und dann wie wild daran gezogen und gesogen. Mit Fluchen und Verfluchen war das nicht mehr zu machen. Konnte das wahr sein? Das durfte nicht wahr sein. Das konnte nicht wahr sein. Das war nicht wahr. Aber was war es dann? Sollte es wahr sein, so war es doch unvorstellbar. Niemals wirst du dir das vorstellen können. Tatsächlich, wörtlich, wirklich. Niemals. Ich hätte Gundula, als sie die Karriere in Frankfurt andeutete, gern gefragt, mit welchen Namen die gepflastert war. Gundula mußte mir die andere Seite erschließen. Bis ich diese Sorte Frankfurt kennen würde wie die Wiesbadener Amtswelt. Einfach zur Absicherung eines Frontabschnitts. Wenn es noch eine Front gab. Unter solchen Umständen.

Daheim kein Wort. Es war unvorstellbar, wie die Familie reagieren würde, wenn sie erführe, Franz Karl Moor ist ... ein ... Verräter. Das ist er aus den begreiflichsten Gründen. Spätberufener Dichter. Der übliche Ehrgeiz hoch zehn. Er hat es nicht gegen mich gemeint, sondern für sich getan ... Ist aber auch der größte Befreiungsschlag überhaupt. So frei warst du noch nie, Stefan Fink. In deinem ganzen Leben noch nie. Genieße, bitte, diese vollkommene Freiheit!

Öfter erfuhr ich durch Träume über meinen Zustand mehr über mich, als ich am Tag wissen wollte. In der Nacht nach Gundulas Andeutungen erschien mir der LNDA im Traum. Er war viel dicker als in Wirklichkeit. Fleischiger, schwabbeliger. Er zog nämlich sein Hemd aus, warf es großzügig weg, reichte mir die Hand, berührte mich, wie Adam in dem Bild *Die Erschaffung des Menschen* von Gott berührt wird. Ich dachte: Gegen diesen Mann kommst du nicht an. Du willst kämpfen gegen diesen Mann. Du hast ein Messer in der Hand. Stich! Stich doch! Aber ich konnte nicht hineinstechen in dieses wabbelige weiße Fleisch. Und er drehte sich zum Spinett, schlug einen grellen Ton an, der mir durch und durch ging und mich weckte. Da lag ich verschwitzt, atemlos, ängstlich. Ich schlich ins Arbeitszimmer, holte aus dem Ordner die Listen der Abgefallenen, Feiglinge, Verräter, holte alles, was da abgeheftet war, zerriß es zu kleinsten Fetzen und spülte die im Klo hinab und aus dem Haus. Und dabei entschuldigte ich mich bei all diesen harmlosen Menschen, die ich für Abgefallene, Feiglinge und Verräter gehalten hatte, weil ich keine Ahnung gehabt hatte von dem, was diesen Namen verdient: Verrat.

14.

Der 14. März war ein Dienstag. Kabinettstag. Der Beamte Fink stand am Dienstag immer hinterm Vorhang und beobachtete von seinem Parterrezimmer aus, wie die Minister vorfuhren und ausstiegen, wie sich ein zum Minister aufgestiegener Arbeitersohn von seinem Fahrer in den Blazer helfen ließ. Vom Kabinettsaal, auch im Parterre, drangen dann die Stimmen zu ihm. Er ging faxen. Sein Wenck wollte den Leitfaden für den Hauptkampftag doch schon vierundzwanzig Stunden früher haben. Auf dem Rückweg ins Büro rief ihm der Kollege Voxpop zu: Wenn es so weiterschneit, fällt der morgige Tag aus. Und lachte. Der Beamte Fink verstand sofort, daß das hieß: Dann fällt Ihre Petition aus, hat doch sowieso keinen Sinn mehr, jetzt geben Sie doch endlich einmal nach, neh-

men Sie Vernunft an, Mensch. Und weil er es so verstand, konnte er nicht geistreich oder schlagfertig antworten. Er war ohnehin erschrocken, weil Voxpop zum ersten Mal in fünfundzwanzig Jahren braun gebrannt war. Der hatte also auch eine Insel entdeckt. Immer häufiger kam das jetzt vor, daß Beamte zu jeder Jahreszeit braun gebrannt daherkamen. Franz Karl Moor war Avantgarde gewesen. Seine Bräune hatte schon fast nichts Äußerliches mehr gehabt. Odysseus war eben braun. Aber Voxpop? Der sah doch schon eher komisch aus so braun. Oder gönnte man's ihm einfach nicht, daß er jetzt auch eine Insel hatte? Wahrscheinlich ließen die sich jetzt, einer nach dem anderen, braun brennen, um mich ununterbrochen an Franz Karl Moor zu erinnern.
Der Beamte Fink zog die Tür zu seinem Büro hinter sich zu. Wer nicht bei offener Tür arbeitete, galt als Sonderling. Darauf kam es auch nicht mehr an. Dann schob er sich Ohropax in die Ohren und arbeitete an den fünf Presseerklärungen, jede in zwei Fassungen, für den Fall des Sieges und für den Fall der Niederlage. In beiden Fällen mußte er versuchen, die Studenten, die Freireligiösen, seinen Anwalt und Wenck und Zieten durch Entwürfe so zu lenken, daß Sieg oder Niederlage in seinem Sinn bekanntgemacht würden. Artemis rief an. Sie hatte gerade ihre Hausarbeit zurückgekriegt: Note eins. Und kritisierte gleich noch die letzten Flugblätter des Bert W. Schallmann. Überhaupt die krassen Aktionen der Studenten zu Finks Gunsten. Die konnten ihm, meinte sie, nur schaden. Er nahm's zur Kenntnis. Gratulierte ihr, durch ihre Kritik ein wenig getrübt, zur Note. Es gab wahrscheinlich inzwischen keinen einzigen Menschen

mehr in dieser Welt, der an ihm nichts auszusetzen hatte. Das macht müde.
Sollte er all diese Presseerklärungen überhaupt noch zur Gänze herauswürgen? Wahrscheinlich würde er auch am Tag des Jüngsten Gerichts, was über ihn gesagt werden sollte, selber ausarbeiten müssen. Franz Karl Moor hatte es hinter sich. Nichts als Neid empfand er, wenn er an den Toten dachte. Wie der dalag. Das Gesicht hatte das ganze technische Brimborium widerlegt. Das Gesicht war schon fort. Zerstört, aber erlöst. Dieses Gesicht war hinaus über diese lächerliche Dauerüberanstrengung, von jedem, der einen anschaute, verstanden und auch noch gebilligt zu werden. So weit muß man es bringen. Der Beamte Fink hatte das Gefühl, morgen werde er auch fort sein. Ab morgen. Er wußte nur noch nicht, wie. Eigentlich hätte er nach dem Gespräch mit Gundula die Petition sofort zurückziehen sollen. Franz Karl Moor ... ein Überläufer und Verräter. Immer noch unvorstellbar. Immer noch das Hundsgemeinste überhaupt. Immer noch ... Er merkte, daß er am liebsten an Gundula dachte. Die leuchtend Helle, Fastrothaarige, Großhändige, Schwerlippige, Rundäugige. Die Harfenspielerin. Für Khazzan, den Hochmütigen. Es gab niemanden, dessen Schicksal dem seinen verwandter sein konnte. Sie sah einer Entblößung und Diffamierung entgegen, gegen die sie noch weniger tun konnte als er gegen seine Diffamierung. In noch einer Hinsicht waren ihre Schicksale eng parallel. Sie würde nirgends Gehör finden, weil alles, was in *Aiaia* gegen sie zu lesen sein würde, Kunst war, Literatur war, vielleicht sogar gute Literatur, auf jeden Fall beifälligst aufgenommene, also aktuell erfolgreiche Litera-

tur. Da sollte die zänkische Witwe mal ganz schön den Mund halten. Sie würde keine Chance haben. Keine Chance da, wo Recht, Anstand, Sitte, Kultur gelten. Wie sagt der große, alle anderen moralisch und intellektuell überragende Böckenförde? Wenn es denn anständig nicht geht, dann geht's eben nicht. Abgelehnt, dachte der Beamte Fink jedesmal, wenn dieser Satz in ihm erschien. Anstand muß man sich leisten können, basta.
Am liebsten hätte der Beamte Fink an diesem letzten Tag vor der letzten Schlacht ununterbrochen mit Gundula telephoniert. Oder wäre mit ihr nach Koblenz gefahren, in Koblenz unter höchsten Bäumen am Rhein entlangspaziert. Gundula hatte angedeutet, daß sie, wenn es hier im Frankfurter Westend nicht mehr auszuhalten sei, nach Koblenz fliehen werde. Sie hatte dort eine kleine Wohnung. Er mit ihr fliehen, das wär's. Fliehen, du?! Mein Gott, heute vor einer Woche, am 7. März, warst du noch in Heppenheim beim Festdinner gesessen, zwischen Professor Trauberg und Dr. Riegner aus Genf, dem Mann, der als Vertreter des Jüdischen Weltkongresses Roosevelt und Churchill den ersten Bericht über Auschwitz zugeleitet hatte.
Als die Damen und Herren des Kabinetts in ihren Panzerwagen abgefahren waren und es auf dem Hof dunkel genug war, packte der Beamte Fink vier Leitzordner in seine legendäre Tasche, trug sie zu seinem Auto und verstaute die Ordner im Kofferraum. Zweiundzwanzigmal ging er so, bis alle Ordner im Kofferraum waren. Er wußte nicht, warum das jetzt sein mußte. Es mußte aber sein. Er mußte diese Dokumente seines Kampfes jetzt bei sich haben. Heute nacht. Und morgen. Er hielt es jetzt

für möglich, daß er von einer Sekunde zur nächsten etwas tun könnte, was dann nicht mehr rückgängig zu machen sein würde. Er konnte die Ordner, wenn morgen alles halbwegs erträglich verlaufen war, wieder hinuntertransportieren ins Amt.
Daheim wurde er an diesem Abend mit einer geradezu vernichtenden Behutsamkeit behandelt. Wenn das nötig war, stand es schlimm. Dann war er ohnehin verloren. Gegen diese pflegliche Behandlung – in den Heimen, zu denen er den jeweiligen Ministerpräsidenten immer vor Weihnachten begleiten mußte, nannte man das Pflegestufe 4 – half nur ein glatter, unanzweifelbarer, endgültiger Sieg. Morgen!
In der Nacht vom 14. zum 15. März schneite es. Der Beamte Fink wachte kurz vor drei Uhr auf und konnte dann nicht mehr einschlafen. Um sieben verließ er das Haus ohne Frühstück. Die Straße nach Wiesbaden führte ja zuerst über die 500 Meter hohe Eiserne Hand. Für hiesige Verhältnisse ein Paß. Der konnte jetzt doch verschneit sein. Um halb zehn mußte der Beamte Fink im Landtag sein. Er war um 9 Uhr 15 dort. Der Pförtner aus der Westeifel grüßte wie immer und viel zu laut: Guten Morgen, Herr Bischof.
Er vermied den Aufzug, die Cafeteria, rannte die drei Treppen hinauf, Zieten war noch nicht da. Ein Bote: Es schneie so fürchterlich, ob der Herr Abgeordnete überhaupt durchkomme, sei noch gar nicht sicher. Aber als der Beamte Fink zur Treppe zurückging, kam ihm sein Zieten vom Aufzug her entgegen. Die Fragen wurden übergeben, Zieten war gut gelaunt; daß er jetzt die Fragen vor der Ausschußsitzung nicht mehr durchlesen

konnte, auch diagonal nicht mehr, stört ihn kein bißchen. Er werde die Fragen einfach ablesen, das sei erlaubt, kein Problem. Der Beamte Fink rief ihm nach: Hart bleiben! Und hoffte, der Davoneilende habe diesen krächzenden Zuruf nicht mehr verstanden. Er mied den Aufzug, nahm die Treppe. Als er den Zuruf des Pförtners aus der Westeifel kassiert hatte, dachte er an Franz Karl Moors Dialektphobie. Und er hatte, ohne daß er wußte, warum, das Gefühl, er sei in diesem Gebäude zum letzten Mal gewesen.

Von der Bude holte er sich ein Lachsbrötchen, setzte sich in seinem Zimmer auf das blaue Sofa und verzehrte sein Brötchen. Dann schrieb er einen kurzen Brief an seine Frau. Sie sollte aus diesen wenigen Zeilen alle Liebe spüren, die er im Augenblick empfand. Es war jene Liebe, die man nur empfindet, wenn man gar keinen Menschen mehr hat außer dem, an den man jetzt schreibt. So war ihm zumute. An Gundula hätte er so nicht schreiben können. Verglichen mit seiner Frau war sie ein Wolkengebilde, reine Spekulation, nichts als ein Ausdruck seiner Bedürftigkeit. Seine Frau aber war, das empfand er jetzt, die reine Verläßlichkeit. Das heißt: der einzige Mensch, der für das, was jetzt getan werden mußte, Verständnis haben würde. Vielleicht. Ganz sicher war er nicht. Das Franz Karl Moor-Evangelium! Je mehr du vertraust, desto krasser wirst du getäuscht. Franz Karl Moor kam nicht vor in diesem Brief, aber der Beamte Fink schrieb den Brief nicht nur an seine Frau, sondern auch gegen Franz Karl Moor. Es war ein Weiche-Satan-Brief. Genaueres später. Zuerst heraus aus dem unwirtlichen Schatten des lächelnden Heiden. Der Frau treubrav ver-

sprechen, du wirst dich melden. Du habest jetzt feststellen können, dich vor den Zug zu werfen sei dir nicht möglich, also bleibe nur die Flucht. So diktierte ich dem Beamten Fink einen Versuch in Herzlichkeit.
Die Sekretärin hatte beim Händedruck sofort Tränen in den Augen. Nein, nein, sagte der Beamte Fink, keine Sorge, ich gehe zwar für immer, aber nicht aus der Welt. Sie werden von mir hören. Und dem Personalbüro sagen Sie's auch, daß ich von jetzt an fehle. Sagen Sie: Der Beamte Fink tritt vorzeitig in den Ruhestand. Die Amaryllis nahm er mit, klemmte sie im Kofferraum so zwischen die Ordner, daß sie nicht kippte. Den Hodler ließ er als ein Vermächtnis auf dem Schreibtisch zurück. So fuhr er mit seinen Ordnern, seiner Amaryllis und seiner dicken Ledertasche, die das Nötigste enthielt – das hatte er heute früh in einer Art Trance eingepackt –, Richtung Autobahn. Er wußte, die nächste und dann endgültige Niederlage würde er an Ort und Stelle nicht ertragen. Also mußte er doch, wenn er sich nicht vor den Zug werfen konnte, fliehen.
Offenbar war die Kraft, sich den Sieg vorzustellen, verbraucht. Die mußte schon länger verbraucht sein. Jetzt, da er sich eingestand, diese Vorstellungskraft nicht mehr zu haben, gestand er sich auch ein, daß er sich schon seit längerem nur noch vorgemacht hatte, er werde siegen. Aber geglaubt hatte er sich, was er sich vorgemacht hatte, nicht mehr. Vielleicht nicht mehr, seit Böckenförde und Uschkurat und Gelter die Distanz hatten wachsen lassen. Und Franz Karl Moor hatte dann für vollkommene Klarheit gesorgt. Basta.

IV. HÖHENGEWINN

1.

Als der Zöllner in Basel fragte: Führen Sie Waren mit? sagte der Beamte Fink mühelos: Nein. Dann über Zürich und Luzern hinauf ins Hochtal. Es schneite, aber der Schnee hielt sich nicht auf der Straße. Er läutete an der Klosterpforte, die eine mächtige Tür war. Strahlend kam eine junge Schwester heraus, sie sei die Schwester Leonarda, ob sie ihm helfen könne. Ob er hier Unterkunft finden könne, fragte er. Von seinem Ortsgeistlichen habe er gehört, daß das Kloster Melchtal auch Gäste aufnehme. Sie holte die Mutter Priorin. Fast genauso jung und mindestens genauso liebenswürdig. Er durfte eintreten. Die zierliche Mutter Priorin wirkte, als spiele sie die Mutter Priorin nur. Aber sie demonstrierte, daß es ihr Spaß mache, die Mutter Priorin zu spielen. Der Beamte Fink hatte sofort ein unendliches Zutrauen zu dieser jungen Frau. Er gestand ihr einfach, daß er in Not sei, daß er habe Deutschland verlassen müssen, weil er unterlegen sei, einen Kampf verloren habe, straffällig sei er in keiner Weise geworden, nur unmöglich gemacht habe er sich, total. Er brauche Rückzug, Rückzug, Rückzug. Deshalb sei er fast instinktiv hier heraufgefahren. Geleitet von nichts als von der Not und einer Bemerkung seines Ortsgeistlichen. Den könne sie, falls sie ihm mißtraue, jederzeit anrufen. Auch benediktinische Referenzen könne er nennen: Pater Gerhard in Niederaltaich und Frater Oswald in Maria Laach. Von Referenzen wollte die Mutter Priorin nichts wissen. Ich zeige Ihnen lieber die Zimmer, die wir Ihnen anbieten können. Ob im Neubau oder in dem alten kleinen Haus, das seit einiger Zeit auch zum

Kloster gehöre, er habe es vielleicht bemerkt, als er heraufgefahren sei.
In das Häuschen mit den bordeauxrot bemalten Schindeln kamen sie vom Klosterniveau aus über eine überbaute kleine Brücke, und weil das Häuschen tiefer lag, führte der Zugang gleich in den oberen Stock. Die Bodendielen antworteten auf jeden Schritt, den man tat. Das war ihm angenehm. Auch hatte einmal ein Pfarrer, der hier seine letzten Jahre verbracht hatte, in der Parterrestube seine Bibliothek zurückgelassen. Stolz zeigte die Mutter Priorin die Bücherwände. Er entdeckte sofort Teilhard de Chardin und Dostojewskis *Idiot*. Na bitte, dachte er. Und zog ein. Hier sei er auch ungestörter als im Haupthaus oder im Neubau, sagte die Mutter Priorin. Immerhin wohnten im Neubau ein paar hundert Internatsschülerinnen und würden da auch unterrichtet und tobten durch die Gänge. Das hätte ihm nichts ausgemacht, aber Bücher zogen ihn an. Die Mahlzeiten sollte er drüben im Haupthaus einnehmen. Die Mutter Priorin zeigte ihm das Speisezimmer für die Gäste. Da saß er dann und aß, was Schwester Leonarda hereintrug: Rinderzunge, gedämpft, mit Salzkartoffeln und Bohnen. Das war Essen als Nahrungsaufnahme, also ganz nach seinem Geschmack.
Seine Ordner ließ er noch im Kofferraum. Er wollte niemanden erschrecken. Aber seine Frau rief er an. Sie brauche keine Angst zu haben um ihn, er sei in einem Kloster, fast tausend Meter hoch, in einem geräumigen Tal. Daß sie es sich vorstellen könne: Die östliche Talseite falle zuerst steil herab, dann erlaube sie auf schrägerem Gelände Wiesen, darauf Städel und Häuser, und eben auch ein

Kloster. Die Talgegenseite schieße steil abwärts bis zum Bachbett hinab, das schon eher ein Flußbett sei. Auf den unteren schneefreien Hängen der Steilseite habe er heute ein Rudel Gemsen grasen sehen. Und der Bachfluß, dem zuliebe dieses Tal stattfinde, heiße Melchaa. Flüssiger könne ein Wasser doch gar nicht heißen. Daß er, als er diesen Namen gelesen hatte, an Franz Karl Moor gedacht hatte, verschwieg er. Er wollte ja den Frieden schildern, der in diesem Tal von allen Hängen strömte. Die Geborgenheit, die er spürte, wenn er an den Talwänden hinaufschaute bis zu den mit scharfen Linien in den Himmel schneidenden Graten. Auf seinem Zimmer liege schon die *Regel des heiligen Benedikt*. Gleich habe er den Satz aufgeschnappt: *Suche den Frieden und jage ihm nach*. Und lachte und buchstabierte weiter das Gefühl der neuen Geborgenheit. Und konnte es dann nicht lassen, Thea auch noch das Hotel zu malen, auf dessen altschöne Türmchen, Gaupen und Giebel man vom Klosterniveau aus hinabschaue, weil es hangabwärts liege, unterhalb der Zufahrtsstraße, Alpenhof heiße und ganz so aussehe, als würde sich Thea darin wohl fühlen. Schon während er das sagte, wußte er, daß er so jetzt nicht sprechen sollte. Die Frau sagte: Ach, Stefan. Er spürte sofort, daß ihre Stimme ihre Kraft kein bißchen eingebüßt hatte. Er war dieser Stimme unter gar allen Umständen hörig. Und durfte das jetzt nicht zugeben. Deshalb rief er: Brief folgt. Den hatte er in Wiesbaden noch eingeworfen.
In der ersten Nacht träumte er, er sei der heilige Georg, der den Limburger Dom, der ja eine Georgskirche ist, vom Drachen befreien sollte. Sein Pferd war alt und dürr wie Don Quijotes Rosinante. Der Drache war aber auch

kein großstarkes Tier, sondern ein Gewimmel von tierischem Kleinzeug, das er zertreten mußte. Der Boden wurde vom Zertretenen immer glitschiger; der Beamte Fink sah voraus, daß er gleich ausrutschen und ins Gewusel des Kleinzeugs fallen werde, das würde sich dann über ihn hermachen. Er erwachte schweißnaß.

2.

Wenn eine Person die Holztreppe herauf- und auf den Gangbrettern näher kommt, seufzt das Holz jeden Schritt, ihn akustisch verlängernd, rhythmisch mit. Nähern sich zwei, kommt das Holz nicht mehr mit, es entsteht ein Durcheinander von Seufzen und Ächzen.
Es klopfte. Ich schlüpfte in die Jacke, sagte: Herein.
Mutter Priorin öffnete die Tür und schob meine Frau ins Zimmer. Die Priorin lachte, meine Frau kaute ihre Lippen, als weine sie gleich. Meine Frau sah aus wie die ältere, durch Erfahrung ernster gewordene Schwester der innig vergnügten Priorin. Beider Gesichter gleich klein, zart, gleichermaßen nicht mit irgendeiner Einzelheit auftrumpfen wollend. Jetzt begriff ich, warum ich mich der Priorin so anvertrauen konnte.
Die Priorin sagte, wir sähen uns beim Abendessen, und war verschwunden. Wir standen vor einander. Meine Frau sah mich an, dann kam sie schnell näher, ganz her, legte den Kopf an meine linke Schulter, die Hände auf meine Schultern. Sie mußte weinen. Wahrscheinlich hätte sie diesen Augenblick sowieso nicht anders als mit Weinen beantworten können, aber daß ich in Pfarrersklei-

dung vor ihr stand, hat sie sicher zusätzlich erschüttert. Ich hatte ihr nur geschrieben, daß ich keinerlei Zeug zum Anziehen brauche, ich sei hier mit allem wunderbar versorgt. Die aufmerksame und vom Helfenwollen belebte Mutter Priorin hatte wahrgenommen, wie wenig Kleidung ich mitgebracht hatte. Ein Flüchtling eben. Eines Morgens hatte sie sich im Eßzimmer zu mir an den Tisch gesetzt, hatte über die Sorgen mit ihren Internatsschülerinnen geplaudert, Buben aus den Ortschaften weit drunten kamen abends und nachts mit ihren Motorrädern herauf und bewarfen die Fenster der Mädchen mit Steinchen oder Tennisbällen oder Kastanien, hißten Transparente und Plakate mit Grüßen, Liebeserklärungen, Angeboten, Aufforderungen ... Und als ich gefrühstückt hatte, sagte sie, sie wolle mir etwas zeigen. Führte mich zurück ins rote Schindelhaus und, im Parterre, in die Stube mit der Bibliothek des hier verstorbenen Pfarrers Sulzer, dann in eine Kammer mit zwei Schränken voller Kleider und Wäsche. Da solle ich mich, falls ich wolle, bedienen. Der Verstorbene habe meine Maße gehabt. Alles war in tadellosem Zustand. Sogar die Schuhe paßten. Das war, weil ich schwierige Füße habe, erstaunlich! Am meisten genoß ich natürlich die klassischen Pfarreranzüge. Durch die neue Kluft wurde ich endlich auch die Zettel los, auf denen ich kompakte Fertigantworten notiert hatte, um in jedem Augenblick auf jede Frage präpariert zu sein. Die Kirchen haben eine staatliche Postenschweinerei durch ein Schweigekartell gedeckt ... Nur weg, weg weg von dieser Art Wortzeug, das sich in meinen Taschen, sooft ich sie davon säuberte, von selbst fortzusetzen schien.

So weit, den Collar umzulegen, war ich noch nicht. Vielleicht sollte ich auch da von Böckenförde lernen; er hatte sich in Limburg, beim Gedenkgottesdienst für den Bischof aller Bischöfe, durch den umgelegten Collar zwar zur Tradition bekannt, aber durch den darübergelegten Hemdkragen auch zur säkularisierenden Moderne. Ach, dachte ich, und dann lass' ich mich photographieren und schicke dem LNDA ein Bild. An meiner Seite die innigschöne Mutter Priorin. Im Hintergrund Klostermauern.
Meine Frau war, ja, ich glaube, sie war schockiert. Für sie, so katholisch wie ich, sah es aus wie eine Absage an unsere Ehe. Das mußte auf sie wirken, als sei ich nicht vor der endgültigen Übermacht meiner Gegner, sondern vor ihr geflohen. Zum Glück hatte die Priorin sie gleich aufgefordert, hier zu übernachten. Aber Thea hatte, für alle Fälle, im Hotel auf der anderen Straßenseite ein Zimmer genommen, war dort schon eingezogen. Mir war das recht. Ich wollte unter diesem Dach kein Eheleben führen oder vortäuschen oder verheimlichen.
Als sie das Weinenmüssen hinter sich hatte, sagte sie: Du hast gesiegt. Das hätte sie nicht sagen sollen. Daß sie, um mich zu täuschen, auch noch meine Wörter benutzte, verriet, was sie bezweckte. Aber sie hatte sich fabelhaft gut vorbereitet, dieses Kompliment mußte ich ihr machen. Wahrscheinlich hatte mein Wenck sie geschult. Bis auf die Kosten, ein voller Erfolg, sagte sie. Natürlich sei von der Gegenseite die mimosenhafte Empfindlichkeit und der über alles Begreifliche hinausgehende Starrsinn des Beamten Fink ins Feld geführt worden – Schmetternich, zum Beispiel: Was will der Mann noch, das hat er

doch alles schon gekriegt! –, aber am Ende habe es geheißen: Die öffentlich erklärte Rehabilitierung bestehe uneingeschränkt weiter. Keinerlei Vorwürfe, keinerlei Kritik, nichts, was das Wohl des Landes hätte tangieren können. Rundum ein Sieg! Und daß der so beeindrukkend ausgefallen sei, sei neben der schneidigen Sachführung meines Wenck, den schneidend scharfen und schneidend scharf vorgelesenen Fragen meines Zieten zu verdanken gewesen. Der habe Thea extra noch angerufen und gesagt, zum Glück sei er am 15. März durch den Schneefall eine halbe Stunde später als beabsichtigt im Landtag eingetroffen, habe also keine Zeit mehr gehabt, sich die Fragen anzueignen, sie in seine eigene freie Meinungsrede zu übersetzen, habe sie also in ihrer harten, gnadenlosen Schriftform vorlesen müssen, die Wirkung sei groß gewesen, eigentlich enorm. So geschehen in Schmetternichs Gegenwart und durch seine und trotz seiner Mitwirkung.
Ich bat meine Frau ins Freie, auf den Weg zur Rütlialp hinauf. Auf dem sie mehr als mich anstrengenden Gang half ich ihr, das, was sie berichtet hatte, richtig zu verstehen. Du redest wie ich vor drei, vier oder fünf Jahren, sagte ich. Die gleiche stürmische Glaubensbereitschaft und Hoffnungsfreude. Die letzte schriftliche Erklärung Schmetternichs sagt das Gegenteil von dem, was du berichtet hast. Allerdings klingt, was du berichtest, ähnlich wie das, was Schmetternich im Dezember mündlich formuliert hat. Dieses Mündliche vom Dezember widersprach aber kraß einem Schriftlichen vom November. Verstehst du, liebe Frau! Natürlich haben dir meine Generale Wenck und Zieten die Entscheidungsschlacht so

geschildert, wie sie nach ihrem, nach unserem Wunsch und Interesse hätte verlaufen sollen. Das wäre nicht die erste Schlacht in der Weltgeschichte, die von beiden Parteien gewonnen wurde. Und dann haben sie dich in diesem Sinn präpariert, und du hast die Botschaft noch einmal verfreundlicht! Das weiß ich zu schätzen. Aber hereinfallen muß ich nicht darauf. Das möchtest du doch auch nicht, daß ich wieder dort auftauche, damit die weiter ihr Spiel treiben können mit mir, Tag und Nacht, Kopf runter, Kopf rauf, Kopf runter. Möchtest du das? Vor allem, meine Liebe, du weißt nicht, was du von dem, was dir zugetragen worden ist, nachher im Protokoll noch findest. Ich habe mein Leben mit Protokollredaktion verbracht. Beim Beschlußprotokoll und beim Wortprotokoll gilt die Regel: das letzte Wort hat immer der, dem eine Aussage zugeordnet wird. Was die Herren gestrichen haben wollen, können sie dann schlicht streichen, und wir stehen da! Verstehst du!
Ich meldete mich vom Abendessen ab, machte aber dabei deutlich, daß ich weiterhin im Schindelhaus schliefe, nur die Mahlzeiten würde ich, solange meine Frau da sei, drüben im Hotel mit meiner Frau einnehmen.
So hielten wir's. Drei Tage blieb sie. Wir konnten sprechen, wie wir seit dem 23. November 88 nicht mehr mit einander gesprochen hatten. Allerdings mußte sie mir zuerst bestätigen, daß sie einsehe, wie falsch es wäre, auf eine solche gutgemeinte Schlachtdarstellung dieses grandiose Asyl in der Höhe zu verlassen und in den Verdunschlamm von Wiesbaden zurückzukehren. Zum Abendessen brachte sie den *Wiesbadener Kurier* mit, las mir, als ich es ablehnte, eine Zeitung überhaupt zu berühren,

leise und innig vor, daß der Beamte Fink endgültig rehabilitiert sei, daß der Vorsitzende des Petitionsausschusses sogar Lob aus Limburg vorgelesen habe, daß der Beamte Fink jetzt endlich aufatmen könne, der Bischof von Limburg habe erklärt, die Zusammenarbeit sei stets gut gewesen, einschränkungslos gut. Übrigens, flüsterte die Vorleserin dazwischen, der Ortsgeistliche läßt dir herzlich gratulieren. Und mehrere hätten angerufen, um mit dem Beamten Fink die jetzt fällige Presseerklärung zu besprechen beziehungsweise seine Entwürfe dafür entgegenzunehmen. Auch einer aus der Fahrbereitschaft habe angerufen, er sei schon froh, daß der Herr Fink jetzt endlich rehasiliert sei. Da klinge, sagte ich, füsiliert durch. Der Mann habe die richtigen Ahnungen. Und Herr Moritz Neumann von der Jüdischen Gemeinde habe angerufen und gesagt: Sagen Sie Ihrem Mann, ich lasse fragen, wann wir jetzt endlich essen gehen! Herr Böckenförde habe angerufen, jetzt sei er aber froh. Und Pfarrer Gelter auch.
Ich hörte scharf hin, wenn Thea auf unseren Gängen oder beim Essen vom Kampfplatz berichtete, ich mußte ihr ja jedes berichtete Geschehnis im Licht meiner Erfahrung noch einmal darstellen, damit sie nicht hereinfalle, mich nicht in all ihrer Hereingefallenheit anstecke, daß wir dann als endgültig hereingefallenes Paar zurückführen und dort wieder für weitere Demütigungen zur Verfügung stünden. Wie wenig vertrauenswürdig diese Stimmungsberichte seien, sagte ich ihr, sehe sie schon daran, daß von Tronkenburg nicht mehr die Rede sei. Und wenn alles, was über den Beamten Fink behauptet wurde, gar nicht behauptet worden ist, dann müßte doch

der jetzt in den Kolonien Florierende ehestens belangt werden. Also, hör mir auf mit diesen Kriegsschauplatzschnulzen. Anstatt daß du mich ansteckst mit deiner Jubelbereitschaft, laß dich von mir mit meiner Vorsicht infizieren, sie ist erprobt und hat mich hierhergebracht in eine Ruhe, die mir bis jetzt bekommt. Laß dich auch anstecken von meiner Geduld, sagte ich und sah ihr, hoffe ich, ergeben in ihre immer prüfenden Augen. Die Prüfqualität ihres Blicks färbte sich, solange Thea da war, immer mehr ins Bittere, Elende. Vielleicht hielt sie es einfach für nötig, mir durch Bitternis und Elendigkeit drei Tage lang Solidarität zu bezeugen. Sie fühlte sicher etwas von dem, was sie zeigte. Aber sie fühlte sicher nicht alles, was sie zeigte. Das kannte ich ja von mir. Und von FKM. Und von seiner Aiaia. Ich mußte mich drei Tage lang aufführen wie ein Gelassener. Dazu gehörte: Kein Wort über FKM. Daß ich ihr nicht sagen konnte, was FKM sich und mir geleistet hatte, verhinderte jede Annäherung.

Ich hatte mir angewöhnt, den ehemaligen Freund nur noch FKM zu nennen. Jetzt erst wurde mir bewußt, daß er mich sozusagen erzogen hatte, ihn immer Franz Karl Moor zu nennen. Damit hielt er mich in einer Distanz, die er jederzeit einer Distanzlosigkeit zuliebe aufheben konnte, ich aber hatte in der Distanz, die er bestimmte, zu bleiben. Aber Gundula hatte er auch dazu erzogen, von ihm nie anders als von Franz Karl Moor zu sprechen. Der hat, dachte ich, nicht umsonst Denkmalschutz betrieben. Jetzt stand er also zwischen meiner Frau und mir. Daß mein Freund so mit mir umgesprungen war, konnte kein gutes Licht werfen auf mich. Ob einem so

etwas zu Recht oder zu Unrecht zugefügt wird, ist weniger wichtig, als daß es einem überhaupt zugefügt werden kann. Vom Freund. Man kommt sich wertlos vor. Und eine Rehabilitierung ist unmöglich. Auch wenn FKM noch lebte. Es gibt Gemeinheiten, die werden, auch wenn sie zurückgenommen werden, nicht aus der Welt geschafft. Passiert ist passiert. Ob ich meiner Frau das je sagen konnte? Noch unvorstellbar. Aber: Geduld! Auch mir selbst gesagt. Zuerst mußte Thea mir zeigen, wie sie die FKM-Wahrheit verkraftete. Da würden Mimik und Blickqualität nicht ausreichen. Sie mußte mir beweisen, daß sie, was FKM sich geleistet hatte, als Verrat empfand. Wenn ihr da eine glaubhafte Empfindung gelang, also mehr als für mich berechnetes Mitgefühl, mehr also als ein Gesundheitstee, dann, ja dann dürften wir einander wieder arglos berühren. Aber solange ich mir nicht vorstellen konnte, wie ihr eine solche Empfindung gelingen sollte, mußte ich den FKM-Verrat in mir verschlossen halten. Wenn sie mit kalkuliertem Mitgefühl reagierte, war mehr zerstört, als wenn wir eine Zeit lang in Abwartung verharrten.
Geduld, sagte ich öfter auf unseren Gängen, bei unseren Mahlzeiten. *Geduld* war das Hauptwort in diesen drei Tagen. Ich füllte es mit mehr Farben, als ich hatte. Ich tat optimistischer, als ich war. Andererseits hatte ich doch wirklich etwas vorzuweisen. Höhengewinn nannte ich meine Errungenschaften. Das schilderte ich meiner Frau mit jenen Begeisterungstönen, die sie von mir aus Vorkriegszeiten kannte. Stell dir vor, morgens von acht bis zwölf wandere ich! Der Schnee weicht täglich weiter zurück. Ich verlasse die Wege, ziehe mich an Ästen und

Wurzeln aufwärts, suche Tritt, fasse Tritt, wuchte mich hinauf. Dann schaue ich von oben in die durch die Talwände begrenzte Ferne, grüße die über den Graten theatralisch auftretenden Wolken. Und am Nachmittag bin ich in meinem telephonlosen Zimmer davor geschützt, daß ich es plötzlich nicht mehr auszuhalten glaube, wenn ich nicht sofort den Journalisten X oder Y oder Z anrufe, um ihn durch dramatisierend aufgebauschte Kampfplatznachrichten zu einem Einhundertzehnzeilenartikel zu reizen, von dem, wenn Herr X überhaupt anbeißt, in wochenlangem Ringen ein Neunzigzeilenartikel bleibt, den der Chefredakteur dann mit den scheußlichsten Gründen ablehnt. Aber meistens beißt Herr X oder Herr Y oder Herr Z ja gar nicht an, sondern läßt mich abblitzen, er hat gerade so viel mit Aids oder Kurden oder Lottoskandal zu tun. Oder ich riefe, hätte ich ein Telephon, einen an, der bisher immer von allen Kampfentwicklungen unterrichtet sein wollte, einen Kampfgenossen also, aber seine Frau ist am Apparat, der Mann liegt mit Hörsturz im Krankenhaus, oder der an Aids erkrankte Sohn, der bisher für ein englisches Reisebüro in Ägypten arbeitete, dort sogar noch den Taucherschein machte, ist jetzt plötzlich ganz schlecht dran, der Mann mußte hin. Das war doch immer die Gegenwelle, die ich weckte, wenn ich einen um etwas bat, was jetzt gleich unbedingt sein mußte, damit nicht alles verloren war. Und die von mir geweckte Gegenwelle war jedesmal stärker als ich. Sie schwappte über mich. Riß mir den Hörer aus der Hand. Ja, ist es da nicht eine Seligkeit, keinen Hörer mehr zu haben, der einen andauernd verführen will, ihn in die Hand zu nehmen, und dann kommt günstigstenfalls nichts her-

aus, meistens aber das Gegenteil dessen, was man jetzt bräuchte. Wo in Wiesbaden das Telephon stand, steht hier meine Amaryllis. Statt in den Kunststoffhörer hineinzusagen Stellen Sie mich, bitte, durch! versinke ich im Anblick der bescheidenen Amaryllis. Ja, sogar unserer die Haarfarben wie das Leben ausprobierenden Barbara habe ich es übelgenommen, daß die meisten Anrufe für sie waren und viel zu lange dauerten.
Oh, sagte auf einmal die Frau, daß ich das nicht vergesse, es ist zwar noch nicht offiziell, aber es ist doch angedeutet worden, ausgesprochen von einem Mitglied des Petitionsausschusses gegenüber dem Vorsitzenden ... Nenn ihn Wenck, sagte ich. Ja, deinem Wenck gegenüber ließ eines der Ausschußmitglieder, als sie nach der Sitzung aus dem Saal in den Gang traten, verlauten: Das beste wäre wahrscheinlich, wir ehrten unseren Genossen Kohlhaas mit der Wilhelm Leuschner-Medaille, dann hätten wir alle eine Ruhe vor ihm. Wer hat das gesagt, rief ich. Das war ihr nicht gesagt worden. Aber die Formulierung zeigte, daß es einer aus der eigenen Partei war. Vielleicht sogar der Staatssekretär. Auf jeden Fall einer, mit dem FKM über mich gesprochen hatte. Das war FKMs Geschoß. Und als es die Frau berichtete, ging mir, zu meiner großen Beschämung, auf, daß FKM mich richtig eingeschätzt hatte. Ich hatte zu Hause und im Kollegenpalaver immer groß getönt, daß ich durch die Erfahrungen mit Ordensverleihungsvorbereitungen, also durch die Erfahrungen mit Auszeichnungswürdigen ein für alle Male immun sei gegen jede Ordensambition. Affentheater. Das war immer mein Wort gewesen für alles, was mit Orden zu tun hatte. Jeder, der sich auszeichnen ließ, ja

sich gar darum bewarb, war für mich erledigt. Wie sie sich darum bewarben, das war, auch wenn sie Fürsprecher vorschickten, immer widerlich. Und jetzt spürte ich, daß ich ja den Orden nur nähme, weil er meiner Rehabilitierung dienen, sie sozusagen feierlich besiegeln würde. NUR DESHALB nähme ich ihn. Aber wer sagt mir, daß nicht jeder in seiner Biographie ein solches NUR DESHALB hat. Das Gemeine blieb die Kalkulation! FKM hat nicht an dieses NUR DESHALB gedacht, das mich sozusagen zwingen würde, einen Orden anzunehmen, weil er eine Waffe wäre für die immerwährende Schlacht. FKM hat mich einfach so gesehen, so klein, so berechenbar, so billig. Und weil ich das offenbar war, schämte ich mich. Und um FKM meinerseits bis in den Tod zu beschämen, beschloß ich, ein solches Angebot, wenn es denn käme, diskussionslos abzuweisen. Es war ohnehin lächerlich, so etwas überhaupt zu denken. Nach einer für den Abgeordnetenalltag ungewöhnlich zähen Ausschußsitzung ist man endlich fertig, verläßt mit einander den Saal, macht einen witzigen, rein grotesken Vorschlag, den ein anderer neulich nach einigem Alkohol auf einer Party gemacht hat, das sagt man nicht dazu, man verkauft den Einfall als eigenen Einfall, ist ja kein großer geistiger Diebstahl, einfach so ein Erschöpftenwitzchen beim Verlassen des Sitzungssaals. Und schon trägt's einer weiter. Erzählt es ernsthafter der Frau. Und die erzählt's noch ernsthafter im Gebirge. Oh Mann.
Am zweiten Abend teilte Thea mir mit, daß unsere Tochter Barbara bei der nächsten Firmung als Patin eines Sinti-Firmlings auftreten werde. Der Ortsgeistliche freue sich schon auf den Augenblick, wenn er dem firmenden

Bischof den Namen dieser Patin ins Ohr flüstern könne. Ich sagte: Schön.
Am dritten Abend teilte sie mit, daß wir demnächst Großeltern werden würden. Ich sagte: Ach. Es werde ein Sohn sein. Ich sagte: Oh. Der solle Joseph heißen. Ich sagte: Schön.
Vom Straßenrand aus winkte ich meiner Frau nach und hörte nicht auf zu winken, bis sie ihren linken Arm und die winkende Hand einzog. Ich wollte unbedingt länger winken als sie. Kam mir blöde vor. Mein Arm war längst aus Kunststoff. Und sie ist doch mein einziger Mensch. Ach, Abschied nehmen hätte ich bei Frau Tuchler lernen können. Etna Tuchler, geborene Lehm. Die schönste Frau Berlins, sagte ihr Mann mindestens einmal am Tag. Und jeden zweiten Tag fügte er hinzu: Und das Grammophon erfunden hat ihr Vater auch. Die jüdische Art, Abschied zu nehmen. Im richtigen Augenblick sentimental, und das so sehr, daß dadurch schlicht dialektisch die erlösende Unsentimentalität produziert wird. Frau Tuchler mußte ich auch schreiben.

3.

Ohne Nächste lebt es sich leichter. Überhaupt ohne Zeugen. Zeugen, Zuschauer vervielfältigen jede Demütigung. Arglos sprach meine Frau Namen aus, die ich längst, weil ich sie nicht mehr ertrug, in Wortmasken und harmloseren Buchstabenanordnungen verborgen hatte. Sobald meine Frau fort war, spürte ich gleich wieder die Segnungen des Alleinseins. Am meisten gefürchtet hatte ich, daß sie von FKM anfange. Hat sie nicht. Gott sei Dank. Aber selbst wenn ich mir, als sie fort war, manchmal wünschte, sie wäre jetzt da, konnte ich mir nicht, noch nicht vorstellen, wieder hinunter, hinaus ins feindliche Land zu fahren. Und von ihr war nicht zu erwarten, daß sie hier heraufziehe. Sie wollte das Leben, das wir einmal gehabt hatten, fortsetzen. Die Kiefer mußte endlich gefällt, der Enkel erwartet werden. Und wie sollte ich mit ihr zusammenleben, ohne ihr alles über FKM zu sagen? Wie aber sollte ich ihr alles über FKM sagen? Das war das unvorstellbarste überhaupt. Ich selber wußte ja auch nur das, was Gundula zufällig gehört hatte. Wahrscheinlich wußten in den verschiedenen Ministerien alle mehr als ich. Nie mehr zurück, basta. Wer mit mir leben will, muß hier mit mir leben. Sobald es in mir ruhiger geworden sein wird, werde ich hier in aller Stille und Höhe arbeiten. Ich entwarf, wie ich es gewöhnt war, eine Projektliste.

1.) Tractatus skatologicus oder Cacata Charta.

2.) Liste aller bisher noch nicht gezogenen Schlußforderungen.

3.) Synopse. In zwei gegeneinander gestellten Textsäulen marschieren die Aussagen auf:

Unwahr ist … Wahr ist …

Daß endlich auf einen einzigen Blick auch dem bloß Vorbeiflanierenden – und das sind ja gar alle – der Rechtsbeziehungsweise der Unrechtsstand sichtbar wird.

4.) Urteile von Vorgesetzten über den Beamten Fink.

5.) Urteile von Kirchenvertretern über den Beamten Fink.

6.) Urteile von Mächtigen über den Beamten Fink.

Obwohl mein Leibniz und Linguist mir heftig empfoh-

len hatte, ich solle nicht von Mächtigen, sondern von Machthabern sprechen, nannte ich die, die mir am meisten geschadet hatten, weiter die Mächtigen. Meine Lernfähigkeit hatte Grenzen.
Manchmal dachte ich daran, ich hätte, statt in die Schweiz und ins Gebirge, auch irgendwo anders hinfahren können. Nach Koblenz zum Beispiel. Mit Gundula Allweiler. Oder: nach Koblenz *zu* Gundula Allweiler. Das größte Verständnis hätte ich bei ihr gefunden. Eben deshalb gab es keine Fahrt nach Koblenz. Etwas ganz Schönes konnte man nur denken, geben konnte es das nicht. Koblenz hat das unangenehmste Denkmal, das ich kenne. Daran sollte ich mich erinnern. Wo die Menschen einen ertragen, der, wenn auch in Erz, über sie so wegreitet, kann ich nicht sein, sagte ich mir, um mir nicht sagen zu müssen, daß Gundula Allweiler wohl keine Lust hatte, aus ihrem Problem und meinem Problem unser Problem zu machen. An Wiesbaden konnte ich vorerst nur denken, wenn ich dachte, daß ich nicht dahin zurück mußte. Lieber vor den Zug als dahin zurück, sagte der Beamte Fink. Es war ja immer der Beamte Fink, der in unserem Dialog die härtere Stimme führte. Eine andere Wunschsuite, noch verwirklichungsferner als eine Problemverschmelzung mit Gundula, hatte als Thema die Geschlechtsumwandlung. Dann als Benediktinerin hier ein bißchen nützlich sein, verschwinden. Es ging ums Verschwinden. Und eine letzte Antwort auf FKMs Verunendlichung des Gechlechtsunterschieds wäre es auch. Ätsch, ich bin doch beides, Schlüssel und Schloß. Widerstand hätte ich leisten sollen gegen seinen Unterschiedsfanatismus! Einfach gestehen, daß ich es von Jahr zu Jahr

mehr verabscheute, mein Wasser stehend auszustoßen, es aber liebend gern im Sitzen von mir lasse. Statt aller Theorien! FKM war ein Gefangener der Sprache! Als wäre Sprache alles! Nicht einmal das wichtigste ist sie! Mein Gott!

Ich konnte nicht sicher sein, wie viele Besuche Theas noch folgen würden und wie ich dieser vor keiner Tatsachenschönung zurückschreckenden Propaganda für eine Rückkehr widerstehen sollte, ohne Thea von Mal zu Mal noch mehr zu verletzen. Daß ich sie bei diesem Dreitagebesuch verletzt hatte mit meiner Geduldgeduldpredigt, war mir nachträglich klar geworden. Zurückgestoßen mußte sie sich vorkommen. Tatsächlich hatte ich augenblicksweise geglaubt, sie wieder finden, wieder erreichen zu können. Berühr sie doch, hatte ich gedacht. Laß deine Hand dich führen. Dein Mund folgt dann schon. Aber die Hand war zu schwer. War, was ich empfand, nicht Liebe? Ist es immer noch. Aber wenn ich nachgäbe, landete ich in Wiesbaden, dann frettete sich der elende Grabenkampf fort, und wir wären wieder so schauderhaft getrennt wie in den letzten sechs Jahren. Wenn sie einfach hier geblieben wäre! Wenn sie nicht gesagt hätte: Du hast gesiegt, komm zurück. Wahrscheinlich würde sie kein zweites Mal kommen. Ich konnte mein Verschwinden ruhig organisieren.

An eine Möglichkeit dachte ich häufiger als an jede andere. Sie war nicht bloß eine Wunschsuite, sondern eine vorstellbare, ja sogar eine in Kürze realisierbare Entwicklung. Warum sollte ich nicht als Spätberufener in die Fußstapfen dessen treten, dessen Kleider und Wäsche ich schon trug? Zu meiner Primiz lüde ich den Prälaten, den

LNDA, Böckenförde, Pfarrer Gelter, den Genetiker, Trauberg und natürlich als den liebsten und ehrwürdigsten Ehrengast: den Ortsgeistlichen.
Aber zuerst mußte auf dem Papier Ordnung geschaffen werden: Tractatus-Charta. Liste der Schlußfolgerungen. Synopse. Vorgesetzte, Kirchenvertreter und Mächtige über den Beamten Fink. Alles, außer dem Tractatus, ließ sich in wenigen Wochen hinschreiben. Der Tractatus skatologicus konnte sich zu einer Art Autobiographie ausweiten. Ich hatte ja mit dem Schmutz oder mit dem, was ich so zu nennen und so zu empfinden hatte, von Anfang an zu tun. Erst der Kampf des Beamten Fink hatte mich wieder erleben lassen, daß ich nicht zu den Reinlichen gehörte. Eine Zeit lang hatte ich mich, wenn er Unflat schleuderte, immer vom Beamten Fink distanziert. Ich wollte nicht so einfach sein wie der, der sich unter allen Umständen mit drei bis fünf Wörtern helfen konnte. Allmählich sah ich ein, daß die simple Arschloch-Drecksack-Sprache vom Beamten Fink nicht GEWÄHLT oder NICHT gewählt werden konnte. Ich entdeckte in dieser Drecks-Sprache meine Geschichte. Im Tractatus skatologicus würde ich nach dem großen Vorbild darstellen die *Dialektik der Verächtlichkeit*, die Unreinlichkeit der Reinlichen und die Reinlichkeit der Unreinlichen. Sollte es mir durch diese Arbeit gelingen, milder an meine Feinde zu denken, dann konnte ich an ein Fernstudium der Theologie denken, eine Primiz war vorstellbar, und meine Frau konnte ich einladen, mit mir – natürlich im Gebirge – ein Pfarrhaus zu teilen. Zölibat hin, Zölibat her. Zuerst aber mußte ich mich von den Feindseligkeitstonarten erlösen. Also, rief ich mir zu: Vergiß Schlußfol-

gerungen, Synopsis und Äußerungen von diesem und jenem über den Beamten Fink, helfen kann dir nur der Tractatus skatologicus, die Cacata Charta. Deine Lebensgeschichte als eine Schmutzgeschichte. Das war auch ein Höhengewinn: Nicht dich mußt du rehabilitieren, sondern den Schmutz. Vergiß Kritik! Gründe eine Religion auf den Satz: Lobe deine Feinde. Überlege doch: Wo wärst du ohne deine Feinde? Auf den Mäusepfaden aller Ministerialräte als eine weitere graue Maus. Lobe deine Feinde, denn sie haben dich befreit aus der verhängnisvollen Verbindlichkeit, der du dein Leben verschrieben hattest. Lobe deine Feinde, Mann! So behandelt zu werden mit allgemeiner Billigung heißt keine Verpflichtung mehr haben. Freier als du jetzt bist, kann man nicht sein. Lobe deine Feinde, Mann.

4.

Bald genug wurde, was ich Höhengewinn nannte, auf die Probe gestellt. Meine Frau schickte mir Schmetternichs Antwort auf den Beschluß, den der Ausschuß einstimmig gefaßt hatte. Schmetternich: Nein, danke. Er bittet um Berichtigung des Beschlußprotokolls. Dort stehe nämlich, daß die Landesregierung nicht behaupte, Vertreter der Kirchen und Religionsgemeinschaften hätten sich über den Petenten beschwert. Diese Feststellung sei unrichtig. Das Wortprotokoll weise aus, daß er in der Sitzung die exakt gegenteilige Einschätzung formuliert habe, und bei der bleibe er.
Der Beamte Fink stürmte, als er das gelesen hatte, hinaus.

In die Höhe. Nicht an den Hängen entlang, sondern an ihnen hinauf. Bis er überhaupt keinen Atem mehr übrig hatte für etwas anderes als das Höhegewinnen. Droben stand er dann wie ein Pferd, das sich verrannt hat und nicht mehr vorwärts und nicht mehr rückwärts weiß. Kommentarlos hatte ihm seine Frau diesen Schmetternichhieb zugeschickt. Sie hätte wenigstens dazu vermerken können, daß ihr Mann recht gehabt hatte. Nie, nie würden die nachgeben. Die mußte man niederkämpfen, ihnen Satz für Satz aus dem Behauptungsmaul reißen, wie man in einer vom Feind besetzten Stadt Haus für Haus zurückerobern muß. Auch wenn dabei die Häuser, die man zurückerobert, vernichtet werden. Das ist noch das Beste, was einem vom Feind besetzten Haus geschehen kann, daß es vernichtet wird. Solange der Feind das Haus besetzt hält, schießt er daraus auf uns ...
Ich mußte den Beamten Fink keuchen und rasen lassen. Ich durfte ihn nicht daran erinnern, daß er vor kurzem noch widerspruchslos zugehört hatte, als ich als unser nächstes Projekt *Lobe deine Feinde* vorgetragen hatte. Auch hier: Geduldgeduld. Warten, bis er ausgetobt hat. Dann würde ich ihn in eine Diskussion über *Michael Kohlhaas* hineinziehen. Ich hatte diesen Text dabei.
Ich kann nicht so tun, als sei ich im Gebirge der Boß des Beamten Fink geworden, wie er einmal im Rhein-Main-Taunus-Gebiet mein Boß gewesen war. Drei Bücher hatte ich im Auto gehabt, als ich uns, mich allen Gegenstimmen verschließend, hier herauf gelenkt hatte. Drunten hatte mich der Beamte Fink nur lesen lassen, wenn wir irgendwo gewesen waren, wo keine Akten seines

Kampfes greifbar waren. Gelesen wurde also in den Wartezimmern der Ärzte, im Bus, in der Bahn und im Restaurant. *Der Idiot* wurde im Auto immer mitgeführt; *Michael Kohlhaas* wurde immer mitgeführt; *Tonio Kröger* wurde immer mitgeführt. Nach *Tonio Kröger* hatte der Beamte Fink gegriffen, weil man durch diese Novelle, wie er es formulierte, die Innereien gefährdeter Menschen kennenlerne. Mir schien, die Leiden der in dieser Literaturwelt auftretenden Personen seien nur ein Vorwand für Formulierungen. Die Sätze wurden ins Rennen geschickt wie hochgezüchtete Pferde. Nein, auf die Bühne, auf die Bewußtseinsbühne wurden die Sätze geschickt wie Tänzerinnen und Tänzer. Man erlebt ja beim Ballett auch weniger die Handlung als die einleuchtende Künstlichkeit eines Bewegungsablaufs. Davon eben versprach ich mir einen guten Einfluß auf den oft nur noch polemisch dampfenden Fink. Wie schön war so ein Schmerzensballett. Also bitte, Mann, laß dich anstekken, laß dich verführen zu irgendeinem Ausdruck deiner selbst, der dein Leiden nicht wiederholt, sondern bricht, auf das schönste zerbricht! Überlege doch mal, was du gewinnst, wenn du dich ernsthaft dem Lob deiner Feinde widmest! Ernsthaft, mein Lieber. Ein Jux zählt nicht. Daß es dir und mir, daß es auch uns zusammen vielleicht nicht gelingen wird, unsere Feinde zu loben, ist mir nicht wichtig. Ich will es gar nicht wissen, ob es uns gelingen kann oder nicht. Ich fange einfach an, sie zu loben. Dann sehen wir weiter. Weiter auf jeden Fall, als wenn wir uns, vom Meinungsdampf geblendet, in die nächste Kampfrunde hineinschliddern lassen. Klar? Der Beamte Fink nickte nicht, aber er zuckte mit den Schultern. Das war,

bei dem Zorn- und Wutanfall, den Schmetternichs letzter Streich bewirkt hatte, schon ein Hinweis auf erneute Ansprechbarkeit.
Ich schlug vor, daß wir uns heute in weniger kühnen Abwärtssprüngen zurückbewegen sollten ins Schindelhaus. Heute, Sprünge, weniger um das Bewegungsrisiko zu genießen, sondern die Risikolosigkeit einer glücken könnenden Bewegung. Einverstanden? Er machte die Istdochmiregal-Bewegung. Wir setzten in locker kleinen Sprüngen hinab und freuten uns von Sprung zu Sprung mehr unseres bescheidenen Bewegungsglücks. Und fröhlich unanfechtbar gingen wir am Parkplatz vorbei, auf dem das Fluchtauto stand, das im Kofferraum immer noch die Ordnerladung barg. Neunzig Ordner, beschriftet DGG. Aber jetzt war plötzlich hellklar, das war erreicht, das war eindeutiger Höhengewinn: Die DGG-Ordner bleiben im Kofferraum. Sie werden entsorgt. Eines Tages. Ich könnte ja, da ich in Gegenwart der Ordner nicht lesen kann, nicht fortfahren *Idiot* zu lesen, und bin doch jeden Tag noch lieber in diesem wild blühenden Leidenspark.
Als wir wieder in der Stube waren, die in ihrer Beschränktheit ein Denkmal ist für den Anstand des 19. Jahrhunderts, sagte ich: Wenn unser jäher Gang in die Höhe und die gelassenere Art, zurückzukehren, nicht umsonst gewesen sein sollen, wird jetzt gar nicht mehr zur Kenntnis genommen, wie unser Wenck Schmetternichs letzten Hieb pariert hat. Daß man diesen Hieb beantworten kann, daß man aus ihm eine Blamage Schmetternichs herauswirtschaften kann, die wiederum Schmetternich reizt und instand setzt, uns den nächsten

Hieb zu verpassen, ist klar. Aber wir setzen uns jetzt hin und arbeiten eine Schrift aus, in der wir nachweisen, wie wirkungsvoll Schmetternich den Rechtsstaat repräsentiert. Wie kann man nur so recht haben! Das haben wir gedacht, als wir die Schmetternichreaktion lasen. Aber als wir sie genau studierten, bemerkten wir, daß sein Rechthaben nichts Willkürliches oder Machthaberisches ist, sondern der Geist des Rechts selbst. So will es unser Recht. Ob du das nun brav nachkauen willst oder ob du, was ich besser fände, einfach dem Lob freien Lauf läßt, ist nicht so wichtig. Hauptsache, du brichst aus aus der Routine, nimmst den Mund voller Lob. Macht ist nichts als Wirklichkeit gewordene Vernunft. Sie kann sich nur selber widerlegen, dadurch vervollkommnen. Kritisierte Macht verteidigt etwas, was sie, ohne Kritik, aus sich selbst überwinden würde. Je mehr wir der Macht zustimmen, desto leichter fällt ihr die Selbstüberwindung. Überhaupt Entwicklung. Loben auch Sie, mein Wenck, den Staatssekretär für alle seine Rechtsweisheit. Mästen Sie sein gutes Gewissen. Die Mächtigen haben immer ein gutes Gewissen. Aber wenn wir ihnen nicht andauernd bescheinigen, daß sie mit Recht ein gutes Gewissen haben, werden sie vielleicht doch noch nervös, schlafen schlecht oder gar nicht. Und das ist das Schlimmste überhaupt: ein Mächtiger, der nicht gut geschlafen hat. Wozu ist der nicht imstande! Also, denken Sie daran: Wir sind verantwortlich dafür, daß die Mächtigen gut schlafen! Im eigenen Interesse, mein General! Aus großer Höhe erreicht Sie mein endgültiger Tagesbefehl: Sofortige Auflösung aller Gegnerschaft, Verwandlung aller Kampfpotenzen in Zustimmungspotenzen, Motto: Lobe deine

Feinde, bis sie deine Freunde sind. Dann wollen wir weitersehen. Problemlos werden wir, nach allem, was wir mit Freunden erlebt haben, nicht sein. Adieu, mon general! Ihr oberster Friedensherr. Gegeben in Melchtal im Kloster, den ...
Und in der nächsten Nacht mußte geträumt werden, daß ich mit einem sehr feinen Besen eine Kirche zu kehren hatte, es war die Kirche St. Remigius in Opladen, da lag unendlich viel Staub, mein Besen war viel zu fein, der Staub schwebte von meinen Besenstrichen in die Höhe, dort war nur mehr Licht, aber kein Abzug, also fiel der Staub wieder herab, ich mußte weiterkehren, vollkommen erfolglos, das wurde bemerkt, man sah her von allen Seiten, gleich würde man mich hinausweisen. Ich erwachte und versuchte, meinen ins Stocken geratenen Atem wieder in ein gleichmäßiges Aus- und Einatmen zu verwandeln. Aus Erfahrung wußte ich, das würde, wenn man nicht in Panik verfiele, gelingen. Zur Wiedergewinnung des Atems ist es immer gut, aufzustehen, hin- und herzugehen. Unwillkürlich zog mich das Fenster an. Die Nacht im Gebirge. Ohne Sonne stehen die Berge rein im Geisterlicht. Über ihnen schweben Wolken wie Ahnungen. Als ich wieder lag, tastete meine rechte Hand nach meinem Kopf. Hand und Kopf meldeten, daß sie einander fremd seien. Ich erlebte, wie bloß mein Kopf ist, wenn meine Hand ihn berührt.

5.

Gundula schrieb mir einen viele Seiten langen Brief zu nichts als meiner Beruhigung. Auch bei ihr war kein Kampfbedarf übriggeblieben. Was für eine wunderbare Wendung! Da hatte sie sich schon bereitmachen müssen, daß sie und ihr Vater Fritz Allweiler, der redliche Reeder, einem lüsternen Literaturpublikum zum Genuß vorgeworfen werden würden und daß sie sich wegen geltender Kunstprivilegien überhaupt nicht würden wehren können, ja, daß jede Verteidigungsregung ihre Schande nur noch vergrößern würde. Nicht nur elend waren sie, wie sie in *Aiaia* geschildert wurden, nein, sie wollten auch noch die Literatur, die sich ihrer gnädigerweise angenommen hatte – denn immerhin wurden sie, obwohl sie's nicht wert waren, der Unsterblichkeit angeboten –, diese Literatur wollten sie borniererweise auch noch verhindern. Diese Art Entwicklung war nach allen Bemerkungen, die FKM in zwanzig Jahren hatte fallenlassen, zu befürchten gewesen. Es hatte keine Uneinigkeit, keinen Streit gegeben, ohne daß FKM auf irgendeine Art die *Aiaia*-Geschichte, an der er arbeitete, als ein Jüngstes Gericht für Gundula und Vater Allweiler ins Spiel gebracht hatte.

Jetzt war also der Lektor, der im Verlag die Veröffentlichung aller Schriften FKMs zu besorgen hatte, zu ihr gekommen, um sicher zu sein, daß nicht in Schubladen und Schränken noch FKM-Seiten lägen. FKM habe zwar dem Verlag alles rechtzeitig übergeben, weil er von einer – so der Lektor – fast krankhaften Angst vor unkundigem, sprich unfrommem Umgang mit seinem Geschriebenen besessen gewesen sei, aber vielleicht habe Frau Moor eben doch noch etwas, sagen wir, gerettet. Nein, hatte sie nicht. Ein langes, ein schönes, ein befreiendes Gespräch. Und die merkwürdigste und zugleich befreiendste Mitteilung: Es gibt gar kein *Aiaia*-Manuskript. Es gibt die bis jetzt erschienenen dreizehn Broschüren, die fortlaufend numerierten *Berichte über Aiaia*, jeder Bericht zwischen neunzig und einhundertfünfzig Seiten. Die werden nun erscheinen als *Berichte über Aiaia*, man rechnet mit einem Zölfhundertseitenbuch. Opus magnum natürlich. Jahrhundertwerk. Auf jeden Fall: Sensation. In einem Buch gesammelt, sehe dann jeder, was bis jetzt nur professionelle Fährtenleser und Feinschmecker geahnt hätten, daß FKM ein grandioser Anachronismus gelungen sei. Die Männer verlangten so brutal wie noch nie eine Frau, die sich benehme wie ein Mann. Die Frauen verkündeten einen Feminismus, der die Nachahmung der Männer betreibe. Und FKM erzählt Europas Geschichte als die Geschichte der Geschlechterdifferenz, die um so verhängnisvoller wird, je mehr sie wegmanipuliert wird. Es gibt nur das Geschlechtliche, sonst nichts. Und das lebt vom Unterschied. Und der zerschneidet jede Vermittlung, jede Harmonie. Das wisse sie jetzt vom Lektor. Das Geschlecht ist alles, was wir haben, aber wir haben es nicht, es hat uns. Wir sind die Schauspieler, die einen Text sagen müssen, den sie sich nicht aussuchen können, den sie nicht ablehnen können, den sie nur, wenn sie ihn spielen, so oder so aufsagen können. Am erfolgreichsten seien die, die ihn aufsagten, als sei der Text von ihnen. Das seien die wirklichen Lügner und Fälscher. FKM schlage vor, daß

Mann und Frau bei der Exekution ihrer Rollen das Rollenhafte betonen müßten. Wenigstens ahnbar sollte sein, daß sie nicht seien, was sie spielten. Das sei die Chance für ein bißchen Humanes. So der Lektor über FKM. Und in all diesen die Geschlechterdifferenz feiernden Seiten komme ihr Vater nicht vor! Welch ein Aufatmen! Komme sie nicht vor! Abgesehen von solchen Kleinigkeiten wie dem Sohlenlecken. Und als wäre das nicht schon Erleichterungsgewinn genug, verlieben sie sich auch noch in einander, der Lektor und sie, sie will's kurz machen: der wohnt jetzt schon bei ihr. Sie hat das Gefühl, sie hätten einander unendlich viel zu sagen. Nur weil er er und sie sie ist. Es ist schon ein Wunder. Ob er sich scheiden lassen wird, ach, das ist ihr doch gleichgültig. Er begleitet sie ganze Nachmittage am Spinett. Und ist damit der erste Mann, der das tut. FKM hätte das für Zeitverschwendung gehalten. Moritz, so heißt ihr Lebensgefährte, bringt ihr geduldig eine angemessene FKM-Hochschätzung bei. Auch lecke er ihr ihre Sohlen wie noch kein Mann vor ihm. FKM habe sich dabei immer benommen wie einer, der's für Geld tut. Wahrscheinlich hätte sie FKM nie sagen dürfen, daß das Fußsohlenlecken ihr Vater angefangen habe bei ihr, als sie sechs Wochen alt war, und es beibehalten habe bis zu ihrem 15. Geburtstag. Die beiden Eingangsprüfungen habe Moritz, klar doch, spielend geschafft: er fand den Punkt, von dem aus man Khazzans Blick erwidern kann, und den Punkt, von dem aus man Sheik Fritz ins hochfliegende Auge sieht. So grüßt sie denn aus wiedergewonnener Lebensnähe herzlich als seine Gundula Moor. PS: Sie hofft, daß Stefan einmal hereinschaut, wenn er

von seinem Erholungsaufenthalt in den Bergen zurück ist.
Der Beamte Fink schüttelte den Kopf, daß es ihm fast schwindlig wurde, und knurrte: Wenn nichts dazwischenkommt.
Und zerknüllte den Brief. Weil ihm das nicht genug war, zerriß er ihn zu kleinsten Fetzen, die er dann im Klo hinunterspülte. Später bereute er diese cholerische Reaktion. Falscheste Reizverarbeitung. Oh, er hatte noch viel zu lernen. Aber weil er nicht in Zerknirschtheit vergehen wollte, ließ er die Enttäuschung aufblühen, die dieser Brief produziert hatte. Nichts hatte diese Frau bemerkt! Von keiner Schicksalsgemeinsamkeit war sie berührt! Keine unendlich sanfte, aber doch vollkommen deutliche Weisung hatte sie verspürt. Nichts kapiert hatte sie. Basta. Ja, da darf man doch etwas zerreißen, oder! Ja, schon. Aber ich liebte ihre schwebend rund-schwingende Handschrift. Die hätte ich, ohne etwas zu lesen, noch länger anschauen können. Wenn ich sie nicht hinuntergespült hätte. Zum Glück hatte ich kein Telephon. Da Gundula in diesem Brief berichtete, der Lektor habe ihr eine gerechtere Schätzung FKMs beigebracht, war sie für mich wieder näher zu ihrem Mann gerückt. Und an diesen Mann auch nur zu denken, hatte ich mir verboten. Später vielleicht. Mein Gott, was für eine Aussage eines Berufssensiblen, mir, als ich ihm, glücklich, meine allererste Veröffentlichung, mein *Imprimatur*-Artikelchen, überreichte, heidnisch lächelnd zu sagen: Ja, ganz nett, wenn *Imprimatur* die FAZ wäre! In der er schrieb. So etwas kann einem nur einer hinreiben, dessen Beruf Sensibilität ist und so weiter. Schluß mit FKM, FAZ, Gundula

und so weiter. Wende dich ab. Hier atmest du. Dort ist Smog. Polit-Smog. Hier aber ist Luft. Atme!

6.

Schreiben würde ich dem ränkelosen Ortsgeistlichen, dem aufrechten Trauberg, dem braven Freireligiösen, dem keinen Kampf scheuenden Genetiker, der die Adresse Bert W. Schallmanns beherbergenden Frau P., der loyal mitleidenden Sekretärin, dem lauteren und kämpferisch souveränen Wenck, dem kompromißlos einsatzfreudigen Zieten, Maja natürlich, der nahezu Verstummten. Zuerst mußte allerdings an den Ministerpräsidenten geschrieben werden. Ihm wollte ich widmen, was ich zuallererst in der Höhe hier verfassen würde. Titel:
Tractatus skatologikus oder Cacata Charta.
Damit er sähe, worum es da gehe, mußte ich ihm den Tractat in Briefform vorstellen. Vielleicht so:
Sehr geehrter Herr Ministerpräsident! Ich schreibe Ihnen im Auftrag des Beamten Fink. Sie werden mich schon noch verstehen. Der Beamte Fink ist also geflohen, ich lenkte die Flucht ins Gebirge. Er ließ mir nur die Wahl: Vor den Zug oder ins Gebirge. Ich komme mir manchmal vor wie eine Geisel. Manchmal verstehe ich ihn aber auch ganz und gar. Seit wir hier heroben sind, verstehe ich ihn immer besser. Und er mich, hoffe ich, auch. Es ist nicht alles verwerflich, was der Beamte Fink getan hat. Aber jetzt ist nötig eine Neubewertung von gar allem. Das sieht er, glaube ich, ein. Sonst dürfte ich diesen Brief nicht

schreiben. Er kann ja immer alles verhindern. Ich bin, wie gesagt, in seiner Hand. Aber er braucht mich auch. Das sieht er allmählich ein. Hätte er von Anfang an auf mich gehört, säßen wir jetzt nicht an steilen Hängen inmitten der Schweiz, wenn auch bei bestürzend liebenswürdigen Benediktinerinnen, sondern in Wiesbaden, sähen also dem Frühling entgegen. Am Wiesbadener Frühling habe ich immer am meisten die Kastanienblüte geschätzt. Besonders die direkt hinter der Staatskanzlei. Bei geöffneten Fenstern, im Tiefparterre, das war schon etwas. Lange vor Ihrer Zeit, Herr Ministerpräsident, nannten mich die Genossen, wegen meiner im tiefsten Parterre gehüteten Katholizität Kellerkaplan. Ich will keine Einzelheiten mehr aufwärmen. Ich erbitte mir vorerst einen Urlaub von, sagen wir, drei Monaten. Ich kann erst zurückkehren, wenn ich, was der Beamte Fink gedacht, getan, gesagt und geschrieben hat, neu bewertet habe. Gelingt das nicht, wird aus dem Urlaub ein Ruhestand. Die Neubewertung will ich, um nicht von der kleinlichen Privatheit erwürgt zu werden, in wissenschaftlicher Art versuchen. Hier haben Sie, was mir bis jetzt nur vorschwebt, was ich aber, indem ich mich an Sie wende, fassen will. Und wäre Ihnen dankbar, wenn Sie sich Folgendes als an Sie gerichtet widmen ließen.

TRACTATUS SKATOLOGICUS sive CACATA CHARTA.

1. Woher Rechtfertigung der unbeherrschbaren Flat-Unflat-Dialektik in einem Reinlichkeit verklärenden System? Wie dem Zwang widerstehen, jeden Satz, nachdem

man ihn hat hinschreiben müssen, nun seinerseits wieder zu rechtfertigen? Verfüge ich über mehr als Fragezeichen? Wo, bitte, kann unsereiner ein bißchen Legitimität schürfen? In der Geschichte? Von Catull bis zu dir selbst? Zählst du auch? Oder nur der Vater, die Mutter, ihr verlorener Krieg? Hat es schon einmal einen Krieg gegeben, der, als er längst verloren war, immer noch einmal und noch einmal verloren werden mußte, und jedes Mal noch mehr? Woher also Rechtfertigung?
Warum dieser Schimpf- und Schmähzwang? Sie werden hoffentlich nicht kleinlich erschrecken oder zusammenzucken, wenn ich Ihnen sage, daß der Beamte Fink Persönlichkeiten von Ihrem Rang, von Ihrer Tadellosigkeit je länger, desto ausschließlicher als Arschlöcher und Drecksäcke gesehen und bezeichnet hat. Zeitungen wie die über manchen, wenn nicht sogar über jeden Zweifel erhabene *Frankfurter Allgemeine* konnte er nicht anders als als Mistblatt bezeichnen oder, noch schlimmer, Edelmistblatt oder gar als Fassadenkosmetikgazette und Millionärsprawda. Da mobilisiert einer zwanghaft Schmutz gegen etwas, dessen Reinheitsgrad er nicht erträgt. Erträgt er diesen Reinheitsgrad nicht, weil der zu hoch angesetzt ist, also höher als überhaupt erfüllbar, also höher als wünschbar, oder erträgt er ihn nur nicht, weil er sich selber als so unverbesserlich schmutzig empfindet?
Ihr Interesse voraussetzend, möchte ich das herauszubringen versuchen.
Arschloch!
Von wem dieser Zwischenruf stammt, muß ich Ihnen nicht sagen. Ich entschuldige mich bei Ihnen auf das hef-

tigste. Der Beamte Fink ist noch immer aufgewühlt und gerät augenblicksweise außer Kontrolle.
Arschloch!! Drecksack!!!
Ich hoffe, diese mir, wie Sie sich denken können, zutiefst peinlichen Entgleisungen nehmen im Lauf der nächsten Wochen ab. Therapie, Therapie! Deshalb Tractatus skatologikus oder Cacata Charta. Oder: Die Untersuchung der Gründe, die einen zwingen, unflätig zu sein. Es reicht überhaupt nicht, im Zwang zu Scheißwörtern nur eine Erziehungs- oder Entwicklungspanne zu sehen. Defenderse de los cabrones. Haben Sie sicher auch gelesen, im SPIEGEL, den Sie ja, wie ich seit jener Heimfahrt von den Aids-Kranken weiß, durchaus zur Hand nehmen. Ein Frieda Kahlo-Satz! Wenn Frieda Kahlo so etwas in den Mund nimmt – daß sie eine Heilige jeder Religion ist, die diesen Namen verdient, wissen wir beide –, dann ist meine Schmutzbeflissenheit schon wieder legitimer. Es gibt dafür aber auch hautnahe Rechtfertigunsquellen. Im vergangenen Herbst benutzte ich, als ich durch die Rathausgasse ging und weil es gerade einmal nicht regnete, meinen Schirm als Stock. Neben mir ging der Ihnen sicher bekannte, inzwischen verstorbene Denkmalschützer und Schriftsteller Franz Karl Moor. Plötzlich fragte er mich fast gierig: Hast du Schwierigkeiten beim Gehen? Ich schüttelte den Kopf und ging instinktiv schneller. Er zeigte, daß er jedes Tempo, das ich einschlagen könnte, mitmachen werde. Er war vier Jahre jünger als ich. Er hat sein Leben als literarischer Gentleman verbracht. Da er eine oberrheinische Erbin geheiratet hatte, deren Familie sich seit mehr als einer Generation am Rhein bereicherte, hätte er es nicht nötig gehabt, immer

häufiger in den Feuilletons zu schreiben und an jedem Tisch, an dem er saß, mitzuteilen, ihm sei schon wieder, und diesmal von einer noch ehrwürdigeren Universität, eine C4-Stelle angeboten worden. Er schrieb in der Zeitung, deshalb wollten sie ihn zum Professor machen. Unter dem Vorwand, bürgernah zu sein, prostituiert sich die Universität. Verschleudert Doktorhüte an Feuilletonisten usw. Franz Karl Moor wäre der ideale Professor von heute gewesen. Immer braungebrannt. Wenn ich diesen Brief an die Ministerin Fladung-Ross schreiben würde, stünde hier jetzt: So braungebrannt wie Sie. Es hat mich jetzt unwillkürlich hingerissen, Franz Karl Moor, den ich, wenn ich nicht an Sie schreibe, nur noch FKM nenne, hier zu erwähnen, er gehört nämlich zu den Bedingungen, die aus mir eine Unflatschleuder machten. Ich habe es nur nicht gewußt. Inzwischen weiß ich, warum Scheiße das Hauptwort unserer Sprache ist, wenn sie nicht im Dienst bösartiger Verklärung ist. Scheiße, Scheiße, dreimal Scheiße.
Wenn ich glaube, den Beamten Fink schon fast zum Parteigänger des Lebens gemacht zu haben, zitiert er unseren Leibniz, der uns einmal den linguistischen Fachausdruck False Friends erklärt hat. So nennt, wenn wir das recht verstanden haben, der Linguist irreführende Ähnlichkeiten zwischen einander doch fremden Sprachen. Naiv wie Linguisten sein müssen, wissen sie nicht, daß es genügte, solche Täuschungspotenzen einfach Friends zu nennen. False Friends, das ist dasselbe wie Weißer Schimmel. Was ist alle Scheiße der Welt gegen einen Freund! Verglichen mit einem Freund ist alle Scheiße der Welt ein Rosenbeet, die reine Himmelswiese, ein Selig-

keitshauch. Aber ja. Vielleicht stammt überhaupt die Empfehlung Liebe deine Feinde aus der Erfahrung mit Freunden.

2. *Ich gehöre zu den jetzt seltener vorkommenden Blassen.* Mir beschert zwar eine nicht mehr abflauen könnende Wut immer ein rotes Gesicht, aber schon am Hals beginnt die Blässe. Meine kalten Hände sind kartoffeltriebartig weiß. Und diese mich ständig aufwühlende Wut ist auch der Grund, warum ich in jedem Augenblick Unflat schleudern könnte. Und je länger ich mich in diesem Zustand beobachte, desto unabweisbarer wird es, daß es die Braungebrannten sind, die ich Arschlöcher und Drecksäcke nennen muß. Das war nicht immer so. Angefangen hat es mit Bischöfen, Prälaten, Kirchenräten, die alle noch viel blasser waren als ich. Und da beginnt nun meine Schuld. Ich hätte diese bleiche Truppe nie mit meinem Unflat bewerfen dürfen. Heute sehe ich, daß es mir brüderlich Nahe sind und immer waren. Ich habe mich auf sie hetzen lassen. Von wem? Von den Braungebrannten! Die Blassen und Bleichen sind ja nur ins Feld geschickt worden, den Kopf hinzuhalten für die Braungebrannten. Daß die straflos davonkommen. Inzwischen habe ich meine Empfindlichkeit so spezialisiert, daß ich auch unter den Bleichen und Blassen sofort oder doch bald merke, wer von ihnen eigentlich zu den Braungebrannten gehört und nur durch irgendeinen Zufall nicht oder noch nicht braungebrannt herumläuft. Tronkenburg, zum Beispiel, ist der Inbegriff des Braungebrannten, auch wenn er ewig bleich und blaß herumliefe. Ich bin der Gegentyp. Ich werde nicht braun, welcher Sonne ich mich auch aussetze. Ich bin der ewige

Bleiche und Blasse, auch wenn ich, weil mir die Wut andauernd ihre Röte ins Gesicht treibt, nie wirklich bleich und blaß aussehe. Ohne die andauernde Wut wäre ich der Blaßbleichste überhaupt. Dieser nach dem Erscheinungsbild gemachten Einteilung liegt natürlich etwas Wesentliches zu Grunde: die Art, auf Reize zu reagieren.

3. *Die unterschiedliche Art, Reize zu verarbeiten,* bewirkt die einzigen nennenswerten Unterschiede zwischen den Menschen. Die Art und Weise, den von der Sonne ausgestrahlten Reiz zu verarbeiten, ist dafür nur das auffälligste Beispiel. Unser Werden und Sein läßt sich vom Moment des Gezeugtwerdens bis zum Todesaugenblick auffassen und verstehen als eine Geschichte der Reizverarbeitung. Je mehr wir einem Reiz entsprechen können, desto mehr haben wir davon. Wovon? Vom Leben. Glück ist nichts als ein Wort für die richtige Reizverarbeitung. Je mehr wir Reize durch Umwertung oder gar Unterdrückung verarbeiten müssen, desto weniger haben wir davon beziehungsweise desto unglücklicher sind wir. Menschenführung ist nichts als die Ermöglichung günstiger Reizverarbeitung. Wenn ich mir derart Allgemeines abmelke, lache ich, wie ich mir vorstelle, daß ein Werbemann lacht, der eine verkaufbare Zeile geboren hat.

Vom 23. November 1988 bis zum heutigen Tage, also mehr als sechs Jahre lang, hat der Beamte Fink immer häufiger mit Arschloch und Drecksack, mit Scheiße und Fresse auf alles reagiert, was ihm die Welt als Reiz servierte. Die Berufswelt. Die peinlichen, schmerzlichen, grausamen Reize aus dieser Berufswelt bewirkten, daß wir, der Beamte Fink und ich, für jeden anderen Reiz nur empfänglich waren, wenn er verwertbar war für unser Berufsproblem: das ist die verletzte Ehre, das zerstörte Ansehen, die öffentliche Demütigung. Beruf und Leben waren bei uns offenbar in einer, wie ich jetzt weiß, gefährlichen Weise in einander übergegangen, untrennbar geworden. Wer mich in meinem Beruf verletzte, verletzte mein Leben. Ich weiß schon, daß gewissen Mißbrauchs wegen *Ehre* kein gern gebrauchtes Wort mehr ist. Ich gehöre einer Generation an, in der man, wenn man sich ruhig prüft, lieber *Ehre* verwendet als *Identität*. Und das hat gar nichts zu tun mit irgendeiner Fahne, Uniform oder Nation, es ist nur der Inbegriff der eigenen Würde, die man erst kennenlernt, wenn sie einem verletzt, abgesprochen, kaputtgemacht wird. Ich habe das Wort *Ehre* bis zu jenem 23. November nicht gebraucht. Es war einfach nicht nötig. Erst danach wurde es stündlich nötiger. Weil mir, entschuldigen Sie, Unrecht getan wurde. Und, Ihr Interesse voraussetzend, teile ich Ihnen mit: Unrecht tut weh, wie Zahnweh weh tut. Der einzige Unterschied: gegen diesen Schmerz gibt es keine Tabletten. Also fängt man an, auf jede überhaupt mögliche Art zu reagieren. Für den Beamten Fink haben sich als unentbehrlich und hilfreich die Schmutzwörter erwiesen. Er mußte seine Gegner als das bezeichnen, was sie nach ihrem eigenen Verständnis und nach dem Urteil aller Zurechnungsfähigen am wenigsten beziehungsweise überhaupt nicht waren: Arschloch, Drecksack, Scheiße, Fresse. Steigern ließen sich diese Erzwörter durch die Möglichkeit, in unserer Sprache Hauptwörter einfach aneinanderzukoppeln. Also Jesusarschloch, Jesusdrecksack. Oder auch untereinander: Scheißdrecksack, Scheißarschloch, Scheißfresse, Scheißstaatssekretär, Scheißministerpräsident. Sie ahnen schon, daß sich einer, der zur entsprechenden Reizverarbeitung nicht mehr imstande ist, nur noch unflatschleudernd helfen kann. Ja, es ist das ein ferner Abkömmling der Selbstbefriedigung. Das war ja, wenn auch sicher nicht der Anfang, so doch die wichtigste Station auf dem Weg zur nicht entsprechenden Reizverarbeitung. Eine nicht entsprechende Reizverarbeitung ist einer Reizunterdrückung vorzuziehen.

4. *Krieg und Kriegsende, und die Art, wie mein Vater aus dem verlorenen Krieg zurückkam* und wie wir diesen Krieg seitdem immer aufs neue und immer noch furchtbarer verlieren, seien, glaube ich, bestimmend geworden dafür, wie ich auf Reize reagiere. Sechsundvierzig kam der Vater zurück aus Rußland. Von seinen fünf Kindern hatten, als er ankam, drei die Motten. Zwei Buben und ein Mädchen. Eine vierte, unsere schönste überhaupt, hatte ein Knochenkarzinom, mußte oberschenkelamputiert werden, heiratete den seinerseits einbeinigen, gute zwanzig Jahre älteren Major. Viele Jugendjahre lang wurde ich gegen die Tuberkulose behandelt. Alle vierzehn Tage mit zwei Litern Luft gefüllt. Damit konnte ich in der Straßenbahn groteske Geräusche erzeugen, die Leute ärgern. Kein Zauberberg weit und breit. Jede Steigung über 30 Prozent war verboten. Hieß Blutsturzweg. Erst als ich instinktiv und gegen jeden Rat, auch gegen den väterlichen, nach Tel Aviv ging, um dort bei Dr. Tuchler Rechtsanwalt zu lernen (Jetzt gehst du zu den Feinden, sagte der Vater bei der Verabschiedung auf dem Bahnhof, und meinte das, glaube ich, nicht antisemitisch,

er meinte, glaube ich, daß wir uns die Juden zu Feinden gemacht hätten), erst da ahnte ich, erfuhr ich, merkte ich, daß auch ich selber reagieren konnte. Dann dreißig bravfromme und frommbrave Jahre. Dann plötzlich diese Flat- und Unflatexplosion.

Der Vater war aus einem Krieg zurückgekommen, den er nicht gewollt hatte, aber er hatte ihn mitmachen müssen, weil es den Nationalsozialisten gelungen war, sich in den Legitimierzentren des Systems einzunisten und so diesen Krieg noch einmal zu einer vaterländischen Pflichtsache zu machen. Daß man das Vaterland an der Atlantikküste und an der Wolga und in Nordafrika und Nordnorwegen zu verteidigen hatte, hieß Vorwärtsverteidigung und wurde strategisch mit der neuen Waffentechnik erklärt. Zur Wehrmacht gehörend war man ein Soldat wie ein anderer Soldat anderswo, sei es bei der US-Armee oder der Roten Armee.

Den Sieger gibt es immer nur in der Einzahl. Es siegt immer nur EIN Land oder eine Nation oder eine Rasse oder eine Idee oder eine Kultur. Wer siegt, schreibt dann die Geschichte. Möglich, der Besiegte erholt sich rasch von seiner Niederlage, einfach weil die Niederlage in ihm eine Arbeits- und Aufbaukraft provoziert, die beim Sieger vorübergehend eingeschlafen ist. Aber die Geschichte schreibt trotzdem er, der Sieger. Das heißt, der Verlierer hat keine Würde. Er hat vielleicht mehr Geld oder die besseren Autos, aber er hat keinen Wert mehr, weil er nicht mehr die Legitimität hat, etwas zu einem Wert zu machen. Jeder Wert ist gemacht. An sich ist nichts wertvoll. Und universell wertvoll schon gar nicht. Und alle Legitimität für Wertschöpfung hat ganz allein der Sieger. Das heißt: nichts ist anerkennenswerter als der Sieg. Und der Sieger kann gar allem den Wert verleihen, den er ihm verleihen will. Deshalb muß man siegen. Siegt man nicht, ist alles, was man ist und macht und schafft, Scheiße, hat keinen Wert. Oder eben nur den Wert, den der Sieger einräumt, zuteilt, gestattet.

In den Jahrzehnten nach 1945 verlor der deutsche Soldat diesen Krieg zum zweiten, dritten, vierten ... Mal. Und er hört nicht auf, ihn zu verlieren. Er ist längst diffamierbar geworden. Daß er 1945 oder 46 nicht so diffamiert wurde wie jetzt, wird allen vorgeworfen, die in diesen Jahren etwas zu sagen hatten. Die sind dann fast schon so schlimm wie die Soldaten, denen sie zu wenig vorgeworfen haben.

Inzwischen weiß das jeder: diesen Krieg hat man gar nicht gewinnen dürfen. Aber als man ihn anfing, wurde allen, die kriegführen mußten, die nötige Legitimität verpaßt. Die deutschen Soldaten mußten diesen Krieg für einen Krieg halten wie den davor und den davor und den davor. Aber als er verloren war, war man nicht nur Soldat einer Armee gewesen, die einen Krieg verloren hatte, sondern Mitglied einer Verbrecherbande und insofern auch ein Verbrecher. Auch wenn man nichts getan hatte als die schaurige Pflicht, die die Gegnersoldaten auch getan hatten. Dann wurden aber so gut wie alle Deutschen gleich nach 45 eingeladen, sich auf die Seite des Siegers zu schlagen und damit auf der besseren, auf der einzig guten Seite zu sein und mitzuarbeiten an der Zerstörung auch noch der letzten bösen Altlegitimitätsrestchen. Diese Einladung, ein besserer Mensch zu sein, haben wir dankbar angenommen und haben uns fleißig hineingearbeitet ins Bessersein. Das Ausland sparte nicht mit Lob und Belohnung. Heute geborene Deutsche werden ins Bessersein hineingeboren. Aber jetzt stellt sich heraus: die Welt wacht über uns, als könne täglich die ganze Scheiße wieder hochkochen, ausbrechen, vulkanartig. Der Frieden, den man uns geschenkt hat, ist faul. Er stinkt. Es genügen Scheußlichkeiten, wie sie heute überall passieren, und wir sind wieder im schrecklichsten Verdacht. Und die für die Verdachtmeldung zuständigen Sensoren sind von Jahrzehnt zu Jahrzehnt immer mehr spezialisiert worden. Spezialisiert, das zu entdecken, worauf sie spezialisiert sind. Ein Ende dieser Empfindlichkeitssteigerung ist nicht abzusehen. Das heißt, wir bleiben in der Scheiße. Prinzipiell. Die deutsche Geschichte ist aus der Hitlerscheiße nicht herausgekommen, sondern die Hitlerscheiße wird so am Kochen gehalten, daß wir jederzeit mit ihr eingedeckt werden können. Rette sich, wer kann. Und dazu genügt es ja, einzustimmen in den Verdächtigungston, wie ihn FKM ununterbrochen gepflegt hat. Aber wer diesen Ton, weil sein Vater so und so dran war und er also so und so aufgewachsen ist, nicht schafft, den begleitet die Scheiße als Geschichte bis zum Schluß.

5. *Ich führe uns jeden Morgen zu noch anstrengenderen Gängen.* Von der körperlichen Erschöpfung verspreche ich mir am meisten. Dann werfe ich gelegentlich einen Satz hin, wie man eine Angel auswirft: Sind denn Feinde überhaupt interessant? Was, wenn wir Feinde langweilig fänden? Bevor er antworten kann, weise ich ihn auf Krokus und Enzian hin. Auf Gamsrudel. Benediktinerinnen. Tannenkonvente. Die jäh übers Tal wegziehenden Wol-

ken. Und auf Gestein. Mein Gott, was ist eine Gesellschaft verglichen mit Gestein! Was für eine Geschichte erzählen die Steinwände, an denen wir entlanggehen, hinaufschauen. Arschloch und Drecksack werden denn wie ferne und unverständliche Echos eine Zeit lang herumgewittern, dann verstummen. Wie es sich gehört. Für einen freien Menschen.

6. *Bei den Ägyptern, den alten,* sei der Mistkäfer, der seine Eier in Mistkugeln unterbringt, als heilig verehrt worden. Vornehmste Mumien hätten auf der Brust den Skarabäus, zu deutsch Mistkäfer, gehabt. Und die Göttin der Reinheit war den Azteken auch die Göttin der Unreinheit. Tlazolteotl genannt. Logisch, sie war Schmutzverschlingerin. Schmutzgöttliches zitiere ich nicht, um übel Riechendes besser riechen zu lassen. Der Beamte Fink hat die Schmutzwörter immer gerade wegen ihrer Kraft, üblen Geruch herzubeschwören, verwendet. Wer an billigeren Sprachgebrauch angeschlossen ist, wird mir sagen, der Beamte Fink sei anal fixiert. In solche Schubladen mag ich ihn nicht sperren.

Woher aber dieser Reiz, die Besten, die Reinsten, die Tadellosesten nur noch Arschlöcher und Drecksäcke zu nennen?

Meinem Schwager, dem Major Beckmann, reichte der Schmutz mit dem die Welt ihn bewarf, immer nur bis zu den Fußspitzen, deren er nur noch eine hat; bei mir aber reicht der Schmutz tief hinein und kommt ebenso tief aus mir heraus. Ich bin schmutzproduktiv. Es kommt mehr Schmutz heraus als hineingekommen ist.

Daß der Beamte Fink sich diesem und jenem Pensum verschloß, freut mich jetzt manchmal. Seine unzerstör-

bare Kindlichkeit. Er lernte es einfach nicht. Stellte sich stur. Unbelehrbar eben. Da Lernen auch immer Verlernen ist, hat er, der wirkliche Konservative, weniger verlernt als andere. Gestern rief er von unserem höchsten Wanderungspunkt wieder talauswärts nach Norden: Ich gebe euch das Arschloch zurück, Brüder und Schwestern der Christenheit und anderer Heiten. Euch fehlt euer Gegenteil, ohne das ihr unwahr seid und bleibt. Ihr habt euren Antipoden gekillt, moralisch, ästhetisch, also total. Den Arsch habt ihr zum Gesäß gemacht. Pfui! Gibt es an und in euch eine feinfühligere Stelle als euer Arschloch? Wer da Ja schreit, bezeichnet nur seinen Verlust. Ach, seid ihr kopflastig geworden. Karrieresüchtig kippt ihr nach vorn, laßt das Hintere im Abseits veröden. Wenn's dann ernst wird, bestellt ihr Proctologenlyrik. Ach, ihr so verlorenen Ärsche.
Dann schwärmte er von früher Kindheit, als *ein* Waschlappen für alles gut war. Wenn er etwas zu bedauern habe, dann, daß er aus Arschloch je ein Schimpfwort gemacht habe. Aber, rief er, war's denn eins? War's nicht eine Einladung zur Gründung eines Neuen Bundes. Ach, ihr Arschlöcher alle. Ach, wir Arschlöcher, wir. Und verstummte. Und stumm setzten wir in eher sanften Sprüngen abwärts. Zurück in unser rotgeschindeltes Gelaß. Weil es in unserem lieblichen Raum so nach dem 19. Jahrhundert riecht und weil die enge niedere teppichlose Stube kein sich zur Polemik aufladendes Kreisen erlaubt, ist der Beamte Fink für manches Geflüster zu haben. Ich setze sein Schwärmen vom für alles reichenden Waschlappen der Kindheit fort. Den Waschlappen führte zuerst die Mutter oder die Frau, der die Mutter den Waschlap-

pen anvertraute. Dann hast du ihn gekriegt. Und in der Kirche knietest du schon hinter dem Hochgewandeten, der in seinem Kelch das größte Reinigungsgeschäft der Welt betrieb, wozu er ein Lamm gerufen hatte, das gern allen Schmutz davontrug. Jetzt, paß auf, Beamter, unter Pfarrer Sulzers Büchern gibt's eines, und der Verfasser ist einfach ein Heinrich Zimmer, allerdings ein offenbar – und nicht durch Übermut – weit Herumgekommener, der denkt sich den Kelch nicht gefüllt mit der Reinigungsessenz des Lamms, sondern gefüllt mit der Verhöhnung alles Heiligen und Reinen, gefüllt mit allem, sagt er, *Unflat des Priesters und der Gemeinde*, dann würde natürlich durch die Wandlung aus dem Scheußlichsten das Schönste. Aber die Wandlung geschähe nicht durch höheren Einfluß, sondern dadurch, daß der Priester den *ungeheuerlichen Trank sich selbst und der Gemeinde darbringt.* Agnus dei, qui tollis cacata mundi ... Mit Christentum kriegst du das nicht ganz hin, klar. Aber mit bodhisattva schon. Und Herr Zimmer ist gelernter Vorarier.
So lege ich dem Beamten Fink eine weitere Mine der Erleuchtung auf seinen Gedankenweg. Man kann beim Lichtbesorgen gar nicht weit genug ins Dunkel gehen. Und wenn wir erst die Flat-Unflat-Dialektik zu verständlichem Klingen gebracht und sie dadurch jedes gesellschaftlichen Lärmwerts beraubt haben – was wir durch diesen Tractatus zu erreichen hoffen –, dann wird der Problemrest zusammensinken zu einem Beispiel ach so typischer Vorruhestandsplackerei. Das stelle ich hoffnungshell in Aussicht. Mir. Ihnen. Uns. Allen. Ihr Hochverzogener Sowieso.

PS: Gestehen will ich doch noch, wenn auch nicht unterwürfig, daß ich mich nach Wiesbaden sehne. Nichts gegen die feierlich ernsten Tannenkonvente hier im Gebirge, aber Wiesbadens Platanen sind eben, auch wo sie in ordentlichen Alleen grüne Bänder durch die Stadt ziehen, Einzelwesen. Besonders durch die keiner Erwartung sich fügenden Stämme. Andauernd wirft jede Platane, ganz nach eigenem Bedürfnis, alte dunkle Rinde ab und bildet helle neue, andauernd ist die Platane gleichzeitig hell und dunkel, und wenn noch die Sonne scheint, lassen die Blätter so viel Sonnenlicht durch, daß die helldunkelgefleckten Stämme einem sehr nahe kommen. Unter Platanen geht man ja nie im Schatten und nie in der Sonne, sondern immer im Schatten und in der Sonne zugleich. Und Wiesbaden ist die Platanenstadt. Wo gibt es noch eine Stadt, in der die Sonne sich mit soviel Grün beschäftigen kann! Und auch mit soviel Fassade! Ich meine, krause Fassade, das wilhelminische Steingefältel, das nicht aussieht, als sei es entworfen worden, sondern habe sich gebildet unterm Druck eines prunksüchtigen Traums. Ach ja, diese Stadt. Muß ich es begreifen, daß ich mich sehne nach ihr?

7.

Immer öfter verlassen wir die Wege, weil's der Beamte Fink gern steil hat. Stapfen Schneefelder hinauf, sinken ein bei jedem Schritt, aber nicht so tief wie im Pulverschnee. Der schwere Frühjahrsschnee sammelt sich unter jedem Tritt zur Stufe.

Der Beamte Fink bestimmt, wann wir umkehren. In großen Sprüngen geht's dann abwärts. Der schwere Schnee ist der richtige Landungsdämpfer für jeden Sprung. Man hat das Gefühl, man könne nichts falsch machen. Das ist wie Glück. Schnaufend bleiben wir, sobald das Schneefeld aufhört, stehen und schauen dem Schmelzwasser nach, das unter dem Schnee herausläuft und in winzigen Rinnsalen davonsilbert.
Ich weise den Beamten Fink auf die Krokuswiese hin, die hier beginnt. Lila-weiß. Des Jahres erster Farbversuch, mein Lieber! Schau dir das an! Er dreht sich weg, hält sich die Augen zu. Natur, du spinnst wohl, sagt er. Bitte, wo sind wir denn! rufe ich. In großer Höhe! Wir sprechen aus der Höhe. Schon lieben wir die Gänge an steilen Hängen entlang. Das plötzliche Aufrauschen der Bäume, als erschauere das Universum. Die Wolken wirken beschäftigt. Überall werden wir Zeugen schönster Notwendigkeit. Die Welt, ein Geschehen aus hellen und dunklen Wolken. Schneetreiben, sanft oder jäh, Sonnendurchbrüche, Eindunklungen, Besänftigungen. Wen möchte man da nicht loben. Stell dir alle vor, die dich gekränkt haben, dann empfinde die allmählich zurückkehrende Freude beim Gebrauch der eigenen Glieder und Muskeln. Entsprechend und immer noch entsprechender reagieren auf die steilen Hänge. Auf der Waldrandbank sitzt plötzlich mit weggestreckten Beinen, liegt fast mehr als sie sitzt, ein Mädchen. In den Ohren die Knöpfe, durchs Haar der Walkmanreif, wie weggeworfen im Gras das Motorrad. Ja was willst du denn noch, Mensch! Sentiez vous libre d'utiliser les toilettes, brüllt der Beamte Fink. Ja, ja, ja, Herr Fink. Reden Sie nur feste drein. Die-

ses Tal schafft Sie und Ihre Dreckbesessenheit. Die Tannen wirken fromm, das Wasser eilt eifrig bergab. Am Frühling ist nicht mehr zu zweifeln. Ich bestehe darauf, daß die Krokuswiese unter uns eine lila-weiße Pracht sei. Ich lege es ihm dar: Weil das Gras noch fehlt, schießen die hunderttausend lila-weißen, schon zum Blütenspreizen bereiten Spitzen auf dem grünen wollenden Teppich ins Licht. Das ist, rufe ich, unsere Armee. Die blüht uns. Und sonst nichts.

Seh' er selber, murrt er.

Ich wiederum sehe ein, daß ich, was in ihm immer noch aufflackert, nicht einfach totschweigen kann. Arbeiten wir's auf. Wie war denn das, wenn du vier Artikel geschrieben und unter vier Namen in vier Zeitschriften untergebracht hattest, und dann rief keiner an! Auf dem Weg zum Mittagessen bist du schon lächerlich langsam gegangen, um dem Kollegen Storz Gelegenheit zu geben, dich einzuholen. Er hat diese Gelegenheit abgewehrt. Und dann vor dem Café das Journalistenpaar, du mit beiden schon bekannt, als sie einander noch gar nicht kannten, und die grüßten so, daß du nicht stehenbleiben konntest, gar nicht stehenbleiben solltest. Also weiter, weiter. Zu Ultraschall und Hitzebett. Und an dem Tag, als sechs Angriffe liefen, rief Kollege Voxpop dir zu: Die sitzen das aus! Und das war die einzige Reaktion auf sechs Angriffe, in die du deine ganze Potenz investiert hattest. Dann hast du einen der drei, vier ganz Unbeirrbaren angerufen, Trauberg nämlich, und hast ihm vorgetragen, wie der nächste, der siebte, der endgültig durchschlagende Angriff aussehen würde. Das heißt, du wolltest ihm das vortragen, aber dann merktest du, daß Trauberg ner-

vös war, und hast erfahren, er sitze auf Koffern, in einhundertfünf Minuten gehe sein Flugzeug nach Namibia. Also blieb gar nichts übrig, als auf dem Teppich Runden zu drehen und alle Arschlöcher und Drecksäcke zu nennen und eine Stunde lang darüber nachzudenken, ob das Vorzimmer des Ministerpräsidenten im letzten Anschreiben Fink absichtlich zu Finck verfälscht habe oder ob das nur ein Versehen sei! Ein ermüdendes Gebalge.
Das hätte ich nicht sagen sollen.
Wenn man Churchill heißt, ruft er, und im drachenverzierten Bademantel auf der Chaiselongue liegt, von der aus man den zweiten Weltkrieg gewinnt und gewinnt und gewinnt, dann kann es einem vielleicht langweilig werden, nicht aber wenn man andauernd ... Bevor er wieder rotiert, unterbreche ich ihn. Das habe ich gelernt inzwischen. Denk doch, rufe ich, an solche Augenblicke: Du, der Feldherr des Verfahrens, trittst als Einpeitscher auf, liest einem Mitstreiter in dessen häuslich gemütlicher Umgebung die noch knappere, noch einfachere, die schlechthin durchsichtige Version deines Falls vor, ihm und seiner Frau liest du deinen brillanten Text, der dich Nächte gekostet hat, vor und spürst plötzlich die Hand der Frau auf deinem Unterarm und hörst sie sagen: Sehen Sie denn nicht, mein Mann hat Nasenbluten. Und das vergiß auch nicht. Immer wenn du in der Straße gehalten hast, in der dein Leibniz unter seinesgleichen wohnt, und du bist rasch durch den Vorgarten in den Hausflur gerannt, um ihm schnell die Kopie der letzten Angriffsschrift in den Kasten zu werfen und den Zettel BITTE IN DEN BRIEFKASTEN SEHEN auf den Kasten zu kleben, da hupte doch draußen jedes Mal schon der im

weißen Landrover und du, von seinen Huptönen gehetzt, ranntest zu deinem Wägelchen, flutschtest hinein und fuhrst, Arschloch brüllend, davon. Das war's dann doch wieder für einen Abend, oder?!
Wenn dann zu Hause Thea, als du ins Zimmer kamst, wegschaute, mußtest du doch wieder umkehren, hinaus, noch einmal ins Auto, sitzen und weinen. Wiedereintritt erst möglich, wenn dir nichts mehr anzusehen war.
Zuerst hielt ich das Alleinseinkönnen für eine Fähigkeit, dann für ein Bedürfnis. Es ist aber eine Notwendigkeit. Jetzt eine Sucht. Die endgültige Sucht.
Entschuldige, bitte, diese Abschweifung ins Impressionistische beziehungsweise Private.
Jetzt tut der Beamte Fink, als renne er gleich wieder weg. So trage ich ihm denn zum letzten Mal vor, wie wir den Kampf in einem Sieg enden lassen können.
Den Mächtigen dies und das vorzuwerfen, das ist der Versuch, sie mit ihren eigenen Mitteln zu schlagen. Anderen etwas vorzuwerfen, darin sind die Mächtigen unschlagbar. So tun, als wisse man etwas besser als sie, das kann nicht gelingen, denn sie wissen immer alles besser als alle, über die sie mächtig sind. Das ist wirklich so. Sonst wären sie ja nicht mächtig geworden. Das kannst du nachprüfen in jeder Größenordnung, vom Kleinkotz bis zum Großkotz. Eine auf Herrschaft gegründete Welt hat nicht nur oben dran ein paar Mächtige und sonst nur Untertanen. Das, was du, trotz der Warnung deines Leibniz, das System genannt hast, ist vollkommen durchsetzt mit Herrschaft, also mit Machtausübung auf jeder Etage, an jedem noch so geringen Fleck. Einer muß herrschen über den anderen, sonst funktioniert das Sy-

stem nicht. Und an jedem Fleck herrscht einer, der es besser weiß, über einen anderen, der es nicht besser weiß. Die einzige Möglichkeit, die Mächtigen zu besiegen, ist, sie zu loben. Ihr wirksamstes Herrschaftsmittel, der wahre Ausweis ihrer Überlegenheit: sie können uns durch Tadel, Vorwurf und Absprechung kleinmachen, aber dadurch härten sie uns auch, durch und durch. Wenn sie uns aber loben, beherrschen sie uns wirklich. Das Lob ist die Besiegelung des Siegs über den Gelobten. Allerdings müssen wir es ernst meinen mit dem Loben. Jux hilft nichts. Und das heißt: Ich werde die Geschichte des Beamten Fink schreiben als ein Lob der Mächtigen. Alles, was dem Beamten Fink angetan worden ist, ist lobenswert. Was für eine weise Entscheidung, dem um seine Christenfraktion verdienten Moosbrugger gerade dieses Referat anzuvertrauen, die Verbindungsstelle zu den Kirchen und Religionsgemeinschaften. Die Zeiten, in denen das Staatskirchenrecht die Krone der Jurisprudenz war, sind gründlich vorbei. Heute arbeitet sich ein heller Kopf in diesen Bereich in drei Wochen ein. Selbst vom Sport muß man, will man ihn durch politische Entscheidungen fördern, mehr verstehen als, um das Religiöse zu fördern, vom Staatskirchenrecht. Daß jemand an einer so unlebendigen Stelle so kleben würde, konnte der damalige Staatssekretär nicht ahnen. Er konnte eher erwarten, der Beamte Fink werde ihm dankbar die Hand küssen, dafür, daß er von dieser Stelle erlöst wurde. Und so war es doch. Der Beamte Fink war über seine Ablösung nicht nur unglücklich, aber der Mächtige hatte einen Fehler gemacht, einen formalen Fehler, hatte sich schnell vertan, fand nachher nicht mehr heraus; handlungsschwach wie Hamlet, ließ der Anglokavalier die Zügel politisch-ästhetisch schleifen; mein Gott, wer Macht hat, dem passiert dergleichen tatsächlich im Handumdrehen; und der wird dann festgenagelt von einem, der seinen eigenen Schmerz maßlos überschätzt. Ja, nicht nur verglichen mit einem Indianer, nenn' ich den Beamten Fink jetzt einen Hypochonder. Nickt er? Ich weiter: Ein Rechtshypochonder ist der Beamte Fink gewesen! Die Frankfurter Edelzeitung war und ist edel, war und ist überhaupt kein Mistblatt. Ich habe das immer geahnt, durfte es aber als Gefangener des Beamten Fink nicht laut sagen. Jetzt, von ihm freier geduldet, darf ich diesen Elfenbeinturm aus Zeitungspapier aus ganzem Herzen loben.

Nickt der Beamte Fink? Er setzt an zu einem Nicken. Es wird alles andere als ein Nicken. Aber es unterbleibt wenigstens sein mechanisch borniertes Kopfschütteln, mit dem er sich jahrelang in die Polemiklaune geschüttelt hat. Und weil das Kopfschütteln unterbleibt, schießt ihm auch die Kampfröte nicht ins Gesicht. Er bleibt, behaupte ich, ansprechbar.

Seit ich mir die Freiheit erkämpft habe, entweder Benediktinerin zu werden oder Monsignore Sulzers Nachfolger, bin ich in unserem Verhältnis führend geworden.

Ich sorge dafür, daß wir jetzt jeden Abend in der Vesper sitzen; meistens allein in der in himmlischer Helle verschwimmenden Kirche. Vom Chor herab, der sich in kleinsten Abständen innig um einen Ton windende Gesang der Schwestern, immer antwortend auf Schwester Chantals den Raum weitenden Vorgesang. Die Vesper ist mir im klösterlichen Stundenplan die liebste Veranstal-

tung. Als ich mich zum ersten Mal hineinwagte in die Abendkirche, sang Schwester Chantal gerade *Wie könnt ihr mir sagen: In die Berge flieh wie ein Vogel.* Hymnus ist es und Lobgesang, das abendliche Psallieren der Schwestern. Fink, sei so gut und laß uns hier loben lernen. Zuerstmal lateinisch. Laudamus... benedicimus... Mensch, Fink, schau doch, wir werden hier so ganz nebenbei Zeugen eines Wunders. Das Wunder von Melchtal, mein Lieber! Die Mutter Priorin, Theas jüngere Schwester! Und dann stellt sich heraus, sie ist Theas Jahrgang. Und so ist es bei Leonarda, Praxedes, Chantal! Und was erfahren wir? Seit siebenundzwanzig Jahren keine Novizin mehr. Wirkung: Seit siebenundzwanzig Jahren ist in dieser Sororität keine auch nur einen einzigen Tag älter geworden. Das Wunder von Melchtal! Wann treten wir ein? sagte der Beamte Fink und tat, als meine er es nicht ernst.
Ich kann weder Benediktinerin noch Monsignore werden, wenn mir nicht alle vergeben, die er in seiner Rechtshypochondrie, für die wir zu lange Verständnis hatten, gequält hat. Daß ein Verschrobener sein maßloses Rechtsbedürfnis auslebe, mußten so viele doch eher Edle leiden. Ach, auch wenn sie nicht alle gleich edel waren – wer dürfte das fordern! –, es waren doch die, denen wir verdanken, daß die Welt sich erhält. Was wissen wir, die Unwichtigen, wie es den Wichtigen nachts geht! Ich lobe die Mächtigen, ihrer ist die Erde. Sie tragen sicher schwer genug an ihrer Wichtigkeit und Bedeutung. Wenn ich mir vorstelle, ein Mächtiger schaut morgens in den Spiegel, und dann schaut immer ein Mächtiger zurück! Ich meine diese oft von keiner Musik gemilderte Wucht der Ge-

sichtszüge. Nichts Weiches, Nachlässiges, Lustiges, Belangloses, Verträumtes, Herzliches schaut da zurück, sondern ein Beethoven ohne Musik. Mein lieber Mann, da würde ich doch schon wieder abhauen.
Fazit: Ich hielte es nicht aus, ein Mächtiger zu sein. Zu schwach. Zu windig. Zu nichtig. Also kann ich froh sein, daß andere sich finden, die es auf sich nehmen, mächtig zu sein, die es ertragen, mächtig zu sein, die nicht daran verzweifeln, mächtig sein zu müssen. Und die muß man darum loben. Er setzt zu einem immer noch mißlingenden Nicken an, das Kopfschütteln unterbleibt. Manchmal sieht es so aus, als könne er das Nicken noch lernen. Das wär's überhaupt. Ein zu allem nickender Beamter Fink! Das ließe mich an Fortschritt glauben. An die Verbesserbarkeit des Menschen. Einfach an Utopie. Alles utopische Denken und Handeln stammt aus der Erfahrung, daß Menschen nicken lernen können. Und zwar alle. Wo immer bis jetzt Utopisches auf der Erde versucht wurde, war immer das große allgemeine Nicken gefragt. Utopie ist ja immer universell, das heißt: da darf keiner fehlen. Da muß jeder mitnicken.
Jetzt muß ich ihm nur noch erklären, wofür gerade wir, er und ich, die Mächtigen loben müssen. Das tue ich wiederum in großer Höhe.
Also sage ich, sobald wir droben sind, der Mächtige vergriff sich in den Mitteln – man nennt das einen Lapsus –, danach verteidigte er seinen Lapsus mit dem falschen Mittel, was man als einen weiteren Lapsus bezeichnen könnte. Aber der Beamte Fink, dem das und das geschah, war dadurch plötzlich jemand. Endlich war er jemand! Ihm war Unrecht widerfahren! Nichts ist günstiger für

einen bis dahin eher unscheinbar gebliebenen Mann, als daß ihm Unrecht widerfährt. In einem Rechtsstaat ungerecht behandelt zu werden, ist das Beste, was einem passieren kann. Zumal einem, der in zwanzig oder dreißig Arbeitsjahren das Gefühl gesammelt hat, er sei nie nach Verdienst angesehen und gelobt worden. Einen angejahrten Prestigebedarf hat so einer. Den hat jeder, der zu den Unmächtigen gehört. Bis ihnen dann, wenn sie Glück haben, Unrecht geschieht. Jetzt aber los! Der arme Mächtige, dem unter den tausend Handlungen, aus denen sein Alltag besteht, eine einzige so mißrät, daß ihr Effekt Unrecht heißen kann. Der wird seines Lebens nicht mehr froh. Eine doch wohl geil zu nennende Massenpresse, zu der auch hochlöbliche Magazine zu rechnen sind, wartet nur auf so einen Fall. Einem Mächtigen ans Bein pinkeln oder in die Waden beißen – da hat man doch wieder einmal das Gefühl, das Geld, das man reichlich einstreicht, sei auch verdient. Da blüht die Legitimität für jedes Privileg. Ob der Mächtige nun nachgibt oder sich wehrt – er kann nichts mehr retten. Dem Prestigehungrigen geht keine Rehabilitierung weit genug. Er verfolgt den Mächtigen mit moralisch getarnter Unerbittlichkeit. Mit Eifer und Geifer verfolgt der populistisch aufgeblasene Märtyrer nicht nur einen Mächtigen, sondern am liebsten gleich alle. Das System. Also alle, die Verantwortung tragen, also auch die wenigen von Vernunfts- statt von Sensationsproduktion lebenden Zeitungen. Die vor allem. Und ich komme zum schwersten: FKM. Daß er's nicht gegen mich tat, sondern für sich, ist uns schon klar. Das schlechthin Lobenswerte an und in seinem Tun: so bewies er, wer in diesem System etwas für sich tun will,

muß etwas gegen einen anderen tun. Für diesen Beitrag zur Systemerkennung verdient er unser Lob.
Du siehst, sage ich zum Beamten Fink, es gibt Standpunkte, von denen aus man die Mächtigen nicht nur loben kann, sondern sogar loben muß. Ich bin dabei, diese Standpunkte zu erklettern. Du wolltest mit Hilfe von Paragraphen und Journalisten und Kopiermaschinen und Besserwissen siegen. Erinnerst du dich? Ich tue, als halte ich sein Blinzeln für Zustimmung, und fahre fort. Wir, du und ich, wir laufen nicht über, zu nichts und niemandem, aber wir loben die, die uns besiegt haben. Die dich und mich besiegt haben, die loben wir. Und das ist unser Sieg.
Ich sage, und wir sind ja inzwischen mitten zwischen einhunderttausend lila-weißen Krokusspitzen, ich sage: Hast du überhaupt zugehört? Ein Ansatz zum Nicken. Und mitgedacht? Wieder so eine Kopfreaktion, die kein Nicken ist, aber doch eher ein Nicken als ein Kopfschütteln. Dann frage ich nicht ohne hörbaren Ernst: Bist du einverstanden damit, daß ich den Kampf des Beamten Fink so darstelle? Er fragt: Wie? Ich sage: Der Kampf des Beamten Fink wird dargestellt als ein Loblied auf seine Feinde. Verstehst du das jetzt, Fink? Der Skarabäus wäre dein. Du wärst göttlich, verstehst du. Göttlich, das heißt: fein heraus. Bist du einverstanden? Kann ich anfangen, Mistkerl?
Und was sehe ich! In diesem Augenblick haben von den hunderttausend lila-weißen Krokussen um uns herum siebenundneunzigtausend ihre lila-weißen Spitzen gespreizt, die Blüten sind zum Himmel offen, die lila-weiße Pracht ist jetzt gemustert mit den siebenund-

neunzigtausend sanften Orangepunkten, die aus jedem Blüteninneren leuchten. Der Beamte Fink holt seinen Versonnenheitsblick aus der Weite zurück, bemerkt, was um uns herum passiert ist, und nickt. Ja, er nickt. Und wie! Er nickt und nickt und nickt. Oh, schön, er nickt.

Die Bücher von Martin Walser
im Suhrkamp Verlag

Ein Flugzeug über dem Haus und andere Geschichten. 1955
suhrkamp taschenbuch 612. 1980

Ehen in Philippsburg. Roman. 1957
Bibliothek Suhrkamp 527. 1977
suhrkamp taschenbuch 1209. 1985

Halbzeit. Roman. 1960
suhrkamp taschenbuch 94. 1973

Eiche und Angora. Eine deutsche Chronik. 1962
suhrkamp taschenbuch 16. 1963

Überlebensgroß Herr Krott. Requiem für einen Unsterblichen.
edition suhrkamp 55. 1964

Der schwarze Schwan.
edition suhrkamp 90. 1964

Lügengeschichten.
edition suhrkamp 81. 1964
suhrkamp taschenbuch 1736. 1990

Erfahrungen und Leseerfahrungen.
edition suhrkamp 109. 1965

Das Einhorn. Roman. 1966
suhrkamp taschenbuch 159. 1974

Der Abstecher.
edition suhrkamp 205. 1967

Heimatkunde. Aufsätze und Reden.
edition suhrkamp 296. 1968

Fiction. 1970

Ein Kinderspiel. Stück in zwei Akten.
edition suhrkamp 400. 1970

Die Gallistl'sche Krankheit. Roman. 1972

Der Sturz. Roman. 1973
suhrkamp taschenbuch 322. 1976

Wie und wovon handelt Literatur. Aufsätze und Reden.
edition suhrkamp 642. 1973

Das Sauspiel. Szenen aus dem 16. Jahrhundert. 1975

Jenseits der Liebe. Roman. 1976
suhrkamp taschenbuch 525. 1979

Ein fliehendes Pferd. Novelle. 1978
suhrkamp taschenbuch 600 und 2250. 1980 und 1993
Bibliothek Suhrkamp 819. 1983

Seelenarbeit. Roman. 1979
suhrkamp taschenbuch 901. 1983

Wer ist ein Schriftsteller? Aufsätze und Reden.
edition suhrkamp 959. 1979

Das Schwanenhaus. Roman. 1980
suhrkamp taschenbuch 800. 1982

Die Anselm Kristlein Trilogie. 3 Bände in Kassette.
Halbzeit. Das Einhorn. Der Sturz
suhrkamp taschenbuch 684. 1981

Selbstbewußtsein und Ironie. Frankfurter
Vorlesungen.
edition suhrkamp 1090. 1981

In Goethes Hand. Szenen aus dem 19. Jahrhundert. 1982
suhrkamp taschenbuch 1077. 1984

Brief an Lord Liszt. Roman. 1982
suhrkamp taschenbuch 1183. 1985

Gesammelte Geschichten. 1983
Bibliothek Suhrkamp 900. 1985

Liebeserklärungen. 1983
suhrkamp taschenbuch 1259. 1986

Brandung. Roman. 1985
suhrkamp taschenbuch 1374. 1987

Meßmers Gedanken. 1985
Bibliothek Suhrkamp 946. 1987
suhrkamp taschenbuch 2140. 1992

Ein fliehendes Pferd. Theaterstück.
edition suhrkamp 1383. 1985

Die Ohrfeige.
suhrkamp taschenbuch 1457. 1986

Geständnis auf Raten.
edition suhrkamp 1374. 1986

Dorle und Wolf. Eine Novelle. 1987
suhrkamp taschenbuch 1700. 1990

Stücke.
suhrkamp taschenbuch 1309. 1987

Jagd. Roman. 1988
suhrkamp taschenbuch 1785. 1990

Heilige Brocken.
Aufsätze – Prosa – Gedichte
suhrkamp taschenbuch 1528. 1988

Über Deutschland reden. Aktualisierte Ausgabe.
edition suhrkamp 1553. 1988

Die Verteidigung der Kindheit. Roman. 1991
suhrkamp taschenbuch 2252. 1993

Tassilo: Die Verteidigung von Friedrichshafen.
Hörspiel.
suhrkamp taschenbuch 1884. 1991

Tassilo: Hilfe kommt aus Bregenz.
Hörspiel.
suhrkamp taschenbuch 1885. 1991

Tassilo: Das Gespenst von Gattnau.
Hörspiel.
suhrkamp taschenbuch 1886. 1991

Tassilo: Zorn einer Göttin.
Hörspiel.
suhrkamp taschenbuch 1887. 1991

Tassilo: Lindauer Pietà.
Hörspiel.
suhrkamp taschenbuch 1888. 1991

Tassilo: Säntis.
Hörspiel.
suhrkamp taschenbuch 1889. 1991

Das Sofa. Eine Farce. 1961. 1992
Einmalige numerierte und signierte
Ausgabe in tausend Exemplaren. 1992

Beschreibung einer Form. Versuch über Kafka.
suhrkamp taschenbuch 1891. 1992

Ohne einander. Roman. 1993
Bibliothek Suhrkamp 1181. 1995

Fingerübungen eines Mörders.
Zwölf Geschichten. 1994
suhrkamp taschenbuch 2324

Vormittag eines Schriftstellers. 1994

Kaschmir in Parching.
Szenen aus der Gegenwart. 1995

Mit der Schwere spielen.
Lesebuch. 1995.